"당신은 언제로 돌아가고 싶으세요?"

수상한 그녀

수상한 그녀

1판 1쇄 인쇄 2014년 1월 20일
1판 1쇄 발행 2014년 1월 21일

각본·각색 신동익, 홍윤정, 동희선, 황동혁
소설 이상민

발행인 김성룡
편집 이성주
교정 김은희
디자인 권혜영
펴낸곳 도서출판 가연
주 소 서울시 마포구 월드컵북로 4길 77, 3층 (동교동, ANT 빌딩)
구입문의 02-858-2217
팩 스 02-858-2219

ISBN 978-89-6897-006-1 13810

* 이 책은 도서출판 가연이 저작권자와의 계약에 따라 발행한 것이므로
본사의 서면 허락 없이는 어떠한 형태나 수단으로도 이 책의 내용을 이용할 수 없습니다.
* 잘못된 책은 구입하신 서점에서 교환해 드립니다.
* 책 정가는 뒷표지에 있습니다.

수상한 그녀

신동익, 홍윤정, 동희선, 황동혁 각본, 각색
이상민 소설

가연

프롤로그 · 009

오말순 여사 · 015

나에게도 꿈이 있었다 · 039

반지하 밴드 · 049

애자가 쓰러지다 · 067

떠나야 할 시간 · 079

청춘 사진관 · 095

오말순 여사 가출 사건? · 109

수상한 하숙생 · 127

다시 만난 그녀 · 147

그말순 여사 납치 사건 · 167

스타 탄생 · 181

젊음의 비밀 · 211

어머니의 반자리 · 229

오해는 새로운 오해를 낳고 · 239

흔들리는 마음 · 259

마지막 무대 · 279

내가 돌아가야 할 곳은 · 295

에필로그 · 303

프롤로그

볕이 좋은 오후. 8번 마을버스 16호 차를 책임지고 있는 최 기사는 간밤에 마신 술 때문인지 자꾸만 밀려드는 졸음을 쫓기 위해 라디오 볼륨을 높였다. 스피커에서 아이돌 그룹이 부르는 시끌벅적한 노래가 흘러나온다. 라디오 진행자의 선곡이 마음에 들지 않아 주파수를 바꾸려는데 뒤쪽에서 변성기에 접어든 것 같은 사내아이의 탁한 목소리가 들려왔다.

최 기사는 주파수를 바꾸다말고 흘끔 룸미러를 쳐다보았다.

맨 뒷자리에 나란히 앉은 교복 삼총사. 한껏 열을 올리고 있는 건 가운데에 앉은 안경잡이였다. 그 왼쪽에 앉은 아이는 얼굴에 여드름이 가득한 빼빼 마른 홀쭉이였고, 오른쪽에는 벌써부터 뱃살이 툭 튀어나온 주제에 팔다리는 가느다란 ET 같은 체형의 아이였다. 교복이 눈에 익은 걸 보니 인근의 고등학교를 다니는 아이들 같았다. 주로 안경잡이가 열띤 목소리로 떠들어대면 좌우의 두 아이가 배꼽을 잡으며 웃었다.

무슨 이야기를 그리 재미있게 하나 싶어 최 기사는 볼륨을 슬쩍 낮추고 아이들의 대화에 귀를 기울였다.

"야야, 니들 그거 아냐? 여자를 나이별로 구기 종목 공에 비유하는 거."

안경잡이가 의뭉스럽게 웃으며 슬쩍 운을 뗐다.

"공? 크리스마스 케이크랑 개에 비교하는 건 들어봤는데."

홀쭉이가 자신 없다는 투로 말했다. 그러자 ET가 홀쭉이의 뒤통수를 찰싹 소리가 나도록 때리며 핀잔을 주었다.

"야, 그게 언제 적 유머인데. 하여간에 이 새끼는……."

"됐고. 니들 궁금해, 안 궁금해?"

맥이 끊겨 기분 나쁜지 안경잡이가 친구들을 번갈아 보며 퉁명스럽게 물었다. 두 아이는 동시에 고개를 끄덕이며 이야기해 달라고 졸랐다. 안경잡이는 피식 웃더니 선심 쓰듯 거만한 얼굴로 이야기를 시작했다.

"그러니까 여자를 구기 종목에 비유하면, 이 꽃다운 10대는 농구라고 할 수 있다."

"농구? 어째서?"

홀쭉이가 고개를 갸우뚱하며 되물었다.

"자식. 머리는 장식이냐. 너 농구 경기 본 적 없어? 농구 선수들이 링을 맞고 튀어나온 공중 볼을 서로 잡으려고 하잖아. 10대 여자의 가치도 그렇다는 거야."

"오호라."

홀쭉이가 그때서야 알겠다는 듯 고개를 끄덕였다.

"그럼 20대는?"

ET가 물었다.

"20대는 럭비야. 미식축구. 니들 슈퍼볼 경기 본 적 있지? 덩치가 이만한 놈들이 공 좀 잡겠다고 졸라 피 튀기잖아. 태클도 빡 걸고, 공을 잡으면 안 뺏기려고 열라 뛰어 댕기고. 그거처럼 남자들이 목숨을 거는 유일한 나이 대라는 거지, 20대가."

"오오, 그럴싸하다."

홀쭉이가 바보처럼 입을 헤벌리며 수긍한다.

"물론, 30대도 제법 인기가 있어. 그래서 30대 여자는 탁구공인 거야. 공 하나에 달라붙는 선수는 농구나 럭비에 비하면 진짜 팍 줄어들지만 공에 집중하는 거나 진지함만큼은 어떤 종목에도 뒤지지 않는다고."

"그렇군. 그럼 40대는?"

ET가 고개를 끄덕이며 물었다.

"40대, 이때부턴 중년에 접어들지. 중년 여자는 골프공이

프롤로그 · 11

야."

"골프공?"

"그건 왜지?"

두 아이는 선뜻 납득할 수 없다는 얼굴로 안경잡이를 쳐다보았다.

"공 하나에, 남자 하나. 하지만 남자는 그 공만 보면 무조건 쳐서 아주 멀리 날려버리지. 아주, 졸라 멀리."

안경잡이의 설명을 듣고 두 아이는 이제야 이해했다는 듯 킬킬거렸다.

"그리고 그 나이마저 지나고 나면……."

"지나고 나면?"

안경잡이는 일부러 헛기침을 하며 뜸을 들이더니 의미심장한 얼굴로 말을 이었다.

"피구공이야. 공이 날아오면 일단 피하고 보는 거야."

누가 먼저랄 것도 없이 세 아이가 동시에 웃음을 터뜨렸다. 몰래 이야기를 엿듣던 최 기사도 소리를 죽이며 웃었다.

바로, 그때였다.

"이런 대갈빡에 피도 안 마른 것들이 시방 뭐라고 씨부리는 거여. 아야, 허라는 공부는 안 허고 어디서 그런 쓰잘머리 없는 걸 주워듣고 와서 씨부려쌌냐. 이 썩을 넘들아. 가만 듣자 듣자 하니까 아주 가관이구만."

걸쭉한 사투리. 영락없는 욕쟁이 할머니 같은 말투지만 목소리는 묘하게 앳되다. 최 기사는 누군가 싶어서 룸미러를 흘끗 보았다. 뽀글거리는 파마머리에 월남치마를 입은 할머니, 아니 젊은 여자가 교복 삼총사의 머리통을 후려치며 욕지거리를 하고 있었다. 아무리 잘 봐줘도 이제 겨우 스무 살을 갓 넘긴 것 같은데 내뱉는 말투나 행동거지는 영락없는 동네 할머니다. 옷차림은 또 어떤가.

"어이, 기사 양반! 뭘 그리 쳐봐야."

순간 아이들을 나무라던 여자가 고개를 휙 돌리더니 최 기사 쪽을 쳐다보았다. 그 서슬에 깜짝 놀란 최 기사는 자기도 모르게 목을 움츠렸다.

저 여자, 아무래도 뭔가 수상하다.

오말순 여사

현철은 거울을 바라보며 착잡한 표정을 지었다. 처음엔 얼굴에 뭐라도 묻은 줄로만 알았다. 학교에 출근하고 나서 내내 사람들의 시선이 묘하게 불편했다. 그러다가 그 이유를 뒤늦게 발견했다. 새빨간 넥타이. 어머니, 오말순 여사가 손수 골라서 직접 매주기까지 한 넥타이다. 하나뿐인 아들을 위하는 마음을 모르는 바는 아니지만 이제 오십을 바라보는 나이인데도 여전히 아이 취급하는 어머니가 그리 편치만은 않은 것도 사실이다. 현철은 고민 끝에 넥타이를 풀어 고이 접은 뒤, 책상 서랍에 넣었다. 오말순 여사가 천리안의 소유자도 아니고 집에 돌아갈 때 다시 매면 그만이리라. 현철은 거울을 보며 옷매무새를 고치고 교수실을 나와 금일 첫 수업을 하러 강의실로 향했다.

"교수님, 안녕하세요?"

오가는 학생들이 현철을 알아보고 인사를 했다. 현철은

인자한 미소를 지으며 손을 흔들어 답례했다. 오말순 여사의 금지옥엽 외아들인 반현철은 명실상부한 국립대학의 교수님이다. 시간강사도 조교수도 아닌 정교수. 오말순 여사의 자랑이자 모든 것. 그래서 동네사람만이 아니라 가끔 처음 보는 행상이나 아주머니도 그를 알아보고 인사를 한다. '안녕하세요, 교수님'이라고.

이유는 간단하다. 오말순 여사가 보는 사람마다 사진까지 보여주면서 아들 자랑을 하기 때문이다. 심지어 얼마 전에는 학교 근처 사우나를 갔다가 생전 처음 보는 남자가 현철을 알아보고 인사를 건넨 적이 있었다. 연구 논문 준비로 학교에서 며칠을 보낸 적이 있는데, 그때 며느리를 대신해서 손수 아들 속옷을 가져다주러 왔다가 잠깐 들른 청과물 가게 사장한테 습관처럼 아들 자랑을 했던 모양이었다. 사과 한 봉지 사면서 10분 동안 아들 자랑을 늘어놓는 바람에 여간 난처한 게 아니었다고. 덕분에 현철은 생면부지인 그 남자에게 자기 잘못도 아닌데 미안하다고 사과하고 도망치듯 사우나를 나와야 했다.

새삼 당시 일을 떠올린 현철은 쓰게 웃으면서 고개를 절레절레 흔들었다. 하지만 어쩌겠는가. 오말순 여사에겐 아들 자랑이 유일한 낙인 것을. 현철은 고개를 주억거리며 강의실로 들어섰다.

"거기, 창문 좀 열자. 여기가 무슨 고등학교 교실이냐. 강의실이 이게 뭐냐. 먼지가 왜 이렇게 많아. 아우, 목 안 따갑냐?"

현철의 핀잔에도 학생들은 넉살 좋게 웃었다. 현철은 고개를 가로젓고는 칠판에 판서를 시작했다.

'ageism – 노인에 대한 차별.'

한 줄짜리 판서를 마친 현철은 안경을 꺼내 쓰고 돌아서서 학생들을 죽 둘러보았다. 그러고는 낮게 헛기침을 하고 질문을 던졌다.

"자, 보통 노인을 떠올렸을 때 제일 먼저 드는 생각과 그 이유를 말해 볼 사람?"

누구랄 것도 없이 다들 입도 뻥긋하지 않고 침묵. 늘 그렇듯 적극적으로 강의에 임하는 모습을 찾아보긴 힘들었다.

"하여간에, 에휴. 자자, 주목. 자식 교육 잘못 시켰다고 집에 전화 안 할 테니까 걱정들 말고. 편견이나 선입견이어도 좋다."

현철이 긴장을 풀어주자 학생들이 피식피식 웃었다.

"좋아, 가장 그럴듯한 답을 한 사람은 중간 리포트 면제다."

현철이 파격적인 제안이라는 듯 칠판을 톡톡 두드리며 말을 꺼내자 그때서야 여기저기서 손을 든다.

"그래, 말해봐."

맨 앞 열의 남학생을 가리켰다.

"주름하고 검버섯! 늙으면 잔뜩 생기잖아요."

"또?"

"탑골공원! 거기 가면 노인들이 많잖아요."

"보일러! 왠지 겨울 되면 하나 놔드려야 될 거 같아요."

그렇게 말한 건 머리를 노랗게 염색한 남학생이다. 썰렁한 농담에 주변 학생들이 키득거리며 웃었다.

"굼벵이! 너무 느려요."

"퀘퀘한 냄새가 난다. 우리 할머니한테 실제로 나요."

"얼굴이 두껍다. 나이가 들면 창피한 게 없어지는 거 같아요."

"걱정이 많다. 우리 할머니는 자나 깨나 모든 게 다 걱정이에요."

학생들의 답변이 줄을 이었는데, 대체로 부정적인 내용이었다. 가만히 듣고 있던 현철은 쓴 웃음을 지으며 칠판을 톡톡 두드렸다.

"애들 너무하네. 야, 니들은 나중에 안 늙을 거 같냐."

"전, 안 늙을 거예요."

현철의 말이 끝나기가 무섭게 맨 앞 열의 여학생이 내뱉듯이 말했다.

"무슨 수로?"

여학생은 보란 듯이 화장을 고치고는 현철을 똑바로 쳐다보며 말했다.

"저는 서른 넘으면 자살할 거예요. 뭘 구질구질하게 칠팔십까지 살아요?"

자살하겠다는 말을 아무렇지도 않게 입에 담는 여학생을 보며 현철은 기도 안 차다는 듯 한숨을 내쉬었다. 하지만 딱히 충고를 해줄 마음은 들지 않았다. 어차피 지금 이러쿵저러쿵 잔소리를 해봐야 귀에 들어가지도 않을 것이다. 저 나이엔 자신도 언젠간 늙을 거란 생각은 아예 하지도 않을 테니까.

"그래, 그래라."

현철은 입맛을 다시며 다른 학생들에게 시선을 돌렸다.

"자, 다른 의견은?"

그러자 가장 귀퉁이에 앉은 남학생이 조심스럽게 손을 들었다.

"노인은, 의외로 강합니다."

"이유는?"

"제가 겪어봐서 알아요. 전철 경로 우대석에 앉았다가 욕을 제대로 먹고 쫓겨났거든요. 할머니가 정말 강하시던데요."

그러면서 멋쩍은 듯 머리를 긁적거렸다.

"그래, 강하지 강해. 하긴 우리 엄마도……."

현철은 조용히 중얼거렸다.

"어이, 스톱! 퍼뜩 서보랑께."

한손에 양산을 든 오말순 여사가 고래고래 소리를 지르며 막 출발하기 시작한 마을버스를 잡아 세웠다.

'아, 또 저 할머니네.'

8번 마을버스 16호 차의 드라이버, 최 기사는 사이드미러를 보며 잠시 망설이다가 브레이크를 밟았다. 버스가 멈추고 문이 열리자, 오말순 여사는 숨을 헐떡이며 문간에 올라서서 양산을 접었다. 그런데 생각처럼 양산이 쉽게 접히지 않아서 두 손으로 잡고 낑낑거리며 안간힘을 써야 했다. 요금도 내지 않고 계속 그렇게 문간에 서서 양산과 씨름을 벌이느라 시간만 흐르자 슬슬 짜증이 일기 시작한 최 기사는 인상을 쓰며 요금함을 두드렸다.

"거, 빨리 좀 타세요. 할머니 땜에 출발을 못 하잖아요."

"아따, 이거시 왜 또 말을 안 듣고 지랄이여……."

그러거나 말거나 말순은 양산을 접는 데만 열중했다. 최 기사의 불평은 아예 들리지도 않는 모양이었다.

"아, 이 할머니가 정말……."

뭔가 한마디 덧붙이려는데 갑자기 말순이 고개를 홱 돌리더니 사납게 노려보았다. 그 서슬에 눌린 최 기사는 얼른 입을 다물었다. 말순은 씩씩거리며 요금함에 동전들을 우악스럽게 던져놓더니 접지 못한 양산을 그대로 들고 버스 안으로 들어갔다.

"으따, 자리가 없네."

낮 시간인데도 마을버스는 만석이었다.

말순은 양산을 들고 한 차례 훑어보다가 경로석에 앉은 젊은 남자에게 다가갔다. 방금 전까지 스마트폰을 만지작거리던 남자는 갑자기 피곤하다는 듯 창에 고개를 기대며 자는 시늉을 했다. 말순은 혀를 끌끌 차며 남자를 뚫어져라 쳐다보았다. 그녀의 사전에 포기란 없었다. 세 정거장이나 지날 때까지 집요하게 남자를 노려보았다. 말순의 시선엔 어떤 물리력이라도 있는 것인지 남자가 움찔하며 샛눈을 떴다. 그러자 말순은 기다렸다는 듯이 남자의 코앞으로 얼굴을 들이밀었다.

"어째, 잠이 잘 오냐?"

남자는 급히 눈을 질끈 감았다.

"뭣 땀시 자꾸 눈깔을 찔끔거릴까나. 아, 글쿠만. 해가 들쳐서 그럽갑네. 요새 볕이 따갑긴 따갑제. 그랴, 돈 번다고 고될 텐디 잠이라도 편히 자야 하지 않겄나. 나가 요로콤 양산으로 가려줄 테니께 고마 쳐자야."

그러면서 말순은 양산을 남자의 머리 위로 씌어줬다. 그늘이 드리워지자 남자는 움찔거리며 입술을 씰룩거렸다.

"아따, 오늘따라 날이 허벌나게 덥구마잉. 아주 찜통이네, 찜통이야. 또 전기 모질라서 공장들 다 서는 거 아닌감. 아이구, 덥기만 한 게 아니라 무릎도 쑤시네. 병원에 가서 사진을 찍어봐야 하나. 요새 왜 이리 아픈지 모르겠구먼."

말순은 몸을 숙여 일부러 들으라는 듯 큰소리로 말했다. 그러자 버티지 못한 남자는 엉거주춤 자리에서 일어나려고 했다.

"어허, 왜 갑자기 일어나고 그래쌌냐. 넘들이 보믄 내가 넘의 자릴 뻥 뜯는 줄 알겠다야. 고마 앉아라 잉?"

말순이 어금니를 깨물며 남자의 어깨를 지그시 눌렀다. 남자는 울상을 짓고 말순을 쳐다보았다. 꼭 똥마려운 강아지 같은 표정이다.

"할머니, 저 여기서 내려야 돼요……."

"모라고? 나가 귀가 먹어서 잘 안 들링께. 고마 더 자라잉. 나는 개안타. 알겄냐?"

"저, 정말로 내려야 해요."

남자가 우는 얼굴로 사정했다.

"시방 뭐라고 하는지 하나도 안 들리구마잉. 아따 긍께 양보 안 해도 된다고 하지 안 허냐. 우째 어른 말을 못 알아들어. 고마 고냥 앉아 있으랑께. 나는 금방 내리니께 걱정 붙들어 매드라고."

"할머니……."

결국 남자는 말순과 같은 정거장에서 내렸다. 원래 목적지보다 무려 열 정거장이나 지나버렸지만 아무런 불평도 하지 못했다.

"아야, 잘 가라잉. 돈 많이 벌고, 똥도 많이 싸고, 잘 먹고 잘 살아라잉. 아, 글고 이쁜 샥시도 얻고."

말순은 웃는 얼굴로 손까지 흔들면서 남자를 배웅했다. 하지만 남자는 뒤도 안 돌아보고 왔던 길로 걸어갔다.

"아따, 저 썩을 눔. 어른이 먼저 인사를 하는데 대꾸도 없네."

한동안 남자의 뒷모습을 잡아먹을 듯이 쏘아보던 말순은 시계를 보더니 화들짝 놀라며 급히 걸음을 옮겼다. 그녀가 서둘러 간 곳은 근린공원 안의 커피숍이었다. 구청의 지원을 받아서 노인들이 운영하는 일종의 실버카페로 말순의 일터이기도 했다.

여전히 접히지 않는 양산을 구석에 놓고 유니폼으로 갈아입은 말순은 싱크대에 쌓인 밀린 설거지부터 처리했다.

야무진 솜씨로 설거지를 마친 말순은 바에 놓인 유리병에서 박하사탕을 하나 꺼내 물으며 한숨을 돌렸다. 오늘따라 손님이 제법 많았다. 소일거리나 말벗이 필요한 노인들이 찾는 곳이다 보니 젊은 손님은 단 한 사람도 없다. 말하자면 노인들을 위한 사랑방이자 사교장인 셈이다.

"왔슈?"

주방 쪽 출입문에서 나비넥타이를 하고 말순과 똑같은 유니폼을 입은 박 씨가 일회용 컵이 든 박스를 들고 낑낑거리며 나타났다. 말순은 박 씨를 흘끔 보고는 정수기에서 냉수를 받아 벌컥벌컥 마셨다.

"오늘 참 덥긴 덥네."

박 씨가 능글맞게 웃으며 땀을 훔치는 시늉을 했다. 카페 안은 에어컨을 틀어놔서 땀을 흘릴 일이 없었다.

"설거지는 잔뜩 쌓아놓고 여태 뭐 한 거여."

말순이 사납게 노려보며 타박하는데도, 박 씨는 뭐가 좋은지 그저 헤헤 웃으면서 머리만 긁적거렸다.

그때 갑자기 손님들이 몰려왔다.

박 씨는 중구난방으로 쏟아지는 주문을 받아 적느라 진땀을 흘렸다. 말순은 말순 대로 주문 받은 음료를 준비하느라 잠시도 쉴 틈이 없었다.

"이게 여기 있었네. 아무리 찾아도 안 보이더니······."

현철의 처, 애자는 시어머니 방을 치우다가 한쪽 구석에 놓인 쇼핑백 안에서 남편의 와이셔츠를 발견했다. 며칠 전에 떨어진 단추를 달아달라고 남편이 벗어둔 것이었는데 뒤늦게 생각나서 찾으려니 어디로 사라졌는지 집안 구석구석을 뒤져봐도 보이질 않아서 무척 난감했었다. 오말순 여사가 작년에 남편 생일선물이라며 아르바이트를 해서 번 돈으로 산 옷이었기 때문에 혹시라도 없어진 걸 알면 노발대발할까봐 노심초사했는데 범인이 시어머니였던 것이다. 시어머니는 늘 이런 식이었다. 며느리도 있는데 아들 일이라면 뭐든 당신이 다 챙기려고 든다. 이럴 때마다 기분이 착잡했다. 시집살이를 한 세월이 얼마인데 아직까지도 자신을 인정하지 않는 시어머니가 야속했다.

"후우……."

애자는 남편의 와이셔츠를 물끄러미 내려다보다가 다시 쇼핑백에 넣어 원래 있던 자리에 가져다놓았다. 나중에라도 허락 없이 와이셔츠를 꺼낸 걸 알면 시어머니 성격상 불같이 화를 낼 게 뻔했다. 남편의 일에 있어선 자신이 아내인데도 시어머니에게 양보해야 한다. 전에는 어떻게든 바꿔보려고 했지만 지금은 그냥 체념하고 산다. 어차피 이야기를 해봐야 들어줄 리도 없고 괜히 속만 상할 테니까.

생각이 거기에 미쳤을 때, 갑자기 바늘로 찌르는 것 같은 흉통이 엄습했다. 애자는 가슴을 움켜쥐며 털썩 주저앉았다. 일시적인 것이 아니었다. 얼마 전부터 부쩍 흉통이 심해져서 은근히 겁도 났지만 아직 남편에겐 이야기도 꺼내지 못했다. 애자는 천천히 심호흡을 하면서 몸을 추슬러보았다. 하지만 오늘따라 평소보다 흉통이 오래갔다.

남편에게 전화를 걸까?

애자는 주머니에서 휴대전화를 꺼내 남편의 전화번호를 찾았다. 식은땀이 비 오듯 흘렀지만 끝내 통화버튼을 누르진 못했다. 이러다가 별일도 아니면 나중에 시어머니한테 야단을 맞을 게 뻔했다. 공사다망한 남편을 제대로 내조해주기는커녕 오히려 발목만 잡는다며 잔소리를 들을 것이다. 결국 애자는 휴대전화를 다시 주머니에 넣었다. 그러고는 벽에 기대고 앉아서 통증이 가라앉을 때까지 기다렸다.

"긍게 나가 서른만 넘으믄 확 뒤져부릴라고 했는디, 고때 애가 서 버리더라고. 집 나간 지 1년 만에 남편이란 인간은 독일까지 가서 탄광 막장서 죽어버리고……. 그 갓난쟁이를 두고 나가 어떻게 죽겠는가?"

잠시 짬이 나자, 말순은 처연한 얼굴로 신세타령을 늘어놓았다. 옆에서 박 씨는 아이스커피를 빨대로 쪽쪽 빨며 맞장구를 쳐주었다. 늘 듣는 레퍼토리인데도 질리지도 않는지 인상 한번 쓰는 법이 없었다.

"그러게 왜 그 기생오라비 같은 놈이랑 야반도주를 해가지고. 내가 얼굴만 반지르르한 놈은 명이 짧다고 했잖여."

박 씨는 말순을 슬쩍 보며 다소 원망스럽다는 듯이 말했다. 그러자 말순이 무슨 그런 소리를 하냐는 듯이 박 씨를 노려보았다.

"음마? 인제 와 그딴 얘기해봐야 죽은 자식 불알 쪼물딱거리는 거시고. 그래도 우리 현철이가 잘 됐잖여?"
"그렇지. 대학 교수님인데!"
박 씨는 다시 본연의 자세로 돌아와 무릎을 탁 치며 추임새를 넣었다.
"어디 우리 현철이가 그냥 대학 교수여? 국립대학 교수에 노인문제 전문가여. 알지?"
말순은 박 씨의 대답이 불만스러운지 '국립대학'을 강조했다. 그러고는 카페를 찾은 노인들도 다 들으라는 듯 일부러 큰 목소리로 말했다.
"이 노인네들 까페도 다 우리 현철이가 구청장한테 말해서 생긴 거여! 다들 알기나 하남."
"아유, 잘 알지."
박 씨는 이젠 이력이 난 듯 습관처럼 고개를 끄덕였다.
"근디 요즘 그 병원집 할멈은 어디 가고 저 불여시 혼자만 댕긴당가. 둘이 맨날 붙어 다니드만."
그러면서 막 카페 안으로 들어오는 노파를 턱짓으로 가리켰다. 말순이나 박 씨에겐 손아래뻘인 옥자라는 노파로 나이에 어울리지 않게 번쩍거리는 장신구를 주렁주렁 달고 빨간 원피스를 입고 있었다. 옥자는 무대에 오른 모델처럼 한껏 뽐을 내며 주위의 영감들에게 교태어린 눈웃음을 흘리며 추파를 던졌다. 말순은 그런 옥자를 쳐다보며 못마땅하다는 듯 입술을 씰룩거렸다.

"못 들었어요? 아들이 어디 시골 요양원에 보냈대."

박 씨가 컵 안에서 얼음을 꺼내 오도독 씹으면서 말했다.

"잉? 요양원? 그게 뭔 말이당가. 그 할멈, 멀쩡했잖여."

말순은 무슨 소리를 하냐는 듯, 박 씨를 쳐다보며 물었다.

"그게 손자손녀까지 다 키워놓으니까 이제 쓸데가 없어진 거지 뭐."

박 씨가 쓰게 웃으면서 고개를 흔들었다.

"하이고, 의사 아들 자랑을 아주 입에 달고 살드만 저승사자 면상은 요양원에서나 보겠네. 긍께 아들이 의사면 모해? 우리 현철이처럼 존경받고……."

그때였다.

"우리 현철이, 현철이, 현철이, 아주 지겨워서 못 들어주겠네. 대체 언제까지 아들을 끼고 살 거래. 현철이도 내일 모래면 오십인데. 정말 주책이야, 이 언니는."

옥자가 뛸 듯이 촐랑거리며 다가오더니 두 사람 대화에 불쑥 끼어들었다.

"음마, 시방 누구 이름을 그 닭똥집 같이 생긴 주둥이로 씨부려쌌냐. 우리 반 씨 가문에서는 반기문 총장 담으로 우리 반현철이가 젤로 큰 인물인디. 알기나 하남?"

말순이 눈을 부라리며 대꾸했다.

"아이고, 그렇게 잘난 아들 둔 사모님이 왜 다 떨어진 신발을 신고 궁상을 떠실까?"

옥자가 말순의 헤진 신발을 가리키며 비아냥거렸다. 말순은 벌겋게 달아오른 얼굴로 씩씩거렸다.

"오빠, 나 이거 좀 봐봐."

옥자가 꺼낸 봉투 속에서 화장을 하고 곱게 차려입은 옥자의 상반신 사진이 나왔다. 박 씨는 말순의 눈치를 보며 곁눈질로 사진을 보았다.

"나, 이번에 외국 갈 일이 있어서 여권 사진 한 방 박았는데 어때 이쁘게 잘 나왔지? 오빠도 한 장 줄깡?"

콧소리까지 내며 교태를 부리는 옥자가 싫지 않은 듯 박 씨는 허허 웃으면서 계속 말순의 눈치를 살폈다.

"그려, 이쁘게 나오긴 했네. 아주 잘 나왔구먼."

"이쁘긴 개뿔. 시큼시큼한 게 제사상에나 올리면 딱이겠네."

말순이 사진을 건성으로 보더니 한마디 쏘아붙였다.

"근데 어디 외국 가게?"

박 씨가 조심스럽게 물었다. 혹시라도 말순과 옥자가 싸우기라도 할까봐 전전긍긍이다.

"아아, 우리 아들 미국에 있잖아. 비행기 표 사준다고 놀러 오라네?"

그렇게 말하면서 옥자가 은근히 깔보는 눈빛으로 말순을 쳐다보았다. 말순은 콧방귀를 뀌며 고개를 돌렸다.

"우리 교수 엄마는 미국이 어디 있는지 아시나 몰라? 오빠, 나 미국 커피 찐하게 한잔~."

"미국 코피? 아이고 무식해라. 아이고, 여기 이 여자가 미국 코피를 달라네에~."

말순이 일부러 카페 안 사람들 다 들으라고 큰소리로 말하며 과장된 몸짓으로 박장대소했다. 그러자 여기저기서 웃음이 터져 나왔다. 무안해진 옥자가 흙 씹은 표정을 지으며 말순을 노려보았다. 뭐라고 반박하고 싶지만 말문이 막혀 씩씩거리기만 할뿐이었다. 두 사람 사이의 분위기가 험악해지자 박 씨가 중재하려는 듯 슬쩍 끼어들었다.

"아하, 아메리카노 말씀이시구만. 그만하고 여기 커피 좀 뽑아줘요."

말순은 내가 왜 커피를 내줘야 하냐는 듯 팔짱을 끼고 옥자를 째려보았다. 옥자도 자존심이 상했는지 고개를 홱 돌렸다.

"됐어. 냄새나는 할망구가 주는 커피를 내가 왜 먹는데?"

그러더니 말순을 향해 콧구멍을 벌름거리며 킁킁거리더니 악취라도 난다는 듯 얼굴을 찡그리며 손으로 코를 가렸다.

"가만, 이게 무슨 냄새래. 아유, 어디서 생선 썩는 냄새가 나네. 이게 늙으면 난다는 쉰내인가? 진짜 독하다."

"뭐여? 생선 썩은 내? 이년이 다 쭈그러진 낯짝에 분 좀 바르니까 뵈는 게 없나. 아직 칠순 잔치도 못 해본 년이 우아래도 없이 어따 대고 엉기는 거여, 엉기긴. 우째, 오늘 날 한번 잡아 볼텨?"

말순이 버럭 고함을 지르며 바에서 나오더니 두 손으로 옥자의 머리끄덩이를 움켜쥐고 흔들었다. 옥자도 질 수 없다는 듯 이마로 말순의 얼굴을 받아버렸다. 그 바람에 뒤로 벌렁 나자빠진 말순은 오뚝이처럼 일어나 옥자의 주둥이를 들이받으려는데, 박 씨가 두 사람 사이에 끼어들어 말순을 붙잡고 말렸다.

"아가씨! 그만합시다. 사람들이 봐요!"

"놔! 나가 오늘 저 싸가지 없는 년의 버릇을 단단히 고쳐 놓을랑게. 너는 오늘 초상날인 줄 알아."

"하이고, 그럼 누가 겁날 줄 알고? 어디 누구 초상날이 될지 해보자고!"

카페는 두 노파가 서로 머리끄덩이를 잡고 악다구니를 쓰며 싸우는 바람에 순식간에 아수라장으로 바뀌었다.

"그만 좀 해요! 제발!"

박 씨가 말순의 허리를 붙잡고 매달리며 필사적으로 말렸다. 말순이 아무리 떼어내려고 해도 지남철처럼 찰싹 달라붙어서 떨어지지 않았다. 하지만 그럴수록 말순은 진정하기는 커녕 더욱 성을 냈다. 자기만 맞아서 억울한 것이다. 그런 줄도 모르고 박 씨는 어떻게든 싸움을 말려보겠다고 말순을 붙잡고 늘어졌다.

"아따, 말리지 말라고!"

말순이 박 씨를 뿌리치려다가 그만 머리로 박 씨의 코를 들이받았다.

"악!"

박 씨가 비명과 함께 코를 감싸 쥐며 주저앉았다. 코피가 나는지 손가락 사이로 시뻘건 피가 흘러내렸다.

뜻하지 않은 부상을 입은 박 씨는 평소보다 이른 시각에 퇴근을 할 수밖에 없었다. 애마인 낡은 스쿠터를 타고 집에 돌아와 보니 하나뿐인 딸은 외출을 했는지 보이지 않고 몇 해 전부터 키우고 있는 백구 한 마리만 박 씨를 반겼다. 대문에는 한지에 하숙이라고 써 붙여놨지만 하숙생의 발길이 끊긴 지 오래였다. 요즘엔 시설이 좋은 원룸이 많고 다세대주택도 새집처럼 잘 꾸며놔서 박 씨 집처럼 허름한 한옥은 경쟁에서 밀릴 수밖에 없었다.

박 씨는 더위에 지쳐 배를 깔고 누워있는 백구를 한번 쓰다듬어주고는 냉장고에서 얼음을 꺼내 안방으로 들어갔다. 거울을 보니 그사이에 코가 잔뜩 부어올라 있다. 말순의 불같은 성미는 나이를 먹어도 여전했다. 하긴 젊을 때는 지금보다 더했지. 더 곱고. 문득 회상에 빠진 박 씨는 아픈 것도 잊은 채 엷은 미소를 지었다. 그러다가 코를 움찔하는 바람에 상처가 벌어졌는지 불에 덴 것처럼 화끈거려서 퍼뜩 정신을 차렸다.

박 씨는 냉동실에서 꺼낸 얼음들을 비닐에 넣고 수건으로 감쌌다. 그러고는 목침을 베고 누워 얼음찜질을 했다. 효과가 있었다. 통증이 조금씩 가라앉기 시작했다. 얼마 지나지 않아서 대문 여는 소리가 들렸다. 딸이 외출했다가 돌아온 모양이었다.

"아빠, 벌써 왔어? 아빠······."

마당을 지나 성큼성큼 안방으로 들어간 나영은 얼음찜질을 하는 아빠를 발견하고 깜짝 놀란 나머지 소리를 질렀다.

"아빠, 코! 코가 왜 그래!"

"아, 그냥 좀 다쳤어."

"좀 다친 게 아니잖아! 뭐야, 왜 그런 거야."

나영은 황급히 다가가 얼음주머니를 뺏어들더니 박 씨의 코에 우악스럽게 갖다 댔다. 박 씨가 아프다고 엄살을 피웠지만 나영은 마치 말썽쟁이 아들을 다루듯 손바닥으로 아빠의 등짝을 찰싹 때렸다. 무슨 일이 있었는지 대충 짐작 간다는 표정이다.

"또 말순 할머니지?"

오말순 여사 · 33

나영이 추궁하듯 물었다.

"아니야."

박 씨가 자신 없는 목소리로 말끝을 흐렸다.

"아니긴, 딱 보니 맞는데."

"글쎄, 아니라니까."

"내가 아주 미쳐, 미친다고. 아빠 땜에 속상해 죽겠어, 정말."

나영이 다시 큼지막한 손바닥으로 박 씨의 등짝을 때렸다.

"아빠는 왜 그렇게 그 할머니한테 꼼짝을 못해? 아무리 옛날에 주인집 아가씨였다고 해도 지금이 때가 어느 땐데? 나 같으면 그냥 확!"

바로 그 순간이다.

"콱, 뭐?"

말을 내뱉기가 무섭게 등 뒤에서 들려오는 서슬 퍼런 목소리. 그것도 다른 사람도 아니고 흉을 보는 대상인 말순의 목소리가 아닌가.

나영은 소스라치게 놀라며 얼른 뒤를 돌아보았다. 마당 한가운데, 캡에 양산까지 쓴 말순이 귀신같은 형상으로 우두커니 서서 두 부녀를 쳐다보고 있었다. 한손에는 뭘 사왔는지 검정 비닐봉지를 들고 있었다. 발소리도 듣지 못했는데 언제 들어왔는지 알 수가 없다. 말순과 시선이 마주친 나영은 목덜

미에 오소소 소름이 돋았다.

"오셨수?"

박 씨가 자리에서 일어나 말순을 반겼다.

"아주 말세여, 말세. 나잇살 처먹은 년이 지 아부지한테 따박따박 반말짓거리나 혀쌌고, 쯧쯧. 이년아, 넌 시집도 안 가고 아주 죽을 때까지 니 아부지 피 빨아먹고 살래? 어? 아주 모기도 이런 쌩모기가 없지, 아암."

악담도 이런 악담이 없다. 하지만 틀린 말도 아니어서 나영은 말순의 말에 한마디도 대꾸하지 못하고 이를 꽉 깨물며 몸을 부르르 떨었다. 그런 나영을 무시하고 말순은 박 씨의 잔뜩 부어오른 코를 흘끔 보더니 미안한 표정을 지었다.

"코가 커진께 인물이 훨 사는구만."

"이렇게 만들어 놨으면 미안하단 말이 먼저 아니에요? 코가 커지니까 어떻다고요? 아니, 어떻게 그런 말을 할 수가 있지?"

나영이 기도 안 차다는 듯 콧방귀를 뀌며 말했다.

"그러게 거기서 왜 끼어들고 지랄이여."

말순은 나영의 말을 듣는 둥 마는 둥 하며 손에 들고 있는 비닐봉투를 툭 던졌다. 그러더니 뭐가 그리 바쁜지 인사를 나눌 틈도 주지 않고 횡하니 대문 밖으로 나가버렸다.

"아니, 왜 벌써 가. 좀 있으면 아현동 공주님 하는데 보고 가시지…….”

박 씨가 엉거주춤 일어서며 황급히 말순을 따라나섰다.

"참나, 무슨 노인네 성질머리가 저 모양이래? 아주 태어났을 때부터 저랬을 거야."

나영이 고개를 절레절레 흔들며 내뱉듯이 말했다. 그러자 박 씨가 걸음을 옮기다 말고 버럭 소리를 질렀다.

"니가 뭘 안다 그래! 우리 아가씨가 월매나 맴이 고운 사람인지 알기나 혀? 글고 야 이놈의 기집애야. 아가씨가 니 친구여, 뭐여. 시방 그게 어디서 배워먹은 버르장머리여. 내가 널고 따우로 키웠냐."

"아, 진짜. 뭐야, 정말. 아빤 또 왜 역정을 내고 그래! 내가 이래서 시집을 안 가는 거야. 저런 시어머니 만날까봐!"

박 씨는 혀를 끌끌 차며 마루에 앉아 신발을 발에 꿰었다. 그러고는 투덜거리는 딸을 보며 톡 쏘아붙였다.

"우라질 년, 그런 년이 돈까지 내가면서 맞선을 보러 다녀? 벌써 기어들어온 거 보니까 요번 놈도 커피 원샷 때리고 약속 있다고 가버렸구만. 니 나이도 이제 꺾어진 70이야. 그러다 어디 재취자리에 들어가 남의 애 키우고 살고 싶지 않으면 정신 차려 이년아."

"아빠!"

나영이 빽 소리를 질렀다.

그러거나 말거나 박 씨는 마당에 세워둔 스쿠터를 끌고 나가며 다급하게 말순을 불렀다.

"아가씨, 내가 태워다 드릴게. 좀 기다려 봐요."

나영은 황당하다는 듯 박 씨의 뒷모습을 바라보다가 말순이 놓고 간 비닐봉지에서 굴러 나오는 복숭아를 집어 들었다. 그러고는 툇마루에 앉아서 복숭아를 허벅지에 쓱쓱 닦아 한 입 가득 베어 물었다.

"둘이 친한 거 맞아? 근데 어떻게 아버지 복숭아 알레르기 있는 걸 몰라? 하여간에 진짜 맘에 드는 구석이 없어. 노친네, 그래도 복숭아는 맛있는 걸로 잘 골랐네."

어느 틈에 복숭아 하나를 다 먹어치운 나영은 복숭아 하나를 더 꺼내들더니 망설임도 없이 크게 한입 베어 물었다. 그새 말순에 대한 것은 까맣게 잊었는지 나영의 입가에 흡족한 미소가 피어올랐다.

"맛나네, 이 복숭아. 어디서 파는 거지."

나에게도
꿈이 있다

저녁놀이 지기 시작한 거리. 요란한 소리를 내며 박 씨의 스쿠터가 거리를 내달린다. 뒷좌석엔 말순이 박 씨의 허리를 붙잡고 있다.

박 씨가 삐쳐버린 말순을 간신히 달래서 스쿠터에 태워 드라이브를 하는 중이었다. 지금처럼 말순이 골났을 때는 드라이브만큼 좋은 해소방법도 없었다. 젊었을 때나, 나이를 들어서나 오말순 여사는 늘 한결 같았다.

"그럼 어떻게 보고만 있수? 더 해봐야 아가씨 평판만 나빠지는데······."

두 사람은 아직도 낮에 벌어진 일을 가지고 티격태격하고 있었다. 박 씨가 볼멘소리를 내자 말순이 목소리를 높이며 타박했다.

"음마? 내 평판? 하이고야."

늘 밉살맞게 말을 하는 것도 모자라 오늘은 코까지 부러

트렸는데도 박 씨는 그녀가 싫지 않았다. 아니, 싫다는 생각을 한 번도 해본 적이 없었다. 예나 지금이나 박 씨는 항상 일편단심이었다.

"긍께 말릴 거믄 나가 고년을 때리고 나서 말렸어야제! 왜 나가 처맞았을 때 말려! 내 평판이 어쩌고 하지만서도 결국 고년 편 들어준 거 아녀? 하여튼 간에 사내놈들은 애나 늙은이나 한 살이라도 어리면 그냥……."

변명이 궁색해진 박 씨는 낮게 헛기침을 하며 스쿠터의 속도를 올렸다. 콧노래까지 부르며 한껏 기분을 냈다.

"아따, 바람 좋네. 고마 꽉 잡으쇼잉. 인자부터 쪼까 달려볼랑게."

박 씨의 스쿠터가 용트림을 하며 힘껏 달리기 시작하자 말순도 기분이 풀렸는지 환하게 웃으며 좋아했다.

"아가씨, 그라지 말고 한 곡조 뽑아보쇼."

"노래?"

말순이 무슨 뚱딴지같은 소리냐며 되묻는다.

"아, 예전부터 노래하믄 오말순 여사 아니오. 함 불러보소. 기분도 내고 좋잖여. 바람도 죽이는데. 아, 얼른 불러보쇼."

박 씨가 계속 재촉하자 말순은 못 이기는 척하며 구성진 목소리로 노래를 부르기 시작했다. 박 씨는 들썩들썩 어깨춤을 추며 박자를 맞추듯 경적을 울려댔다.

"아싸, 좋구나!"

상암동에 소재한 음악 전문케이블 방송국의 공개홀. 무대 위에선 신인 아이돌 그룹의 드라이 리허설이 한창이다. 방송을 진두지휘하는 담당 피디인 승우는 자못 심각한 얼굴로 팔짱을 끼고 무대를 지켜보았다. 그런데 무엇 때문인지 아까부터 표정이 어두워보였다. 어딘가 못 마땅하다는 듯, 옆에서 누군가가 톡 건드리기만 폭발할 것 같은 분위기였다. 좀처럼 표정이 풀리지 않자, 다른 스태프도 슬금슬금 그의 눈치를 살폈다.

무대 위의 아이돌 그룹이 섹시 댄스를 추면서 스튜디오 분위기를 후끈 달아오르게끔 만들려고 애쓰고는 있지만 승우의 표정은 갈수록 딱딱하게 굳어갔다. 아무래도 누군가가 나서서 그의 기분을 풀어줄 필요가 있었다. 하지만 그건 고양이 목에 방울 달기나 마찬가지다. 깐깐하기로 소문난 승우를 감당할 사람은 그리 많지 않았다.

"어때, 선배? 이번에 SYJ에서 밀고 있는 새로운 유닛이야. 애들 예쁘지?"

그렇게 말하며 승우에게 다가온 사람은 조연출인 수연이었다.

"얘들 이름이 뭐라고?"

승우가 다소 지친 얼굴로 수연을 바라보며 물었다.

"슈가 걸스."

"그럼 애네 다음은?"

건성으로 들으며 승우가 무대 뒤쪽에서 대기 중인 남자 아이돌 그룹을 가리켰다. 앳돼 보이는 여섯 명의 소년이 하나같이 복근을 드러낸 짧은 상의를 입고 초조한 얼굴로 순서를 기다리고 있었다.

"식스 팩스."

예상을 벗어나지 않는 대답이었다.

"그래, 그렇지. 식스 팩스겠지."

승우는 별로 놀랍지도 않다는 듯 고개를 끄덕이며 중얼거렸다. 그러고는 한숨을 내쉬더니 몸을 돌려 계단을 내려갔다.

"진짜 가지가지 한다. 설탕 소녀들에, 왕자 복근이라니. 질린다, 질려."

수연이 황급히 그를 따라갔다.

"으이그, 우리 한 피디님, 또 시니컬해지신다. 에헴, 노래는 얼굴로 부르는 게 아니야. 영혼으로 부르는 거야!"

낮게 헛기침을 하고는 승우의 말투를 흉내 내는 수연. 그러거나 말거나 승우는 들리지도 않는다는 듯 계속 걸어갔다. 키가 훤칠하고 다리도 길다보니 몇 걸음 내딛지 않았는데도 벌써 저만치 가고 있다. 수연은 혀를 차며 황급히 그를 따라갔다.

"저기, 한 선배. 선배 말이 맞긴 맞는데, 젊은 애들이 뭘 안다고 영혼으로 노래를 불러? 어떻게, 가요무대 나오는 선생님들 목소리에 아이돌 애들 립싱크 시킬까? 뭐, 이를 테면 패티 김이나 남진 선생님 같은 분들?"

승우가 갑자기 걸음을 멈추고 수연을 돌아보았다.

"오오, 그거 아이디어 죽인다. 진짜 한번 해볼까?"

농인지 진담인지 종잡을 수가 없다. 이 남자, 정말 엉뚱하다. 원래 4차원인 건 알았지만 이건 정도가 너무 심하다. 방송이 무슨 장난도 아니고. 수연은 황당하다는 듯 입을 다문 채 승우를 멀뚱히 쳐다보았다.

"왜? 난 괜찮은 것 같은데?"

설마, 진심인가. 수연은 고개를 흔들었다.

"아냐, 정말 기가 막힌 아이디어 같아. 우리 한번 해보자, 응?"

승우는 사뭇 진지한 표정으로 말했다. 아무래도 농담이 아닌 모양이다. 수연은 미간을 찡그리며 인상을 썼다.

"아, 진짜. 선배!"

"뭘 또 화를 내고 그래. 사람 가슴 졸이게."

"됐다, 됐어."

"아니, 난 정말 괜찮은 아이디어 같아서……."

"아, 몰라!"

승우는 툴툴거리는 수연을 쫓아가며 아이디어를 살려보자고 제안을 했다. 수연은 농담도 적당히 하라며 그를 나무랐다.
 "아, 진짜 좋은 아이템 같은데. 가만, 가요무대 담당 피디가 누구였더라?"
 "한 선배!"
 결국 참다못한 수연이 빽 소리를 질렀다.

 드라이브를 마치고 집으로 돌아온 말순은 싸구려 안마의자에 앉아 TV를 시청했다. 그녀가 즐겨보는 가요무대가 방영 중이었다. 처음 보는 여가수가 나와 김추자의 '님은 먼 곳에'를 열창하고 있었다.
 "하이고, 좋다. 좋네, 좋아. 노래도 좋고……."
 말순은 안마의자의 진동에 몸을 맡기고 노래를 흥얼거렸다.
 그때 벨소리가 울렸다. 박 씨였다.
 "아가씨, 저녁은 드셨소?"
 박 씨가 습관처럼 물었다.
 "어."
 말순은 무성의하게 대꾸했다.
 "뭐 맛난 걸로 드셨남?"
 "어."
 "개구리 반찬?"

"어."

"아따 또 TV를 본다고 정신이 팔렸구먼."

"어."

"하여간에 아가씨도 참……."

"어."

말순은 박 씨의 이야기를 건성으로 들으며 TV에만 정신을 팔았다. 그걸 아는지 모르는지 혼자서 한참 떠들던 박 씨는 뒤늦게 수화기로 흘러들어오는 노랫소리를 듣고 알은체를 했다.

"가만, 이거 어디서 많이 듣던 노래 같은디……."

하지만 선뜻 노래제목이 생각나지 않자 박 씨는 말끝을 흐리며 기억을 더듬었다.

"척 들으면 모르남? '님은 먼 곳에'고만. 김추자 노래. 우리 옛날에 그랬잖여. 담배는 청자, 노래는……."

말순은 그것도 모르냐며 타박했다.

"노래는 추자! 맞네, 맞어. 김추자네, 김추자."

"맞어, 추자. 김추자여. 김춘자도 아니고 김추자."

"글제. 김춘자가 아니고 김추자제."

그러고는 두 사람은 뭐가 좋은지 킥킥거렸다. 이럴 때 보면 또 두 사람은 아삼륙처럼 서로 죽이 잘 맞았다.

"아까도 말했지만, 옛날에 우리 아가씨가 김추자보다 노래 더 잘 했는데. 아가씨가 노래 한 자락 딱 뽑으면 다들 입을 헤~ 벌리고 들었잖여?"

"그랬나?"

말순도 칭찬은 싫지 않은 모양이었다. 슬며시 미소를 지으며 고개를 끄덕였다.

"참말로 기억이 안나남? 아가씨 악극단 따라간다고 나섰다가 주인마님한테 머리털 몽땅 밀렸던 거. 뭐시냐, 그 꼴이 꼭 복날 털 뽑힌 개 같은 게, 난 아가씨 두상이 그렇게 납작한 줄 몰랐네 그려."

박 씨가 갑자기 케케묵은 옛날 일을 들먹이더니 즐겁다는 듯 키득거렸다. 하지만 말순은 따라서 웃지 않았다. 그다지 떠올리고 싶지 않은 옛날 일이라 얼굴을 붉히며 전화기에 대고 빽 소리를 질렀다.

"뭐여, 뭐가 어쩌고 어쩌? 시방, 고거시 뭔 소리당가. 어디 그 납작한 두상으로 한 번 더 맞아 볼텨?"

그냥 농담을 건넸을 뿐인데 예상치 않게 말순이 불같이 화를 내자, 당황한 박 씨가 황급히 웃음을 멈추고 수습에 나섰다.

"아니, 아가씨. 긍께 내말은 말씨. 그러니께 그 일만 아녔어도 아가씨가 김추자보다도 더 유명한 가수가 되어……."

"아, 됐고만. 그딴 시답잖은 소리나 할 거면 전화 끊어!"

말순은 씩씩거리며 휴대전화를 아예 꺼버렸다. 그러고도 분이 안 풀렸는지 어깨를 오르락내리락하며 숨을 몰아쉬었다.

"망할 영감탱이가 언제적 야그를 꺼내고 지랄이여."

어느덧 노래는 클라이맥스를 향해 가고 있었다. 말순은 효자손을 마이크 삼아 쥐더니 노래를 따라 부르기 시작했다.

"님은 먼 곳에에에에에에에~."

노래를 열창하면서 말순은 박 씨의 이야기를 다시금 떠올렸다.

꿈 많았던 처녀 시절, 가수가 되어보겠다고 마을을 찾아온 악극단을 가족들 몰래 따라나섰던 것이 엊그제 같은데 벌써 세월이 이만큼이나 흘러버렸다. 그때는 정말 가수가 되고 싶었다. 지금은 비록 이 모양, 이 꼴로 살고 있지만, 그때 말순에겐 꼭 이루고 싶었던 '꿈'이었다. 이제는 너무 늙어버려서, 그럴 기회조차 주어지지 않는 할망구가 되어 버렸지만.

노래를 따라 부르던 말순의 눈가에 슬며시 물기가 맺혔다.

'그랴, 나도 그런 꿈이 있었구먼. 다시 그 시절로 돌아간다면 그때는……'

반지하 밴드

 "야야, 너는, 너는, 참말로. 애가 왜 그런다냐. 생선조림은 이렇게 하는 게 아니라고 나가 몇 번을 말혔냐. 무를 요로콤 깔지만 말고 위에도 덮으란 말이다. 그래야 무에서 맛있는 물이 내려와갖고 생선살에 베어들재. 너는 시엄니가 하는 말을 고렇게 허투루 듣냐. 참말로 걱정이다. 이래서 지하, 쟈가 뭘 배우겠냐. 쯧쯧. 우째 생신내기 하나 조리는 깃도 이 모양 이 따우냐. 하이고 참말로……."

 하루를 시작하는 아침상. 말순이 젓가락으로 고등어를 뒤적거리며 잔소리를 늘어놓았다. 어제오늘일이 아니어서 그런지 애자의 표정엔 별다른 변화가 없다. 그저 우울증 환자처럼 우거지상을 하고 묵묵히 잔소리를 듣기만 했다.

 그때였다. 애자의 시야에 작은방 문이 열리더니 기타를 둘러멘 막내 지하가 발뒤꿈치를 들고 살금살금 주방 앞을 지나가는 게 보였다. 말순의 잔소리에서 벗어날 절호의 찬

스였다. 엄마의 싸늘한 눈초리를 느꼈는지 지하가 슬며시 주방으로 고개를 돌렸다. 애자는 이때다 싶어 지하에게 눈을 부라렸다.

"넌 아침부터 밥도 안 처먹고 또 어딜 나가!"

엄마의 히스테릭한 반응에 지하는 미간을 찡그렸다. 딱 봐도 할머니에게 당한 분풀이라는 걸 알 수 있었다. 지하는 밉살스럽게 입술을 삐죽거렸다.

"오디션 있어. 연습해야 돼."

"오디션? 너 엄마랑 음악은 취미로만 한다고 약속했어, 안 했어. 니네 누나 취직 안돼서 저러고 있는 거 안 보여? 하라는 공부는 안 하고……."

애자의 눈빛이 소파에 누워있는 맏딸 하나를 향했다. 갑작스럽게 자기 이름이 튀어나오자 하나는 무슨 일인가 싶어 부스스한 얼굴로 일어나더니 늘어지게 하품을 했다. 동생을 나무랄 때 자길 들먹이는 일엔 이제 이력이 난 모양이었다. 아무런 감흥도 없다는 듯 소파에서 느릿하게 일어나더니 허리를 펴며 스트레칭을 했다. 마치 이 상황에서 자기를 빼달라는 무언의 시위처럼 보였다. 애자는 그런 딸을 보며 한숨을 내쉬고는 다시 지하에게 시선을 돌렸다.

"너 기껏 딴따라 만들려고 엄마가 이 고생 하면서 사는 줄 알아? 하여간에 큰놈이나 작은놈이나……."

"너는 왜 아침부터 애 기를 죽이고 그래쌌냐? 우리 지하가 뭔 잘못을 그리했다고. 그라고 말이다. 니가 고생을 한다고? 하이고야, 집에서 남편이 벌어다주는 돈으로 살림만 하는 애가 이젠 별소릴 다 하는구먼."

말순이 불쑥 끼어들었다. 애자는 뭐라고 반박하려다가 한숨을 내쉬고는 입을 다물었다.

"이리 온, 내 새끼."

말순은 풀이 죽어 서 있는 손자에게 다가갔다. 그러고는 주머니에서 꼬깃꼬깃 접은 만 원짜리 지폐를 한 장 꺼내 지하의 손에 쥐어주고 나서 귀엽다는 듯 엉덩이를 톡톡 두드렸다.

"내 새끼, 이걸로 아침 굶지 말고 맛난 거 사먹어."

금세 표정이 풀어진 지하는 할머니의 배웅을 받으며 의기양양하게 무사히 현관까지 갔다.

"어휴, 지 녀석을 정말……."

애자는 마음 같아선 당장 아들을 붙잡아다가 방에 앉히고 싶지만 말순의 눈치를 보느라 이러지도 저러지도 못하고 속만 태웠다.

"할머니, 다녀올게."

"그랴, 내 새끼. 차 조심하고."

말순이 지하를 배웅하고 돌아오자 애자는 할 말이 있다는 듯 굳은 얼굴로 시어머니를 똑바로 쳐다보았다.

"어머니, 지하 이제 곧 졸업반이에요. 취직 준비도 해야 되고요. 그런데 맨날 그렇게 애만 감싸시면 어떻게 해요. 그리고 가수? 어머니, 저는 지하를 딴따라로 만들려고 이제껏 먹여 키운 게 아니에요."

아들 사랑만큼이나 손자 사랑도 지극한 말순은 대번에 눈을 부라리며 며느리에게 잔소리를 늘어놓기 시작했다.

"음마, 야가 말하는 것 좀 보소. 가수가 뭔 딴따라다냐? 너는 TV 뉴스도 안 보냐. 요즘은 가수가 외국에다 나라 알린다고 훈장도 받는다는디. 우리 지하가 난중에 훌륭한 가수가 되어서 훈장을 받으면 너도 안 좋겠냐?"

"어머니, 애들 교육은 저한테……."

"나 젊어서 혼자되고 암 것도 없이 애들 애비 이만치 성공시켰다. 자식 교육은 내가 너보다 한참 윗길이여."

"……."

애자는 말문을 잃고 짧게 한숨을 내쉬었다. 역시 시어머니를 이해시키고 설득하는 건 쉬운 일이 아니었다.

"우리 할머니, 아침부터 또 연설이셔."

그때까지 혼자서 열심히 스트레칭을 하던 하나가 나른하다는 듯 하품을 하며 주방으로 터벅터벅 걸어왔다.

"엄마, 나 배고파. 밥 줘."

말순은 하나가 입은 핫팬츠를 보더니 끌끌 혀를 찼다.

"하나야, 너 고거시 시방 바지냐, 빤쓰냐? 말만 한 년이 어디서 깨벗고 난리여."

하지만 하나는 말순의 말을 무시하고 식탁에 앉았다. 말순은 그런 손녀를 기가 막힌다는 얼굴로 쳐다보았다. 입술을 씰룩거리는 걸 보니 뭔가 잔소리를 늘어놓을 모양이다. 옆에서 지켜보던 애자는 답답한지 가슴을 두드렸다.

"어딜 씻지도 않고 밥상머리에 앉아! 언능 가서 씻구 와!"

말순이 하나의 팔을 잡고 억지로 일으켜 세웠다.

"아, 진짜. 알았다고, 씻으면 되잖아요. 정말 아침부터 짜증나게……."

하나는 신경질적으로 말순의 손을 뿌리치더니 자리에서 일어나 욕실로 향했다. 말순은 손녀의 버르장머리를 고쳐주겠다는 듯 팔을 걷어붙이며 쫓아가다기 욕실 문이 쾅 하고 닫히자 나시 시선을 돌려 애자를 노려보았다.

"음마, 요년 보소. 어디 할미한테 고따위 말버릇이래. 야야, 너는 자식교육이 어떻고 하더니 쟈한테 뭘 가르친 거여. 시방 이게 뭐다냐. 기집애가 저래서 어디 시집이나 가겄냐. 어디 니가 말 좀 해봐라잉."

아침부터 한바탕 전쟁을 치른 애자는 밥도 안 먹고 도망치

듯 안방으로 돌아왔다. 하루 이틀 겪는 일도 아니고 이제 이력이 생길만 한데도 시어머니의 잔소리는 해를 거듭할수록 심해지는 것 같다.

"밥은 왜 안 먹어?"

식사를 마친 현철이 안방으로 들어왔다. 최근 들어 애자가 아침을 굶는 일이 잦다는 걸 잘 알고 있었다. 그래서 걱정이 되어 서둘러 식사를 마치고 안방으로 따라온 것이다. 애자는 남편의 물음에는 대꾸도 하지 않고 방바닥에 앉아서 멍하니 창밖만 내다보았다.

"사람이 물어보면 대답 좀 할 것이지……."

현철은 나직이 툴툴거리며 옷장 안에서 재킷을 꺼냈.

그때 애자가 갑자기 가슴을 움켜쥐더니 화장대 서랍에서 약을 찾아 입안에 털어 넣었다.

"왜 그래? 또 가슴 아파?"

옆에서 옷을 갈아입던 현철이 거울에 비친 애자를 보며 걱정스러운 표정을 지었다. 요즘 들어 부쩍 아내가 아파하는 모습을 자주 보기 때문이다. 저 미련한 여자는 등을 떠밀 때까진 제 발로 병원을 찾아가진 않을 것이다. 고집 센 모습은 영락없이 오말순 여사와 판박이다. 고부지간이 그런 건 또 쏙 빼닮았다. 현철은 짧게 한숨을 내쉬었다.

"그러지 말고 병원에 한번 가보래두 그러네."

"괜찮아요. 약 먹었으니까 금방 나아질 거예요."
"사람 고집은, 병원 가는 게 그리 어렵나."
"저, 여보……."
애자가 뭔가 할 말이 있다는 듯 현철을 쳐다보았다.
"응?"
현철이 넥타이를 매다말고 아내를 흘끗 보았다.
"아니야. 늦겠다. 빨리 출근해."
애자가 한참을 망설이더니 이내 고개를 가로저으며 말했다.
"뭔데? 뭐, 나한테 할 말이라도 있어? 말해봐."
"아무것도 아니라니까. 어서 출근이나 해. 그러다 정말 늦어."
"사람 싱겁긴."

현철은 입맛을 다시며 안방을 나왔다. 서재에 들러 가방을 챙겨 현관으로 가니 오말순 여사가 쪼그리고 앉아서 옷소매로 현철의 구두를 닦고 있었다. 말순은 아들의 구두를 마치 신주단지 모시듯 조심스럽게 들어 가지런히 내려놓았다. 현철의 출근길을 챙기는 것은 늘 오말순 여사의 몫이었다. 현철의 총각시절에도 그랬고, 장가를 간 후에도 마찬가지였다. 1년 365일 하루도 거르는 법이 없었.

현철은 말순에게 뭔가를 이야기하려다 뒤따라온 아내의 눈치를 살피더니 낮게 헛기침을 했다.

반지하 밴드 · 55

"하이고, 우리 교수님 나오셨는가."

"네, 엄니."

현철은 말순이 정성스럽게 닦아놓은 구두에 두 발을 꿰고 서둘러 집을 나섰다. 아내의 시선도 부담스럽고 어머니의 극성도 몹시 불편했다. 둘 중 누구 한 사람의 편을 들어주기에도 애매했다. 솔로몬 왕이 살아 돌아온다고 해도 이 난제만큼은 어떻게 할 수 없을 것이다.

말순은 그런 현철의 마음도 모르고 눈치도 없이 아들을 쪼르르 따라가며 문밖까지 배웅한다.

"다녀올게요."

"그랴, 우리 교수님, 잘 다녀오세요."

"들어가세요, 어머니."

"아녀, 가는 거 보고 들어갈 텐께, 울 교수님은 신경 쓰지 말고 얼른 가쇼. 이라다 늦겠네."

"네, 그럼."

현철은 꾸뻑 머리를 숙이고 서둘러 걸음을 옮겼다.

말순은 멀어지는 아들의 뒷모습을 흐뭇하게 바라보다가 천천히 돌아섰다. 언제 따라 나왔는지 문 앞에 서 있던 애자도 힘없이 돌아섰다. 마치 그 모습이 시어머니와 눈이 마주치지 않으려고 일부러 그러는 것처럼 보였다.

"너는 아범 나가는데 잘 다녀오세요, 한마디 하면 우째 주둥이가 삐뚤어진다냐? 어쩌믄 사람이 그러냐, 야박하게."

뒤통수에 꽂히는 말순의 잔소리에 애자는 우뚝 걸음을 멈추었다. 더는 못 참겠는지 시어머니에게 한마디 해주려는데 별안간 주방에서 그릇 깨지는 소리가 들렸다. 하나였다. 굳이 들어가서 확인해볼 것도 없었다. 하나에게 설거지를 맡겼더니 또 딴 데 정신이 팔려서 그릇을 깬 모양이었다. 애자는 입술을 지그시 깨물었다. 또 한바탕 오말순 여사의 잔소리가 이어질 게 분명하다. 아니나 다를까, 뒤에서 말순이 한심하다는 듯 혀를 끌끌 찼다. 애자는 천천히 돌아서서 우울한 얼굴로 시어머니를 바라보았다.

"저저저, 저거, 저거 설거지 좀 하랬더니 또 그릇을 깼구먼. 야야, 너는 하나 취직공부고 뭐시고 살림부터 가르쳐라. 저래갖고 어디 시집이나 가겠냐? 자고로 여자가 살림을 잘해야지. 쯧쯧쯧."

다시 그릇 깨지는 소리가 들렸다.

"아야, 건들지 말고 가만 냅둬! 그러다 그릇이란 그릇은 다 깨쳐불겄다."

말순이 소리를 지르며 주방으로 뛰어갔다.

애자는 말순의 뒷모습을 물끄러미 바라보며 길게 한숨을 내쉬었다. 그러다가 또다시 흉통이 찾아왔는지 가슴을 움켜쥐며 쪼그리고 앉았다. 안에서 하나에게 잔소리를 하는 말순의 목소리와 거기에 지지 않고 말대꾸로 응수하는 하나의 목소리가 들려왔다. 흉통이 점점 심해지는지 애자는 아예 바닥에 주저앉아서 숨을 가쁘게 몰아쉬었다. 하지만 야속하게도 아무도 밖에 나와 보질 않았다.

홍대 인디클럽 〈EXIT〉, 정기 공연 자리를 놓고 아마추어 밴드들의 경합이 한창이다. 그중에 지하의 모습도 보인다.

긴장 속에서 순서를 기다리던 지하와 멤버들은 드디어 호명을 받고 무대 위로 올라갔다. 이른 시각이라 손님이 별로 없었지만 당락을 결정하는 권한을 쥐고 있는 클럽 오너가 한가운데 자리를 지키고 있었다. 푸근한 쌀집 아저씨 같은 인상과는 다르게 음악에 관한한 깐깐하기로 소문난 오너는 지하와 멤버들이 악기를 조율하는 모습을 무덤덤하게 지켜보았다.

이윽고 튜닝을 마친 지하는 멤버들에게 눈짓으로 신호를 보내고 나서 이제 준비가 되었다는 의사 표시로 오너의 얼굴을 쳐다보았다. 오너는 팔짱을 끼고 무심하게 고개를 끄덕였다.

"원 투 쓰리 포!"

지하가 카운트를 하며 기타 연주를 시작했다. 아마추어답지 않은 능숙한 연주로 전주를 이끌자 거기에 화답하듯 베이스와 드럼이 안정된 리듬으로 분위기를 끌어올렸다. 오너의 표정엔 변화가 없었다. 전주가 끝나고 보컬을 맡은 미애가 마이크를 붙잡고 카랑카랑한 목소리로 노래를 부르기 시작했다. 지하가 심혈을 기울인 자작곡이었다.

내가 사랑하는 너는 펜트하우스에 살고
너를 사랑하는 나는 반 지하에 살지!
우우우~ 이것이 우리들의 엿 같은 인새애애앵!
(코러스) 정말로 뭐 같지!

미애는 첫 소절을 나쁘지 않게 시작하여 A파트까지는 무난하게 소화하더니 후렴구에 들어가서는 고음 파트에서 그만 음 이탈을 하고 말았다. 지하가 당황하여 눈치를 주었지만 미애는 아랑곳하지 않고 계속 올라가시도 않는 음정을 진성으로 불러댔고, 안정적이던 보컬은 그때부터 완전히 무너져버렸다. 덩달아 무표정하던 오너의 표정도 점점 어두워지기 시작했다. 미애가 연달아 음 이탈을 하자 손님 중 한 명이 때려치우라며 야유를 보냈다. 지하는 입술을 깨물고 꿋꿋하게 연주를 계속했다.
드디어 완창.
오너가 무표정한 얼굴로 지하를 쳐다보았다. 별다른 말은 하지 않았다. 아니, 굳이 말할 필요도 없었다. 눈빛만 봐도 오너가 어떤 결정을 내렸는지 충분히 헤아릴 수 있었다. 낙담한 지하는 오너에게 꾸뻑 인사를 하고는 멤버들을 이끌고 무대에서 내려왔다. 지하의 등 뒤로 다음 대기자를 호명하는 오너의 목소리가 들려왔다.

지하는 밴드 멤버들을 데리고 말없이 클럽을 나왔다. 다들 침울한 표정이었다. 지하는 아지트인 연습실까지 가는 동안, 한마디 말도 하지 않았다. 다른 멤버들 역시 상심이 큰 탓인지 평소처럼 수다를 떨지도 않고 조용히 지하를 따라갔다. 맥없이 걸음을 옮기는 모습이 마치 형장에 끌려가는 죄수들 같았다.

"아, 씨발!"

연습실에 도착하자마자 지하는 기타를 패대기치며 욕설을 내뱉었다. 그 서슬에 놀란 멤버들이 움찔하며 물러섰다.

"야, 서미애. 너 무슨 판소리 하냐?"

지하가 보컬을 노려보았다.

"쏘리. 어제 잠을 좀 설쳤더니 컨디션이 아주 이네. 목이 완전히 잠겼어."

미애가 궁색한 변명을 늘어놓자, 지하는 기도 안 차다는 듯 고개를 흔들었다.

"뭐라고 잠을 설쳐? 목이 잠겼다고? 왜? 또 클럽에 가서 밤새 퍼마시고 꽐라 된 거지? 안 그래? 너 정신이 있는 거냐. 내가 어제 분명히 말했지. 오늘 오디션이 있으니까 목 관리 잘 좀 하라고. 부탁했어, 안 했어? 넌, 내 말이 똥으로 들려?"

지하는 너무 화가 난 나머지 다소 심하다 싶을 정도로 거칠게 몰아붙였다. 순간 아차 싶었지만 내뱉은 말을 다시 주워 담을 수도 없고, 또 자존심 때문이라도 그러고 싶지 않았다. 어차피 한번쯤 짚고 넘어가야 할 문제라고 생각했다. 이번이 처음도 아니었다. 벌써 비슷한 이유로 오디션을 여러 번이나 망쳤다.

"오빠, 말이 좀 심하다? 그깟 삑사리 쪼금 난 거가지고 너무 쪼아댄다. 아주 그러다가 한 대 칠 기세네?"

미애가 눈을 흘기며 대들었다.

"뭐야?"

지하가 눈을 부릅떴다. 분위기가 험악해지자 다른 멤버들이 슬금슬금 두 사람의 눈치를 보며 누구 편을 들어야 할지 고민에 빠졌다.

"쪼금? 요즘 니 목소리 계속 찢어지거든. 너 이러다 아주 피 토하고 득음 하겠어."

보다 못한 홍석이 지하를 말렸다.

"지하야, 적당히 해."

"그래, 미애가 득음하면 우리도 좋은 거지 뭐."

두병도 은근슬쩍 거들고 나섰다. 지하는 두 사람을 무시하고 미애를 사납게 쏘아보았다.

"야, 너 이딴 식으로 할 거면 그냥 때려 쳐. 가서 걸 그룹 오디션이나 봐. 어차피 그 실력으론 라이브 할 깜냥도 안 되고, 그냥 립싱크나 해. 너한테 딱 어울린다. 좋네, 좋아."

미애는 어이가 없다는 듯 콧방귀를 뀌더니 담배를 피워 물었다. 그러고는 보란 듯이 가래침을 바닥에 뱉었다.

"아, 씨……."

담배를 빨던 미애가 뭔가 못 마땅하다는 듯 지하를 째려보며 나직이 중얼거렸다. 일부러 들으라고 한 말 같았다. 지하는 울컥해서 눈을 부라렸다. 그러자 미애는 지하를 도발하려는 듯 입가에 조소를 띠었다.

"뭐, 씨? 이게 진짜. 너 지금 뭐라고 했냐? 어디 계속 해봐. 씨, 다음에 뭔데? 뭐, 씨발이라고 하려고?"

지하가 정말로 한 대 칠 기세로 미애에게 다가서자, 깜짝 놀란 홍석과 두병이 지하를 붙들고 말렸다.

"참아, 지하야."

"놔, 이거 안 놔?"

"놓긴 뭘 놔. 니가 참아."

미애는 서로 부둥켜안고 있는 세 남자를 바라보며 웃기지도 않는다는 듯 조소하며 담배 연기를 길게 뿜었다.

"내가 이래서 담배를 못 끊어. 야, 반지하. 뭐 나만 잘못 했니? 솔직히 니 연주도 졸라 구리거든? 자작곡도 아주   이고. 작사는 또 어떻고. 참나, 어이가 없어서. 그리고 진짜 골 때리는 건 니 이름이야. 지하가 뭐니, 그것도 반지하. 리더 이름부터 반지하인데 밴드가 무슨 빛을 보겠냐? 너나 꿈 깨."

미애는 악담을 퍼붓더니 황당해서 우두커니 서 있는 지하를 밀치고 연습실을 나가버렸다. 그러자 홍석이 미애를 부르며 쫓아갔다.

"야, 미애야. 그냥 가면 어떡해! 야, 서미애!"
"야! 놔둬! 잡지 마! 넌 존심도 없냐. 그냥 가라고 해. 야, 서미애! 우리 할머니가 해도 너보단 잘해!"

지하는 밖으로 나가버린 미애를 향해 고래고래 소리를 질렀다.

그때였다. 두병이 울상을 짓더니 거의 기어들어가는 목소리로 아주 중요한 사실을 상기시켜주었다.

"야, 이 연습실……. 여태껏 미애가 월세를 내줬잖아. 잊었어? 너 이제부터 어쩌려고……."

순간, 두병의 시야에서 지하가 사라졌다. 그야말로 전광석화 같았다. 어디로 사라졌나 찾아보니 미애를 쫓아 바람처럼 달려가고 있었다.

"야, 미애야! 오빠가 너 정말 피 토할까봐 걱정이 돼서 그랬어! 미애야, 서미애?"

"곱다, 고와."

말순은 신발가게 가판대 앞에 쪼그리고 앉아서 굽 낮은 빨간 구두를 만지작거리고 있었다. 구두는 가게 주인이 잘 닦아놨는지 윤이 날 정도로 반짝거렸다. 말순은 신고 있는 해진 운동화랑 구두를 번갈아보았다. 며칠 전의 일도 있고 해서 신발을 새로 장만하려고 시장에 왔지만 막상 사려니까 망설여지는 모양이었다. 몇 번이나 신발을 들었다놨다하는 중이었다.

"아, 진짜, 거 그만 좀 만져요. 벌써 몇 번쨉니까. 그러다 손때 타서 안 팔리면 할머니가 책임질 거야?"

갑자기 가게 안에서 인상이 우락부락한 남자가 언성을 높이며 밖으로 뛰어나왔다. 늦은 점심식사를 하던 중이었는지 한손에는 자장이 잔뜩 묻은 젓가락을 쥐고 있었다. 말순은 구두를 내려놓을 생각을 안 하고 계속 조몰락거리며 남자를 쳐다보았다.

"얼마라 그랬제?"

말순이 조심스럽게 물었다.

"2만 9천 원! 정말 몇 번을 말씀드려! 만 원짜리 세 장 주시면 내가 천 원짜리 한 장 준다니까! 아, 이 할머니 정말 답답하시네. 날도 더운데 왜 우리 가게에서 이런대. 나 이거 미치겠네, 진짜로."

가게주인은 답답하다는 듯 가슴을 두드렸다.

"거 뭐시냐, 여름 정기세일은 안 하는가? 백화점 같은 데 보면 바겐쎄일이다 뭐다 자주 하잖여. 여는 그런 거 없는감?"

말순의 물음에 가게주인은 한숨을 내쉬었다.

"할머니, 여기 시장이야. 시장에서 무슨 정기세일을 해요."

"알았구먼, 알았당께. 나가 한 바퀴만 더 돌아보고 올랑께. 쪼께 기다리쇼잉. 딴 가게도 보고 다시 올 테니께."

말순은 구두를 내려놓고 무릎을 짚으며 일어섰다. 그러고는 가게주인에게 손인사를 하고 천천히 돌아섰다.

"아니, 뭘 또 오셔. 이봐요, 할머니. 그러고 갔다 온 게 벌써 세 바퀴잖아. 여기 백 바퀴를 돌아도 이거보다 싼 거 없어요."

가게주인은 손에 쥔 젓기락으로 구두를 톡톡 치며 짜증 섞인 목소리로 말했다. 하지만 말순은 아무 소리도 들리지 않는다는 듯 터벅터벅 걸어갔다.

"저 할머니가 진짜 나를 시험에 빠뜨리네. 지난주에 주님께 기도하고 왔는데 앞으로 착하게 살겠다고. 아놔, 또 기도하고 와야 하나."

결국 말순은 구두를 사지 못하고 빈손으로 집에 돌아왔다.

"에미야."

현관문을 열고 집 안으로 들어온 말순은 어딘가 이상하다는 생각이 들었다. 집이 지나치게 조용했다.

"얘가 또 어디를 갔는데 대꾸가 없대."

툴툴거리며 거실로 들어서자 바닥에 널브러진 장바구니가 보였다. 과일이며 생선들이 어지럽게 흩어져 있었다.

"하이고, 집 안 꼬라지 좀 보소. 나가 정말 미쳐불겠구먼. 시방 야는 집을 이 꼴로 만들어놓고 또 어디를 갔다냐."

애자 쓰러지다

 앰뷸런스 한 대가 맹렬하게 달려오더니 응급실 앞에 멈추었다.

 구급대원들이 일사분란하게 들것에 실린 애자를 이동침상에 누이고는, 미리 연락을 받고 대기 중이던 병원 스태프들에게 인계했다.

 애자는 의식이 없어보였다.

 "엄마, 눈 좀 떠봐! 엄마!"

 구급대원들이 환자 상태에 대한 간략한 브리핑을 하는 사이에 앰뷸런스를 함께 타고 온 하나가 울먹이며 애자에게 매달렸다.

 "엄마! 엄마!"

 "보호자 분, 물러나세요. 저희가 맡겠습니다."

 병원 스태프들 가운데 체격이 당당한 간호사가 하나를 떼어내며 차분한 목소리로 말했다. 하나는 잠시 고집을 피워보았지만 곧 간호사의 서슬에 눌려 뒤로 물러섰다. 그때 택시 두 대가 나란히 도착하더니 현철과 지하가 각각 내렸다. 두 사람 모두 하나의 연락을 받자마자 달려온 모양이었다.

"하나야!"

"누나, 어떻게 된 거야?"

"엄마가 쓰러졌어. 잠깐 외출했다가 와보니까 저렇게……."

하나는 말을 끝까지 잇지 못했다.

"여보, 눈 좀 떠봐!"

현철이 이동침상으로 달려가 애자를 흔들어 깨웠다. 하지만 곧바로 하나와 마찬가지로 같은 간호사에게 제지를 당했다.

다른 간호사가 애자에게 산소호흡기를 씌었다. 현철은 그 광경을 보고 겁이 덜컥 나서 실성한 사람처럼 아내를 불렀다. 하나와 지하도 울면서 애자를 불렀다.

병원 스태프들이 알아들을 수 없는 의학용어를 주고받으며 애자를 수술실로 옮겼다. 현철과 아이들은 부지런히 따라가다가 수술실 앞에서 제지당했다. 수술 중임을 알리는 램프에 불이 들어오자 현철은 망연자실한 얼굴로 주저앉아서 두 손으로 머리를 감싸 안았다.

수술 시간이 점점 길어졌다. 하나는 손톱을 물어뜯고 수술실 앞을 서성이며 잠시도 가만있질 못했다. 지하는 어딘가로 전화를 걸었다. 가족들에게, 1분 1초가 영겁의 시간처럼 느껴졌다.

몇 시간이 흐르고 나서야, 수술실에서 집도의가 나왔다. 그런데 의사의 표정이 그리 밝지 않았다.

어둠 속에서 전화벨이 울렸다.

가족들을 기다리다가 깜빡 잠이 든 말순은 벨소리를 듣고 깨어나 전화를 받았다. 수화기에서 반가운 목소리가 들렸다. 전화를 건 사람은 손자인 지하였다. 말순은 환한 얼굴로 손자의 이름을 불렀다. 하지만 곧바로 표정이 어두워졌다.

"뭐라고? 에미가 어떻게 됐다고?"

뜻밖의 소식을 들은 말순은 깜짝 놀라 벌떡 일어섰다.

"거기가 어디여. 어니께 있는 병원이냐. 그려, 알았구만."

전화를 끊은 말순은 지갑만 챙겨서 허둥지둥 집을 나섰다. 아닌 밤중에 홍두깨라고, 아침까지 멀쩡하던 사람이 갑자기 수술이라니. 말순의 가슴이 방망이질했다. 너무 놀라서 도무지 진정을 할 수가 없었다.

허겁지겁 밖으로 뛰어나온 말순은 정신없이 주변을 두리번거리더니 마침 저쪽에서 오고 있는 택시를 발견하고 손을 흔들었다.

"택시! 여기여, 여기!"

택시가 와서 멈추었다. 말순은 차문을 열다가 무심코 발을 쳐다보았다. 자연스럽게 헤진 운동화가 눈에 들어왔다. 급한 마음에 양말도 한 짝밖에 신지 않았다.

"할머니?"

기사가 안 탈 거냐는 듯 말순을 쳐다보았다.

말순은 뒷좌석에 올라타고 문을 닫았다. 그러고는 기사에게 행선지를 알려주고는 지갑을 열었다. 지갑 안에는 신발을 사려고 챙겨두었던 만 원짜리 지폐 세장이 들어 있었다. 말순은 다시 지갑을 닫고 창밖으로 시선을 돌렸다. 그리고 며느리가 무사하기를 간절히 빌었다.

진심으로.

몇 시간 후, 병원 회복실.

침대 위엔 수술을 마친 애자가 누워 있었다. 수술 경과가 나쁘지 않은지 안정된 모습이었다. 침대 주위엔 현철과 아이들이 걱정스럽게 애자를 지켜보고 있었다. 말순도 그 틈에 끼어서 초조한 얼굴로 며느리가 깨어나길 기다렸다.

"당최 이게 뭔 일이다냐. 하이고……."

그렇게 얼마나 흘렀을까. 애자가 몸을 살짝 뒤척이더니 천천히 눈을 떴다.

"여보! 괜찮아? 뭐? 물? 물 좀 줄까?"

현철이 걱정스럽게 물었다.

"어……."

애자가 무슨 말을 하려는지 입술을 달싹거렸다. 하지만 아직 목소리가 잘 나오지 않는 모양이었다.

"응, 뭐라고?"

현철이 몸을 숙여 애자의 입에 귀를 바짝 가져갔다. 애자는 현철의 귀에 대고 힘겹게 뭔가를 이야기했다. 말순도 무슨 말인지 들어보려고 했지만 목소리가 너무 작아서 도무지 들을 수가 없었다.

"여보, 잘 안 들려. 다시 말해봐."

애자가 손가락으로 말순을 가리켰다.

"어머니, 어머니……."

"어머니? 어머니가 왜?"

현철이 애자에게 바짝 붙으며 물었다. 애자는 간신히 쥐어짜는 목소리로 현철에게 뭔가를 속삭였다. 무슨 이야기인지 현철의 표정이 갑자기 굳어버렸다.

"저어, 어머니……."

현철은 당황한 얼굴로 말순을 쳐다보았다.

"그래, 에미가 나 보고 싶다냐?"

말순이 반색하며 다가가 물었다. 그러자 현철이 조용히 말순의 팔을 잡고는 나직이 말했다.

"어머니, 좀 나가시래요."

"나보고 나가라고?"

말순이 눈치도 없이 큰 목소리로 되물었다.

현철이 난처한 듯 입맛을 다셨다. 하나와 지하가 말없이 말순을 바라보았다. 어지간하면 엄마의 부탁을 들어주었으면 하는 눈빛이었다. 애자는 아예 돌아누워서 말순의 시선을 외면하고 있었다.

"그랴, 알았구먼."

말순은 고개를 끄덕거리며 쓸쓸히 병실을 나왔다. 영 마음이 불편했는지 곧바로 현철이 따라 나와 말순을 불렀다.

"저어, 어머니……."

"괜찮혀. 얼른 들어가봐."

"……."

"참말로 괜찮다니께 그러네. 난 저기 저쪽 의자에 가서 좀 쉬고 있을랑게, 걱정은 붙들어 매라잉."

말순은 손을 휘휘 젓더니 뒤도 돌아보지 않고 엘리베이터로 향했다. 현철은 착잡한 얼굴로 말순의 뒷모습을 물끄러미 바라보았다.

"왜 나와 있어? 제수씬 깨어났냐?"

귀에 익은 목소리에 현철은 고개를 돌렸다. 복도에 흰 가운을 입은 의사가 종이컵을 들고 서 있었다. 이번에 애자의 수술 집도를 맡았던 의사로 현철과는 대학 동창이자 오랜 친구 사이였다.

"근데, 방금 너희 어머니 아니시냐?"

"맞어."

"어디 가시는 거래?"

"그냥 바람 좀 쐬시려나봐."

의사는 그러냐며 고개를 끄덕였다.

"그래, 여전히 정정하시네."

"저기, 우리 와이프는 이제 괜찮은 거냐?"

현철이 조심스럽게 물었다.

"너무 걱정하지 마. 일단 수술 경과는 괜찮은 편이니까."

"번번이 고맙다. 내가 너한테 진 신세는 두고두고 꼭 갚을 게."

현철은 진심으로 고맙다며 친구의 손을 꼭 잡았다. 의사가 겸연쩍어하며 손을 슬며시 뺐다.

"야, 됐고. 홀아비 되기 싫으면 니 와이프나 잘 챙겨. 당장은 간단한 수술로 넘겼지만 더 심해지면 진짜 가슴 열고 수술 해야 돼."

"어떻게 챙겨야 되냐?"

"친정이라도 몇 달 보내서 쉬게 해. 이 병에는 다른 거 없어. 좋은 거 먹고, 그냥 푹 쉬는 게 최고야."

"우리 와이프 친정 없어. 혼자 계시던 장인어른 작년에 돌아가셨잖아."

"아, 그랬나? 그럼 어떡하냐? 스트레스 계속 받으면 다음번엔 정말 위험할 수도 있어. 어떻게든 안정이 최선이야……."

현철은 친구의 이야기가 내내 머릿속에서 떠나지 않아 어떻게 하면 좋을지 고민에 빠졌다. 아내가 스트레스를 가장 많이 받는 건, 결국 어머니 오말순 여사의 잔소리였다. 아까 병원에서의 일만 봐도 그랬다. 오죽하면 깨어나자마자 어머니를 보는 게 싫어서 아이들도 있는데 나가달라고 했을까. 현철도 어머니와 아내 사이가 그리 좋지 않다는 것은 너무도 잘 알고 있었다. 그렇다면 결국 물리적으로 두 사람을 잠시 떼어놓는 방법밖에 없었다. 그러다보니 생각해낸 방법이 요양원이었다. 하지만 어머니를 요양원으로 보내는 일도 그리 쉬운 건 아니다.

그냥 이대로 계속 같이 지내면 아내가 어머니와 부딪히면서 병을 키울 테고, 어머니를 요양원으로 모셔도 마음은 편치 않을 것이다. 현철은 혼자서 끙끙 앓다가 아이들의 생각도 궁금해서 넌지시 이야기를 꺼내보았다. 그러자 하나는 적극 찬성하는 반면에, 지하는 그럴 수 없다며 반대했다. 결국 두 아이는 서로 언성을 높이며 싸웠다.

"야, 반지하! 넌 엄마 생각은 안 해? 이번에 할머니 때문에 돌아가실 뻔한 거 몰라?"

"그래도 이건 아니지. 그렇다고 할머닐 어떻게 그런 델 보내!"

"야, 요양원이 어디가 어때서? 요즘은 시설도 좋고, 먹을 것도 잘 나와서 할머니 같은 노인들이 지내기는 거기가 오히려 더 편하대. 내 친구 할머니도 작년에 요양원으로 들어가셨는데 집보다 더 좋댔어."

"그렇게 좋으면 바나나, 니가 가서 살면 되겠네."

하나는 동생이 이름 갖고 놀리자 눈을 부라렸다.

"야, 내가 그렇게 부르지 말라고 그랬지. 너, 누나한테 바나나가 뭐야!"

"바나나가 바나나지. 그럼, 뭐야."

"너, 죽는다."

현철은 지금 집에 어머니가 없는 게 다행이라고 여겼다. 바람을 쐬겠다고 나가고 나서 그대로 집에 돌아간 줄 알았더니, 아이들을 데리고 와보니 집은 텅 비어 있었다. 늦은 시간까지 어머니가 돌아오지 않아 마음에 걸리긴 했지만, 한편으로 아이들과 문제를 상의할 수 있어서 좋은 면도 있었다. 만약 어머니가 아이들의 대화를 들었다면 몹시 상심했을 것이다.

"이놈들아, 싸우지 말어."

"얘가 자꾸 놀리잖아."

"나도 누나가 할머니를 내쫓을 생각만 하니까 그러지."

"내쫓긴 누가 내쫓아."

"그럼 아니라고?"

"아니지. 엄연히 다른 거야, 이건. 내쫓는 게 아니라 요양원으로 모시자는 거잖아. 넌 어떻게 이게 같다고 생각하냐?"

"그게 그거지. 어쨌든 결국 할머니를 집에서 쫓아내는 거잖아."

"쫓아내는 게 아니라니깐."

"쫓아내는 거 맞잖아. 넌 할머니를 요양원에 보내면 맘이 편하냐?"

"그러는 넌 엄마가 이대로 죽었으면 좋겠냐? 할머니한테 스트레스를 너무 받아서 결국 수술까지 했는데?"

"그게 왜 할머니 때문이야!"

지하가 소리를 꽥 질렀다.

"이 녀석들아, 그만 좀 싸워……."

그때였다. 현관문이 스르륵 열리며 말순이 들어왔다. 현철은 화들짝 놀라 허둥지둥 리모컨을 찾아 TV를 켰다. 아이들도 당황해서 딴청을 피우며 얼른 돌아앉았다.

"어, 어머니, 어디 갔다 이제 오세요. 얼른 들어오세요. 엄니 좋아하는 드라마 보셔야죠. 이제 막 시작한 모양인데……."

너스레를 떨며 TV로 고개를 돌린 현철의 얼굴이 딱딱하게 굳었다. 벌써 드라마가 끝나서 자막이 올라가고 있었다.
 "야, 요즘 드라마가 겁나 짧아졌구먼. 그치?"
 현철이 도움을 바란다는 듯 당황한 얼굴로 아이들을 쳐다보았다. 아이들은 말순의 눈치를 살피다가 각자 방으로 도망쳤다. 말순도 말없이 자기 방으로 향했다.
 "어머니, 식사는 하셨어요?"
 대꾸가 없다. 말순은 아들의 말을 들은 체도 안 하고 방으로 들어가 문을 닫았다. 현철은 길게 한숨을 내쉬었다.

떠나야 할 시간

 말순은 잠을 이룰 수가 없었다. 아이들이 나누는 대화를 모두 들은 것이다. 가족들을 놔두고 요양원이라니. 단 한 번도 생각해보지 못했던 일이다. 며느리는 그렇다 쳐도 아들까지 그런 생각을 하고 있을 줄이야. 마음이 착잡했다. 차라리 아무것도 듣지 않았으면 좋았을 텐데, 아무리 지우려고 해도 머릿속에 각인된 하나의 목소리가 자꾸만 귓가에 맴돌았다.

 '야, 요양원이 어디가 어때서? 요즘은 시설도 좋고, 먹을 것도 잘 나와서 할머니 같은 노인들이 지내기는 거기가 오히려 더 편하대. 내 친구 할머니도 작년에 요양원으로 들어가셨는데 집보다 더 좋댔어.'

 제 엄마를 걱정하느라 그런 이야기를 꺼냈겠지만 그래도 서운한 마음이 드는 건 어쩔 수가 없었다. 자신도 모르는 사이에, 가족들에게 불편한 사람이 되었다는 사실이 말순을 힘들게 했다. 어쩌다가 이런 짐짝 같은 신세가 되었을까. 내가 그렇게 모진 사람이었단 말인가. 생각을 하면 할수록 한숨만 나왔다.

결국 말순은 이부자리를 개고 방에서 나왔다. 아직 한밤중이라 다들 자고 있었다. 말순은 까치발로 조용히 주방으로 가서 아침상을 준비했다. 국을 끓이고, 밑반찬을 하면서 머릿속을 비우려고 애썼다.

'이번에 할머니 때문에 돌아가실 뻔한 거 몰라?'

하나의 목소리가 다시금 살아나서 말순을 괴롭혔다.

말순은 하던 것을 멈추고는 손을 닦고 주방에서 나왔다. 그러고는 방으로 돌아와 옷을 갈아입고 조용히 집을 나섰다. 다행히 서서히 날이 밝고 있었다. 말순은 멍한 얼굴로 터벅터벅 걷기 시작했다.

어딜 가고 싶어도 아직 마을버스가 다니기엔 이른 시각이라 그냥 걷는 수밖에 없었다. 처음에는 옆집 사는 박 씨를 깨울까도 싶었지만 그 집 딸의 극성스러움 때문에라도 그러지 않는 게 낫다고 생각했다.

드디어 마을버스 첫 차가 다녔다. 잠시 정신을 파는 사이에 마을버스가 말순을 지나쳐 저만치 앞의 정거장에서 멈추었다. 말순은 퍼뜩 정신을 차리고 손을 흔들며 마을버스로 달려갔다. 그러자 마을버스가 마치 말순을 태우고 싶지 않다는 듯

급출발하더니 빠르게 멀어졌다. 덕분에 말순은 겨우 몇 발짝 사이로 마을버스를 놓치고 말았다.

"이런, 씨불."

헐레벌떡 마을버스를 쫓아가던 말순은 걸음을 멈추고 숨을 몰아쉬며 욕설을 내뱉었다. 택시라도 탈 요량으로 지갑을 열어보니 어제 병원에 급히 가느라 차비로 모두 쓰는 바람에 돈이 얼마 남지 않았다.

말순은 지갑을 다시 넣고 정거장에서 버스를 기다렸다. 몇 분 후, 마을버스가 도착했다.

"안녕하세요, 할머니. 좋은 아침입니다."

나이 지긋한 버스기사 웃으면서 문을 열어주었다.

말순은 아무 대꾸도 하지 않고 뒷문 앞자리로 가서 앉았다. 버스가 출발하고, 말순은 창에 머리를 기대었다. 그러다가 문득 앞좌석 등받이에 붙은 광고를 보았다.

'친자연적인 쾌적한 환경, 가족 같은 분위기, 노인들을 위한 복지 시설, 실버타운의 대명사.'

하필이면 요양원 광고였다.

"이런 옘병……."

간신히 마음을 추슬렀던 말순은 광고를 보자마자 다시금 속이 뒤집혔다. 마치 누군가가 몰래카메라를 설치하고 일부러 말순을 괴롭히고 있는 것 같았다. 속에서 열불이 나기 시작한 말순은 신경질적으로 벨을 눌러댔다.

"보소, 기사 양반. 여그서 내립시다. 얼른 내려주쇼! 아, 얼른!"

말순이 버럭 소리를 지르자, 기사는 이상한 할머니를 다 보겠다는 얼굴로 고개를 흔들더니 정거장이 아닌데도 버스를 세웠다. 안 그러면 말순이 계속해서 벨을 눌러대며 성질을 부릴 것 같았기 때문이다. 버스가 멈추고 문이 열리자, 말순은 씩씩거리며 버스에서 내렸다.

결국 말순은 고민 끝에 박 씨에게 전화를 걸었다. 박 씨 말고는 달리 부를 사람이 없었다. 이른 시각부터 불러내서 화를 낼만 한데도 박 씨는 전혀 싫은 내색을 하지 않고 오히려 연락 오기만을 기다렸다는 듯이 스쿠터를 타고 바람처럼 달려왔다.

박 씨는 아무것도 묻지 않고 말순을 스쿠터에 태웠다. 말순도 딱히 어딜 가자는 말을 하지 않고 조용히 박 씨의 허리를 안았다. 박 씨는 말순을 태우고 주변을 두어 바퀴 돌다가 아침식사를 하기 위해 가까운 기사식당으로 갔다. 말순의 입맛을 누구보다 잘 아는 박 씨는 그녀가 좋아하는 육개장을 시켜주었다. 하지만 말순은 입맛이 통 없는지 몇 술 뜨지도 않고 수저를 놓더니 멍하니 TV만 쳐다보았다.

"왜, 더 안 먹어요? 육개장 좋아하잖여."

"그냥 입맛이 없구먼."

"아따 그라지 말고 몇 술 더 뜨셔. 사람이 밥심으로 사는 건데……."

"됐어, 박 씨나 많이 먹어. 난 진짜 입맛이 없응게."

"아, 그래도 더 먹지……."

결국 박 씨도 반쯤 먹다가 남겼다.

"어떻게 집으로 모실까?"

"집은 됐구. 바람 좀 더 쐬다가 카페로 가자구."

"카페? 뭐 그러지. 일찍 가서 청소 좀 하면 되겠네."

두 사람은 식당을 나와 주변을 몇 바퀴 돌고 나서 일터인 카페로 향했다.

말순은 카페에 도착한 뒤로도 거의 말을 하지 않았다. 오픈 시간에도, 오후에 손님들이 몰려와도 그녀는 묵묵히 일만 했다. 박 씨가 말을 걸어도 아무런 대꾸도 하지 않았다. 심지어 옥자가 와서 시비를 걸어도 묵묵부답이었다. 옥자도 평소랑 다른 말순의 분위기가 심상치 않음을 느꼈는지 슬쩍 꼬리를 내리고 일찌감치 집으로 돌아갔다.

"오늘 정말 왜 그려. 어디가 아픈가? 그러면 집에 가서 일찍 쉬던가. 뭐 땜시 하루 종일 우거지상이여."

박 씨가 조심스럽게 물었다.

"……."

하지만 말순은 아무 대꾸도 하지 않고 그저 멍한 얼굴로 바닥만 내려다보았다.

"아, 말 좀 혀봐요. 답답해죽겠구먼. 우째, 며느리가 많이 안 좋은가?"

그때였다.

"오말순?"

어떤 여자가 카페로 들어오더니 곧장 말순에게 다가와 말을 걸었다. 60대 초반으로 보였는데, 말순과는 잘 아는 사이인지 묘한 눈초리로 말순을 훑어보았다.

"……?"

말순은 고개를 들고 멍한 얼굴로 여자를 쳐다보았다. 그런데 누군지 기억나지 않아 멀뚱히 쳐다보기만 했다. 어렴풋이 아는 사람이라는 건 알겠는데 무슨 까닭에선지 자신을 반기는 여자의 눈빛이 솔직하게 느껴지지 않았다.

"어머, 세상에, 세상에. 맞네, 맞어. 말순이 언니, 맞구만."

여자가 호들갑을 떨었다.

이름을 아는 걸 보니 분명 아는 사이 같은데, 말순은 아무리 애를 써 봐도 여자를 기억할 수 없었다.

"누구……?"

"뭐야, 벌써 잊은 거야? 나, 정말 몰라?"

여자가 서운하다는 듯 말순의 어깨를 가볍게 툭 쳤다. 말순은 고개를 갸웃했다.

"뭐야, 정말 기억 안 나나 보네. 예전에 왕십리 중앙시장에서……. 아, 정말 나 모르겠수?"

"아이고, 친구 분을 만나셨나 보네. 어째, 잘 아시는 사인가?"

박 씨가 대화에 끼어들었다. 그러자 여자가 이산가족으로 상봉한 사람마냥 핸드백에서 손수건을 꺼낸 눈물을 훔치는 시늉을 하며 말했다.

"살면서 꼭 한번은 만나겠지 했는데, 정말로 이렇게 만나네요. 진짜 보고 싶었거든요. 내가 얼마나 기도했는지 몰라요. 언니를 꼭 만나게 해달라고."

"많이 보고 싶으셨나보네. 아가씨, 정말 기억 안 나요?"

박 씨가 말순을 보며 물었다. 말순은 여전히 기억나지 않는지 고개를 갸웃거렸다.

"그게 잘……."

"언니, 어떻게 나를 몰라봐요? 언니 덕분에 내가 이렇게 잘 살게 되었는데."

"오, 우리 말순 아가씨한테 신세를 많이 진 모양이네요."

박 씨가 일부러 주변 사람이 들으라는 듯이 과장된 목소리로 말했다. 여자가 손수건을 다시 집어넣으며 맞장구를 쳤다.

"신세, 졌죠. 아주 많이. 핏덩이 데리고 오갈 데도 없던 언니, 우리 엄마가 거둬줬잖아요. 식당일도 시켜주고, 먹여주고, 재워주고……."

 순간 말순은 기억을 떠올렸는지 깜짝 놀란 표정을 지었다. 그러자 여자가 의미심장한 미소를 지으며 말을 이었다.

 "흥, 이제 기억나나 보네. 그래. 언니, 나 오복이야. 언니가 쫄딱 망하게 한 신흥 추어탕 집 첫째 딸."

 "저기, 시방 사람 잘못 보신 거 같은디……."

 말순은 갑자기 당황하더니 이마에 땀방울이 맺혔다. 그런 말순을 바라보는 여자의 표정이 싸늘하게 바뀌었다.

 "잘못 보긴. 내가 어떻게 언니를 잘못 봐? 다 죽어가는 걸 살려줬더니 추어탕 비법 훔쳐가다 같은 시장 바닥에 버젓이 가게 차린 언니를. 울 엄마, 화병에 쓰러지고 돌아가시는 날까지 말순이, 말순이 부르다 가셨어!"

 여자는 삿대질을 해가며 언성을 높였다.

 "아이고, 맞네, 맞아. 나가 그만 중요한 일을 잊고 있었구먼. 저기 뭐냐. 박 씨. 시방 나 먼저 갈랑께……."

 말순이 허둥지둥 앞치마를 벗으며 슬그머니 자리를 피하려고 했다. 그러자 여자가 손을 뻗어 말순의 팔을 덥석 잡았다.

 "아니, 그냥 이렇게 그냥 가면 어떡해? 내가 언니 여기서 일한다는 소식 듣고 어제 한숨도 못 잤는데."

 "왜 이래요. 내가 집에 좀 가야쓰는디……."

 말순은 말까지 더듬으며 여자의 손을 뿌리쳤다.

"가긴 어딜 가! 오늘 나랑 회포 좀 풀어야지!"

갑자기 여자가 돌변하며 악다구니를 쓰면서 말순에게 달려들었다. 미처 말릴 틈도 없었다. 여자는 주방으로 들어와 말순의 머리끄덩이를 잡고 마구잡이로 흔들었다.

"내가 눈만 뜨면 빌었어! 너, 급살 맞아 죽으라고! 비 올 때마다 빌었어! 벼락 맞고 뒈지라고!"

"저기 이러지 말고 말로 합시다, 말로."

박 씨가 나서서 여자를 말렸다.

"당신은 저리 비켜!"

여자가 방해하지 말라며 박 씨의 얼굴을 들이받았다. 하필이면 다친 코를 다시 얻어맞은 박 씨는 코를 잡고 나가떨어졌다.

"이리 와! 오늘 날 잡았어, 아주. 오말순, 너! 오늘 제삿날인 줄 알아. 내가 이런 날이 오길 얼마나 바라고 또 바란 줄 알아?"

여자는 악다구니를 쓰며 말순을 걷어찼다. 힘없이 쓰러지는 말순의 머리채를 잡고 흔들고, 침을 뱉고 등짝을 마구 때렸다.

"죽어! 죽으라고! 너 같은 건 진작 죽었어야 해! 그때 핏덩이를 안고 우리 집에 찾아왔을 때 받아주지 말고 그냥 굶어 뒈지라고 내쳤어야 했다고! 그 아들이랑 같이 두 모자가 엄동

설한에 얼어 죽도록 내버려야 됐어야 했다고!"

말순은 옥자를 상대할 때와는 달리 무기력하게 얻어맞고만 있었다. 옷이 찢어지고, 머리가 엉망으로 헝클어져도 저항하지 않았다. 카페를 찾은 노인들이 점점 만신창이가 되어가는 말순을 지켜보며 자기들끼리 수군거렸다.

"아, 정말 그만 좀 하라고!"

박 씨가 코피를 흘리며 다시 일어나 간신히 여자를 말순한테서 떼어냈다. 여자는 아직 멀었다는 듯 버둥거리며 계속 발길질을 했다.

쓰러졌던 말순이 천천히 일어나더니 머리와 옷매무새를 고쳤다. 그러고는 안쓰럽다는 눈빛으로 자신을 바라보는 손님들을 무덤덤하게 쳐다보다가 다시 눈길을 여자에게 돌렸다. 여자는 박 씨에게 붙들린 채 씩씩거리며 말순을 노려보고 있었다.

"그래! 욕을 할라믄 하고, 침을 뱉을라면 뱉어! 그지만 난 하나도 안 챙피해. 아파서 젖도 못 삼키는 내 새끼 붙들이, 나 혼자 죽기 살기로 그렇게 키웠구만. 우리 붙들이, 대학교수여. 국립대학 교수! 나보다 자식 잘 키운 사람 있으면 어디 나와 봐! 우리 애도 그걸 안께 나한테 그렇게 잘 하는 거여! 알어?"

말순은 감정이 복받쳤는지 눈가에 눈물이 맺혔다. 여자와 카페 손님들이 황당하다는 얼굴로 말순을 쳐다보았다.

말순은 다리를 절룩거리면서 카페 밖으로 천천히 걸어 나갔다. 그때 하나가 보낸 문자메시지가 도착했다.
 '할머니, 우리 저녁에 외식해요. ^^ 아빠가 고기 쏜대!'
 말순은 걸음을 멈추고 물끄러미 문자메시지를 보았다. 이어서 현철의 문자메시지도 도착했다. 내용은 똑같았다.
 말순은 어렴풋이 어쩌면 이것이 가족들과 나누는 최후의 만찬, 아니 마지막 외식일지도 모른다는 생각이 들었다.
 "그려, 괴기나 실컷 먹고, 요양원에나 들어가야제. 그려, 그게 좋겠구먼."

 집 근처, 갈비집 앞.
 하나가 아직까지 나타나지 않는 지하에게 전화를 걸어 잔소리를 늘어놓았다. 어찌나 목소리가 큰지 지나가던 행인이 깜짝깜짝 놀라곤 했다. 할머니를 닮아서 체구는 작아도 목청은 기가 막히게 좋았다.
 "야, 할머니 가시기 전에 가족끼리 밥 한 끼 먹자는데 정말 안 올 거야!"
 -"언제부터 우리 가족이 할머니 생각을 그렇게 했대? 아아, 그렇게 끔찍하게 생각하니까 할머니를 요양원으로 보내는 거구나."
 지하가 비아냥거리자 발끈한 하나는 빽 소리를 질러댔다.

그 바람에 안에서 고기를 굽던 현철이 움찔하며 하나를 쳐다보았다. 그런 줄도 모르고 하나는 언성을 높이며 너도 다를 바 없다는 식으로 따지고 들었다.

"야, 반지하! 다 끝난 얘기 갖고 너 자꾸 이럴래? 그러는 넌 언제부터 그렇게 할머니를 챙겼는데!"

-"아, 됐고. 나 바쁘니까 누나 넌 가서 할머니 추방 기념 갈비나 뜯으셔."

"야, 이 개새……."

지하가 일방적으로 전화를 끊자 하나는 욕지거리를 하려다가 그때서야 아빠와 할머니가 보고 있다는 걸 깨닫고 그냥 삼켜버렸다.

현철이 빨리 들어오라고 무언의 눈짓을 보냈다. 하나는 마지못해 투덜거리며 가게 안으로 들어갔다.

"지하는?"

말순이 불판에 새로 고기를 올리며 하나에게 물었다. 자리에 앉은 하나는 지하 얘기는 별로 하고 싶지 않다는 듯 퉁명스럽게 대꾸했다.

"연습한다고 바쁘대."

말순은 다소 실망한 얼굴로 고기가 익고 있는 불판을 물끄러미 바라보았다. 현철이 적당히 익은 고기 한 점을 집어 말순의 밥그릇에 올려놓았다.

"많이 드세요, 어머니."

말순은 자기 밥그릇에 놓인 고기를 집어 다시 현철의 앞 접시에 올려놓았다.

"난 됐구먼. 아범이나 많이 먹어. 나는 벌써 배불러야. 아야, 하나야, 너도 언능 먹어라잉. 고기 탄다."

하나는 이미 혼자서 불판 위에 올린 고기의 절반을 먹어치웠다. 현철이 게걸스럽게 먹는 하나에 눈치를 주고는 조심스럽게 말을 꺼냈다.

"어머니, 애들 엄마 몸 좀 괜찮아지면 바로 모시러 갈게요."

말순은 짐짓 딴청을 피우며 젓가락으로 고기를 뒤집었다.

"에미한테 잘해. 이제 아프면 내 탓도 못할 거 아니냐."

순간 고기를 굽던 현철이 움찔히지, 말순은 또 말을 잘못 내뱉었나 싶어 속으로 자신을 나무랐다. 분위기를 무마해볼 요량으로 말순은 집게로 불판을 두드려가며 일부러 큰소리로 종업원을 불렀다.

"아이고, 염병. 아까운 고기가 다 타네. 어이, 여기 퍼뜩 불판 좀 갈아줘. 아, 고기가 그냥 타버리잖아. 으메, 아까분 거."

현철은 죄스러운 마음에 그저 말없이 말순을 바라만 보았다. 하나는 두 사람이 그러거나 말거나 옆에서 열심히 고기를 집어먹었다.

식사를 마치고 말순은 가게 밖으로 나왔다. 하나는 이쑤시

개로 이빨을 쑤시며 기분 좋게 배를 두드렸다. 뒤늦게 나온 현철이 주차장으로 가더니 차를 가지고 돌아왔다.

"어머니, 안 타시고 뭐하세요?"

현철이 문을 열어주었는데도 말순은 우두커니 서서 먼 곳만 바라보고 있었다.

"할머니, 안 타요?"

하나가 물었다.

그때서야 말순은 고개를 돌리더니 하나의 등을 떠밀어 먼저 차에 태웠다. 그러고는 현철을 무심히 바라보았다.

"먼저들 가. 난 박 씨네 좀 들렀다 갈랑께."

"그럼 제가 차로 모셔다 드릴게요. 여기서 거리가 좀 되잖아요."

"됐어. 찌그서 마을버스 타면 금방이여. 엎어지면 코 닿을 덴디 멀긴 뭐가 멀어. 내 걱정은 말고 빨리들 가."

말순은 말을 마치자마자 현철이 붙들기라도 할까봐 급히 돌아서서 잰걸음으로 걸어갔다. 현철은 그 자리에 꼼짝도 않고 서서 말순의 뒷모습을 멍하니 바라보았다.

"아빠, 안 가?"

차 안에서 기다리기 답답했던지 하나가 재촉하듯이 물었다.

"알았어, 인마."

"아빤 또 왜 짜증을 내고 그래."

현철은 대꾸하기도 싫다는 듯 차문을 닫더니 앞으로 돌아가서 운전석에 올라탔다. 그러고는 시동을 걸면서 앞을 보았더니 그새 어디로 가버렸는지 말순의 모습이 보이지 않았다. 착잡해진 현철은 다시 시동을 끄고 조용히 한숨을 내쉬었다. 뒷좌석에서 하나가 눈치도 없이 빨리 가자고 재촉했지만 아무 대꾸도 하지 않고 멍하니 말순이 사라진 방향을 바라보았다.
 현철은 자신의 선택이 옳은 것인지 선뜻 판단할 수가 없었다. 아내를 위해서라도 이게 최선이라고 자위를 해보지만 마음은 결코 편하지 않았다. 마치 고기가 아니라 돌멩이를 집어삼킨 것처럼 목이 메어왔다.

청춘 사진관

 말순은 박 씨네로 가지 않았다. 평소라면 그렇게 했겠지만 지금은 그다지 내키지 않았기 때문이다. 그래서 눈에 들어오는 아무 버스나 올라타고, 잠시나마 최대한 멀리 벗어나고 싶었다. 하지만 막상 버스에 올라타고 나니 어디로 가야할지 막막했다. 그래서 멍하니 흔들리는 버스에 몸을 맡긴 채 창밖을 내다보았다.

 그렇게 이십여 분쯤 지났을 때, 뭔가 말순의 어깨에 툭 하고 떨어졌다. 말순은 흠칫 놀라며 고개를 돌렸다.

 옆자리에 앉은 교복차림의 앳된 여학생이 꾸뻑꾸뻑 졸다가 머리를 부딪친 모양이었다. 말순은 잡티 하나 없이 뽀얀 여학생의 얼굴을 물끄러미 보았다. 그러다가 문득 주름진 자기 손을 보았다. 나도 저런 때가 있었는데. 말순은 무심결에 여학생의 뺨으로 손을 가져갔다. 그 순간, 버스가 덜컹하며 크게 흔들리는 바람에 여학생이 잠을 깨고 눈을 떴다. 말순은 당황해서 얼른 손을 멈추었다. 여학생은 잠이 덜 깬 얼굴로 고개를 돌리더니, 말순이 자기를 만지려고 했다는 것을 알고 흠칫 놀라며 기분 나쁘다는 눈초리로 쳐다보았다.

"아, 아니, 그 뭐시냐. 학생이 너무 이뻐 가지고……."

말순은 얼른 손을 빼면서 궁색한 변명을 늘어놓았다.

"아, 뭐야."

여학생은 짜증을 부리며 자리에서 일어나더니 다른 자리로 옮겨 앉았다. 그러고는 스마트폰을 꺼내 누군가에게 열심히 문자메시지를 보냈다. 이따금씩 말순을 흘끔거리는 것으로 보아 아마도 말순에 대한 이야기를 나누는 모양이었다. 여학생을 의식한 말순은 결국 자리에서 일어나 벨을 눌렀다.

버스가 떠나고, 홀로 남은 말순은 정거장의 벤치에 앉았다.

고개를 드니, 맞은편 건물 1층에 입점한 면세 화장품 가게가 보였다. 자연스럽게 커다란 쇼윈도 광고판이 눈에 들어왔다. 젊은 화장품 모델이 보란 듯이 뽀얀 피부를 자랑하며 환히 웃고 있었다. 말순은 방금 전의 여학생을 떠올리며 주름이 자글자글한 자신의 두 손을 내려다보았다. 그리고 다시 광고판의 화장품 모델을 보았다. 나도 저런 꽃다운 시절이 있었는데, 이제는 볼품없는 쭈그렁 할망구가 되었구나. 갑자기 서러움이 복받친 말순은 자기도 모르게 주르륵 눈물을 흘렸다. 그렇게 한번 울음보가 터지자 걷잡을 수가 없었다. 말순은 두 손으로 얼굴을 가리고 꺼이꺼이 울음을 터뜨렸다. 다행히 한적한 곳이라 주변엔 아무도 없었다. 한참을 그렇게 울고 나서 다시 멍한 얼굴로 먼 곳을 응시하고 있는데 주머니에서 전화벨이 울렸다. 발신자 정보를 확인하니 '내 새끼'라고 뜬다.

지하였다. 이제야 연습을 마친 모양이었다. 말순은 마음을 추스르고 나서 목소리를 가다듬고 전화를 받았다.

"아이구, 내 새끼! 어디여? 저녁은 먹었는감?"

"할머니, 나 배고파!"

손자의 어리광 섞인 목소리를 듣자, 말순은 언제 그랬냐는 듯이 입가에 미소를 띠었다. 그 어떤 피로회복제보다 효과가 좋았다.

"긍께, 왜 밥 먹으러 안 왔어?"

"그냥. 아빠랑 누나 보기 싫어서."

지하는 굳이 에둘러 말하지 않고 솔직하게 자기 생각을 밝혔다. 말순은 손자의 마음씀씀이가 싫지 않았지만 짐짓 엄한 말투로 타일렀다.

"못써. 그러는 거 아녀. 아빠한테 잘 해라잉. 누나랑도 싸우지 말고."

"할머니 나 치킨 먹고 싶어."

지하는 다시 어리광을 피웠다.

"아야, 치킨은 기름 많아서 못써. 그려, 이 할미가 닭백숙

아주 잘하는 데 아는디 우째 백숙도 괜찮남?"

친구들과 같이 있는지 얼핏 다른 아이들의 목소리도 들렸다.

"백숙? 오케이! 콜! 근데 친구들 델고 가도 돼?"

"암 되고말고. 우리 지하 친구면 다 손자제. 다 델꾸 와. 걱정 말고."

말순은 흔쾌히 승낙했다.

"그럼 할머니 나 어디 잠깐 들러야 되니까 이따가 홍대입구역에서 8시에 봐."

"그려, 알았구먼. 거기 전철역 맞제?"

"응! 이따 봐, 할머니."

지하가 전화를 끊자, 말순은 짧게 한숨을 내쉬고 벤치에서 일어났다. 정거장 안내판에서 홍대입구역으로 가는 버스를 찾기 위해 두리번거리는데, 길 건너 화장품 가게 옆에 유난히 번쩍거리는 간판이 눈에 들어왔다. 뭔가 싶어 눈을 찌푸려가며 살펴보니, 요즘엔 보기 힘든 낡은 사진관이 거기에 있었다. 요란하다 못해 촌스럽기까지 한 간판에는 '청춘 사진관'이란 문구가 새겨져 있었다.

사진관을 물끄러미 바라보던 말순은 뭔가에 이끌린 듯 자기도 모르게 그쪽으로 걸음을 옮겼다. 그러다가 문득 정신을 차렸을 때는 이미 사진관 앞까지 걸어간 후였다. 참 별일이다 싶어 사진관을 살피던 말순은 쇼윈도 안에서 환히 웃고 있는 오드리 햅번의 사진을 발견하고는 마치 오랜 친구를 만난 것처럼 반가워했다. 오드리 햅번은 말순이 젊은 시절에 유일하게 극장에서 본 영화 〈로마의 휴일〉의 주인공이었다. 그리고 말순이 가장 좋아하는 배우이기도 했다.

"아이고, 오드리 반갑구먼."

말순은 사진 속 오드리 햅번에게 손을 흔들었다.

그때 사진관 문이 바람결에 살짝 열리더니 안에서 귀에 익은 음악소리가 아련하게 들렸다. 제목은 생각나지 않지만 분명히 언젠가 들은 적이 있는 음악이었다. 말순이 귀를 기울이며 문으로 다가서는데 안에서 남자의 목소리가 들려왔다.

"들어오세요, 열려 있습니다."

듣는 사람으로 하여금 묘하게 신뢰감을 주는 목소리였다. 그래서일까. 말순은 자기도 모르게 문을 열고 사진관 안으로 들어갔다.

"어서 오세요."

후덕한 인상의 나이 먹은 사진사가 반갑게 맞았다.

말순은 슬쩍 고개를 숙이고는 주위를 두리번거렸다. 사진관 안은, 허름하지만 뭔가 고풍스러운 분위기를 자아냈다. 여기저기에 예전 여배우들의 사진들이 눈에 들어왔다. 한쪽 구석에 축음기가 보였다. 음악은 그 축음기에서 흘러나오고 있었다. 여전히 곡명은 생각나지 않았지만 말순이 젊은 시절에 자주 듣던 음악 같았다. 참 신기하다고 속으로 생각하고 있는데, 렌즈를 닦던 사진사가 불쑥 말을 걸었다.

"할머니, 사진 찍으시게요?"

"아니, 나는 그냥……."

"찍으세요. 제가, 예쁘게 찍어드릴게요."

강권하는 건 아니었지만 왠지 모르게 거절하기 힘들었다. 말순은 무심결에 고개를 끄덕이고 말았다. 정말 이상한 사진관이었고, 또 그 사진관에 어울리는 묘한 사진사였다. 하지만 거부감이 들진 않았다.

"예쁘게 하셔야 합니다. 안 그럼 안 찍어 드릴 거예요."

사진사가 구식 사진기 앞에서 촬영 준비를 하며 빙그레 웃었다. 그러는 동안에 말순은 등받이가 없는 둥근 의자에서 앉아서 사진사가 내준 작은 거울을 보며 정성껏 화장을 했다. 얼굴에 분을 바르고, 입술에 립스틱도 바르면서.

말순은 자기가 여기서 왜 이러고 있는지 스스로도 이유를 알 수 없었다. 마치 뭔가에 홀린 기분이었다.

"저, 밖에 있는 사진이 거시기 뭐냐, 오드리 햅번 맞는가?"

말순이 화장을 하며 조심스럽게 말을 꺼냈다.

"네. 오드리 햅번 좋아하세요?"

사진사가 사람 좋은 미소를 지으며 물었다.

"그 뭐시냐. 공주가 남정네랑 막 싸돌아 댕기는 영화······. 그거 참 재미나게 봤는디."

"로마의 휴일이요?"

"아이고, 맞구먼. 그거네, 그거. 로마의 휴일! 거기서 겁나게 이뻤지. 내가 본 배우 중에 젤로 이뻤어."

"그쵸."

사진사가 동의한다는 듯 고개를 끄덕였다.

"그 여자, 지금 몇 살이나 먹었스까?"

"살았으면 85살이죠."

"오드리 햅번이 죽어부렸나?"

말순은 몰랐다며 깜짝 놀라는 표정을 지었다.

"예. 한 20년 됐죠."

"그랬구먼. 그랬어, 오드리 햅번도 죽었구먼."

중얼거리는 말순의 표정이 조금 어두워졌다.

"어르신도 젊을 땐 오드리 햅번 뺨치게 고우셨겠는데요?"

"흠흠, 사실 뭐 젊을 적엔 만석꾼 오 씨 집안 막내딸 오말순 하면 보성에서 모르는 남정네가 없긴 했지. 거기다 또 노래는 어떻고? 악극단 단장이 내 노랠 한번 듣더만 가수 하자고 사정사정을 해쌌는디. 노래, 얼굴, 몸매, 삼박자를 다 갖췄다나 뭐라나."

사진사의 칭찬에 말순은 우쭐해져서 자기 자랑을 늘어놓다가 문득 거울에 비친 주름진 얼굴을 보고 길게 한숨을 내쉬었다. 예전에 아무리 곱고 잘났어도 그래봐야 지금은 그저 쭈그렁할망구에 불과하지 않는가.

"지금도 처녀 같으세요."

"그래서 시방 찍을라고. 더 추해지기 전에."

말순이 피식 웃으면서 말했다.

"그러세요."

"제사상 위에 너무 추하게 생긴 노인네 얼굴이 버티고 있으면 절하기도 싫을 거 아녀. 아따 젊어서도 못해 본 분칠을 영정사진 박으면서 발라보네. 애 아버지 죽고 나서 분칠은 커녕 이쁜 옷 한번 사 입어 본 적 없고 누구랑 어울려 놀아 본 적도 없어. 젊은 과부가 사내 꼬실라 한다고 수군댈까 싶어서. 그래도 우리 붙들이, 그놈 하나만 보고 살았는디……."

한참 신세타령을 늘어놓던 말순은 사진사의 시선을 의식하고 옷매무새를 고치며 자리에 반듯하게 앉았다.

"우째, 여기에 앉으면 되남?"

"네, 거기 앉으시면 됩니다. 이쪽을 보시고요."

사진사는 말순을 지그시 바라보다가 사진기 뒤로 돌아가 덮개 안으로 고개를 묻었다. 그러더니 다시 고개를 들고 조용히 웃으면서 말했다.

"제가 50년은 더 젊어보이게 해드릴게요."

"아따, 말이라도 고맙네."

말순이 엷은 미소를 지었다.

"자, 여길 보세요. 웃으시고요. 그럼, 찍습니다. 하나, 두울……."

얼떨결에 사진까지 찍은 말순은 뒤늦게 지하와 한 약속을 떠올리고 서둘러서 사진관을 나왔다. 마침 맞은편 정거장으로 버스가 들어오고 있었다. 버스 옆구리를 보니 세로로 '홍대입구역'이라는 문구가 또렷하게 보였다. 이 버스를 타면 지하가 기다리는 홍대입구역으로 갈 수 있는 것이다. 생각이 거기에 미치자 말순은 버스를 타겠다는 일념으로 무단횡단을 했다. 하지만 버스는 막 정거장을 출발하려는 참이었다. 말순이 중앙선을 지나 정거장까지 달려갔지만 버스는 기다려주지 않고 그대로 출발해버렸다. 겨우 몇 발짝 차이로 버스를 놓친 말순은 포기하고 않고 무작정 쫓아갔다.

"어이, 기사 양반! 좀 기다려보라고! 어이!"

말순은 버스를 쫓으면서 뭔가 이상하다는 생각을 했다. 평소 같으면 얼마 가지 못하고 지쳤을 텐데 숨도 전혀 가쁘지 않고 몸도 무척 가벼웠다. 기어이 버스를 따라잡은 말순은 거칠게 앞문을 두드렸다.

"보소, 기사 양반! 문 좀 열랑게! 나가 우리 새끼 보러 홍대에 가야 한다고!"

말순이 문을 두드리며 고래고래 소리를 지르자, 못 당하겠다는 듯 기사가 고개를 가로저으며 버스를 세웠다. 말순은 씩씩하게 버스에 올라탔다.

"아따, 기사 양반, 고맙구먼. 요로콤 보니 우리 기사 양반 겁나게 잘 생겼네잉. 맵씨도 곱고 말이제. 나 땜에 욕봤소."

말순은 대견하다는 듯 버스 기사의 어깨를 토닥여주고는 빈자리를 찾아가서 앉았다. 그러자 버스 기사는 뭐 저런 사람이 다 있냐는 얼굴로 말순을 쳐다보았다.

"뭐하쇼, 빨리 출발하지 않고. 시방 내 새끼가 홍대에서 기다리고 있구먼. 퍼뜩 갑시다잉."

버스 기사는 백미러로 말순을 쳐다보며 어이없다는 표정을 짓더니 구시렁거리면서 버스를 출발시켰다.

"으따, 뜀박질을 했더니 겁나 땀이 흐르는구먼."

말순이 경로석에 떡하니 앉아 손수건을 꺼내 땀을 닦는데 뒤에서 수군대는 소리가 들렸다.

말순은 손수건을 주머니에 쑤셔 넣고는 흘끔 뒤를 돌아보았다. 그러자 맨 뒷좌석을 차지하고 있던 날라리들 중 하나가 말순에게 윙크를 했다. 머리를 샛노랗게 물들이고 아랫입술에 피어싱까지 한 아이였다.

"아따 꼬라지하고는. 시방 쟈가 못 먹을 것을 처먹었나, 아님 눈깔에 먼지가 쳐들어갔나, 왜 눈을 깜빡거리고 지랄이랴, 지랄이."

말순은 어처구니가 없다는 얼굴로 그 아이를 쳐다보았다.

"요! 안녕?"

노랑머리가 벌떡 일어나 자리를 옮겨와 말순의 뒤에 앉더니 마치 또래를 대하듯이 친근하게 말을 걸었다.

"뭐다냐?"

"오, 캐릭터 특이해. 너, 지금 클럽 가니? 어느 클럽? 근데 오늘 드레스 코드, 빈티지야? 진짜 특이하다."

말순은 눈을 끔뻑거리며 주변을 살폈다. 다른 사람은 보이지 않았다. 그렇다면 이 어린애가 말을 거는 상대는 바로 자신이란 이야기다. 말순은 황당해서 노랑미리를 쳐다보며 입술을 씰룩거렸다.

"아야, 시방 나한테 씨부리는 거냐잉?"

"애 재밌네. 너, 좀 끌린다."

노랑머리는 잠시 당황하는 표정을 짓더니 이내 웃는 얼굴로 말했다. 말순은 손자뻘인 아이가 반말하는 게 너무 황당해서 말문을 잃었다.

"……."

말순은 대꾸하기도 귀찮다는 듯 노랑머리를 멀뚱히 쳐다보

청춘 사진관 · 105

았다. 하지만 노랑머리는 말순의 시선을 어떻게 오해했는지 멋쩍게 웃었다.

"뭐야, 너 그새 나한테 반했어? 하긴 내가 좀 생겼지."

갈수록 가관이다.

"아야, 시방 '너'라고 혔냐?"

말순은 눈을 부릅뜨고 물었다. 노랑머리가 다시 당황하더니 고개를 돌려 뒷좌석에 앉은 친구들을 쳐다보았다. 노랑머리의 친구들이 낄낄거리며 어깨를 으쓱거렸다. 자기가 뭔가 실수했다고 생각했는지 노랑머리는 어색하게 웃으며 머리를 긁적였다.

"혹시, 나보다 누나인 거? 에이 그럼 그렇다고 말을 했어야지. 그래도 너무 어려 보여서 말이야. 저기, 난 90인데, 그럼 누나는 8로 시작해?"

"8? 난 4로 시작하는디?"

말순은 손가락으로 뭔가를 꼽아보더니 엄지만 접고 네 손가락을 펼쳐보였다.

"4? 아! 4학년이구나. 나도 4학년이야. 그럼 우리 둘 다 4학년이네. 4 더하기 4는? 귀, 귀, 귀요미!"

노랑머리가 어울리지도 않게 애교를 부렸다. 말순은 싸늘한 눈초리로 노랑머리를 노려보았다. 노랑머리는 굴하지 않고 계속 무리수를 두었다.

"5 더하기 5는……."

"열이다, 열! 이 썩을 놈아!"

말순은 두 손을 쫙 펴고 그대로 노랑머리의 두 뺨을 짝 소리가 나도록 때렸다. 너무 아픈지 노랑머리가 울상을 지으며 얻어맞은 뺨을 어루만졌다.

"아아앙. 누나, 왜 그랭, 아프잖앙."

노랑머리는 매를 버는 건지도 모르고 계속 혀 짧은 소리를 냈다.

"염병, 아까부터 오밤중에 뭔 헛소리를 하고 지랄이여, 지랄이……."

다시 노랑머리를 쥐어박으려던 말순은 순간 멈칫하며 그때서야 차창에 비친 자기 얼굴을 보았다.

그런데…….

차창에 비친 얼굴은 쭈그렁할망구가 아니었다. 피부가 뽀얗고 아주 팽팽한, 그것도 이제 겨우 스무 살쯤 되어 보이는 어린 여자의 얼굴이었다.

너무 놀란 말순은 노랑머리를 밀치고 차창을 거울삼아 두 손으로 자기 뺨을 잡아당겼다. 아프다! 꿈이 아니라 생시다. 게다가 탄력 없이 늘어나던 피부가 아니라 탱탱한 소녀 같은 피부다!

대체 이게 무슨 일이란 말인가! 충격에 휩싸인 말순은 두 손으로 얼굴을 어루만지며 비명을 질렀다.

"아아아악! 이게 뭔 일이래!"

깜짝 놀란 버스기사가 브레이크를 밟고 뒤를 돌아보았다. 말순은 여전히 비명을 질러댔다.

'쟤, 아까부터 왜 저러지?'

버스기사의 눈에는 지금 비명을 지르고 있는 오말순 여사가 칠십 넘은 꼬부랑 할머니가 아니라, 우스꽝스러운 파마머리에, 이상한 옷차림을 한 젊은 여자가 불행한 일을 겪어 실성한 것처럼 보였다.

"쯧쯧, 젊은 여자가 어쩌다가……."

그때 말순이 자리에서 일어나 버스기사에게 달려왔다. 속으로 말순의 흉을 보고 있던 버스기사는 흠칫하며 목을 움츠렸다.

"보쇼, 기사 양반! 얼른 차 좀 세워주쇼. 아, 퍼뜩!"

오말순 여사 가출 사건?

정거장도 아닌데 버스가 정차했다. 문이 열리자, 젊은 말순이 헐레벌떡 뛰어내렸다.

"이게 당최 뭔 일이다냐. 뭔 일이여, 대체……."

말순은 불안한 얼굴로 주변을 두리번거리며 약국을 찾았다. 다행히 얼마 떨어지지 않은 곳에 약국이 있었다. 말순은 생각할 겨를도 없이 무작정 약국으로 뛰어갔다.

"보쇼, 약사 양반! 나 청심환 좀……."

한가하게 TV 드라마를 보고 있던 약사는 쟨 뭐지, 하는 얼굴로 말순을 쳐다보다가 마지못해 일어나 청심환을 가지러 갔다.

"하이고, 이게 뭔 일이여, 뭔 일……."

안절부절. 말순은 잠시도 가만있질 못하고 약국 안을 서성였다.

"저기요. 아가씨, 괜찮아요?"

옆에서 술 깨는 약을 먹고 있던 남자가 걱정스럽게 물었다. 그는 음악방송국 피디, 승우였다.

"아가씨, 무슨 일 있어요? 누가 쫓아오기라도 했어요?"

"니 눈에도 내가 처녀루 보이냐?"

말순이 다짜고짜 그렇게 물었다.

"예?"

승우는 황당하다는 듯 말순을 쳐다보았다.

"나가 몇 살루 보이냐고, 이 썩을 놈아!"

"그게, 한 스물……?"

말순이 다그치자 승우는 겁먹은 얼굴로 조심스럽게 대답했다.

"스물? 스물이라고? 참말로 스물이란 말이여. 아니 우째 이런 일이 벌어졌는가. 갑자기 이게 뭔 일이랴. 혹시 무슨 큰 병은 아닌가. 오메, 환장하겠구먼. 환장하겠어. 아야, 넌? 니 눈엔 나가 몇 살루 보여?"

말순은 머리를 벅벅 긁으며 비 맞은 중마냥 중얼거리다가 청심환을 가지고온 약사에게도 똑같은 질문을 했다.

"네?"

약사도 말순의 서슬에 눌려 말을 제대로 잇지 못했다.

"똑똑히 말혀. 나가 몇 살루 보이는지. 거짓부렁으로 말하믄 아가리를 확 찢어불랑게. 알겄냐?"

말순이 사납게 노려보자, 약사는 마른침을 꿀꺽 삼켰다.

"그게, 그러니까 열아홉?"

약사가 기어들어가는 목소리로 대답했다.

"워메, 시상에나, 시상에……."

말순은 낭패감에 고개를 숙였다가 봉긋하게 솟은 자기 가슴을 보고 깜짝 놀라더니 두 손으로 조몰락거렸다.

"아니, 이 탱탱한 거 보소. 당최 이게 뭔 일이당가. 우째 쓰까나. 하이고야."

승우는 젊은 여자가 자기 가슴을 주물럭거리며 자신을 쳐다보자 시선을 어디에 둬야할지 몰라서 무척 당황했다. 그건 약사도 마찬가지였다. 두 남자는 말순의 돌발적인 언행에 어쩔 줄을 몰라 했다.

그때 벽에 걸린 괘종시계가 종을 여덟 번을 쳤다. 말순이 깜짝 놀란 얼굴로 시계를 보더니 허둥지둥 약국을 빠져나갔다. 승우와 약사는 서로 얼굴을 쳐다보더니 어이가 없는지 피식 웃고 말았다.

"뭐야, 저 여자……."

약사가 뒤늦게 황당하다는 듯 중얼거렸다.

승우는 약값을 치르고 약국을 나와 주변을 두리번거렸다. 아마도 말순을 찾는 모양이었다. 하지만 그새 어딘가로 사라졌는지 보이질 않았다. 승우는 머리를 쓸어 넘기면서 애매한 미소를 지었다.

"재미있네, 그 아가씨."

지하를 만나기로 한 홍대입구역까지 허겁지겁 달려간 말순은 막상 손자를 보자 어떻게 하면 좋을지 망설였다. 이렇게 변해버린 모습으로 나타나면 지하가 무척 놀랄 게 뻔했다. 어쩌면 자기를 못 알아볼지도 모를 일이었다. 이런 얼굴로 가서 내가 네 할머니라고 말해도 믿어주지 않을 것 같았다. 말순은 몇 번이고 손거울을 꺼내서 스무 살 꽃다운 아가씨로 변한 자기 얼굴을 확인했다.

"이거, 우짜면 쓰냐."

먼발치에 친구들과 함께 할머니를 기다리고 있는 지하의 모습이 보였다. 지하는 발을 동동 구르며 주변을 살피더니 어딘가로 전화를 걸었다. 그러자 말순의 주머니에서 벨소리가 울렸다. 분명히 지하의 전화일 것이다. 익숙한 벨소리를 들었는지 지하가 이쪽으로 고개를 돌렸다. 말순은 엉겁결에 전화를 끊고 얼른 돌아섰다.

"할머니?"

지하가 전화기를 들고 말순에게 다가갔다. 그러면서 다시 전화를 건다. 말순의 주머니에서 벨소리가 또 울렸다.

"할머니!"

뒷모습만 보고 할머니라고 생각한 지하가 빠른 걸음으로 말순에게 다가왔다. 말순은 당황해서 휴대전화의 배터리를 빼고 도망치듯 자리를 피했다. 지하도 말순을 쫓아 빠른 걸음으로 따라왔다. 그러다가 비로소 말순의 얼굴을 확인한 지하는 실망한 표정을 짓더니 걸음을 멈추었다.

 옷차림도, 머리스타일도 비슷했지만, 얼굴도 다를뿐더러 결정적으로 너무 젊다!

 말순은 죄지은 사람처럼 지하를 피해 인파 속으로 달아났다. 지하의 시야에서 완전히 벗어난 후에도 걸음을 멈추지 않았다. 자기가 왜 도망쳐야 하는지도 몰랐지만, 일단은 자리를 피해야 한다는 생각뿐이었다.

 지하를 따돌린 말순은 그길로 사진관을 찾아갔다. 되짚어 생각해보니 이 모든 사단이 그곳에서 비롯된 것 같아서다. 간신히 기억을 더듬어 사진관이 있던 자리로 돌아간 말순은 전혀 예상하지 못한 문제에 부딪히고 말았다.

 "이건 또 뭔 일이다냐."

 사진관이 있어야 할 자리에 작은 식당이 있었기 때문이다. 잘못 찾아왔나 싶어서 주위를 둘러보았지만 역시 제대로 찾아온 게 분명했다. 말순을 울컥하게 만들었던 면세품 화장품 가게도 바로 근처에 있었다.

 말순이 영문을 몰라 어리둥절해 하고 있는데 식당 안에서 주인으로 보이는 중년 여자가 나와서 셔터를 내리려고 했다.

"저기, 뭐 좀 물읍시다."

말순이 여자에게 다가가 물었다.

"뭔데요?"

여자는 말투만 듣고 나이 지긋한 할머니가 말을 건다고 생각했다가 뜻밖에도 어린 여자애라는 걸 알고 황당하다는 얼굴로 되물었다.

"여가 원래 사진관이 아닌감?"

"지금 여기가 사진관으로 보여요?"

여자가 퉁명스럽게 대꾸했다.

"그라믄 혹시 이 근처에 청춘 사진관이라고 아는감? 분명이 근처가 맞는디……."

"저기요, 아가씨. 내가 여기서 식당 한 지가 십년이 넘었는데 이 근처에 사진관 같은 거 없어요."

"으메, 어째 쓰까나. 참말로 이상하구마이. 분명히 이 자리가 맞는디. 아따 미치겠구먼. 미치겠어. 이걸 어디 가서 찾는감."

"근데 어린 게 아까부터 계속 반말이네. 싸가지 없게."

여자가 기분 나쁜지 말순을 쏘아보며 한마디 내뱉었다. 하지만 말순의 귀에는 들리지 않는 모양이었다. 말순은 계속 혼자서 중얼거리며 주변을 두리번거렸다.

"이상혀, 이상혀. 참말로 이상혀. 분명히 여가 맞는디……."

"뭐라고? 다시 말혀봐. 아가씨가 집에 안 들어왔다고?"
 박 씨가 밥숟가락을 던지며 벌떡 일어섰다. 아침부터 찾아온 현철이 청천벽력 같은 소식을 전했기 때문이다.
 "정말 여기도 안 오셨어요?"
 현철이 다시 물었다.
 "안 왔다잖여. 똑똑히 좀 일러 봐! 갑자기 아가씨가 왜 없어져? 전화는? 전화 안 해봤어?"
 박 씨가 역정을 냈다.
 "그게 밤새 했는데 전화를 안 받으세요. 어제 지하랑 만나기로 하셨다는데……."
 현철은 자기가 말해놓고 입방정으로 생각했는지 말끝을 흐렸다.
 "어디서 쓰러진 거 아녀? 아이고, 이걸 어쩌면 좋대. 요즘 노인네들 길거리서 잘못 되면 어디 촌구석 요양원 같은 데에 강제로 넣어버린다는데."
 박 씨가 요양원을 언급하자 현철은 정곡을 찔린 것처럼 움찔했다. 그때 주방에서 그릇정리를 하던 나영이 끼어들었다.
 "말순 할머니가 쓰러져? 아이고. 지나가던 개가 웃겠다."
 그 말에 동의하는지 현철이 조용히 고개를 끄덕였다.

"그럼 납치여, 납치."

박 씨가 그렇게 단정하며 털썩 주저앉았다.

"누가 다 늙은 할머닐 납치해? 글고 말순 할머니는 자기 몸값으로 십 원 한 장 주느니 혀 깨물고 자살할 사람이야."

나영이 말했다.

"그러니까 더 걱정이라는 거여! 어이, 반 교수, 혹시라도 몸값이 부족하면 나한테 바로 말혀. 내가 이 집을 팔아서라도 아가씨는 꼭 구할 테니까."

박 씨가 말순을 위해서라면 모든 걸 다 바칠 각오가 되어있다는 듯 비장한 얼굴로 말했다. 그러자 나영이 주걱을 들고 주방에서 뛰어나왔다.

"뭐? 집을 팔아? 그럼 난 어쩌고? 백구랑 같이 저기 개집에 들어가서 살까? 응? 어떻게 아빠는 내 생각은 전혀 안 해? 아니, 어떻게 그런 소리를 할 수가 있어. 그럼 난 뭐냐고. 난 그냥 남이야?"

나영은 주걱을 흔들며 언성을 높였다.

"시끄러, 이년아."

본의 아니게 부녀 사이에 싸움을 붙인 꼴이 되어 난처해졌는지, 현철은 슬금슬금 눈치를 보며 조심스럽게 말을 꺼냈다.

"흠, 혹시 어머니한테 연락 오면 바로 저한테 연락주세요."

"그려. 근데 경찰에 신고는 한 거여?"

박 씨가 물었다.

"가출 신고는 며칠 지나야 할 수 있대요."

"아니, 그러다 그 며칠 사이에 아가씨한테 무슨 일이라도 생기면 어쩔라고!"

어디선가 곡소리가 들렸다. 귀에 익은 목소리였다. 아니, 분명히 아는 목소리였다. 현철과, 애자 그리고 손주들의 목소리였다. 무슨 영문인지 온 가족이 구슬프게 곡을 하고 있었다.

말순은 곡소리가 들리는 쪽으로 고개를 돌렸다. 그곳은 장례식장이었다. 희뿌옇게 향연기가 피어오르고, 그 사이로 말순의 영정사진이 보였다. 그걸 보자, 말순은 풀썩 주저앉았다.

이윽고 연기 사이로 상복을 입은 가족들의 모습이 보였다. 문상을 온 사람들도 보였다. 박 씨 부녀도 있었고, 옥자의 모습도 보였다. 말순은 망연자실한 얼굴로 천천히 그들에게 다가갔다. 한 걸음, 한 걸음씩, 겨우 걸음을 내딛으면서.

비로소 말순을 발견한 사람들이 일제히 고개를 돌렸다. 말순은 흠칫 놀라 걸음을 멈추었다. 며느리, 애자가 사람들 앞으로 나왔다. 애자는 소매로 눈물을 닦더니 말순을 바라보며 씩 하고 웃었다. 그러자 옆에 선 현철도 의미심장한 미소를 지어보였다. 차례로, 하나와 지하도 말순을 보고 웃기 시작했다. 이윽고 장례식장을 찾은 모든 사람들이 말순에게 손가락질을 하며 웃음을 터뜨렸다. 특히 나영은 배를 붙잡고 박장대소했다.

"푸하하하하!"

말순은 헉! 하고 신음을 토하며 번쩍 눈을 떴다. 꿈이었다.

정신을 차리고 보니 찜질방 바닥에 누워 있었다. 간밤에 잘 데가 마땅치 않아 이곳 찜질방에서 하룻밤을 보낸 것이다.

"으따, 꿈이로구먼. 참말로 다행이네."

말순은 다행이라고 여기며 가슴을 쓸어내리다가 꿈에서 들었던 것과 똑같은 웃음소리를 듣고 다시 화들짝 놀라고 말았다.

"푸하하하하!"

말순은 놀란 얼굴로 웃음소리가 들리는 쪽으로 고개를 돌렸다. 친구들과 함께 찜질방을 찾은 나영의 모습이 보였다. 한쪽 구석에 앉아 삶은 계란을 게걸스럽게 먹으면서 뭐가 그리 재미있는지 깔깔거리고 있었다.

"쯧쯧쯧, 저 썩을 년. 처먹는 것 좀 보소. 저러니까 여태 시집을 못 가지."

나영을 보며 혀를 차던 말순은 삭신이 쑤시는 것 같아 목을 돌리며 어깨를 주물렀다. 그러다가 뭔가 이상한지 갑자기 멈칫거렸다. 평소라면 어깨가 결리고 목이 뻣뻣할 텐데 전혀 그런 게 없었다.
"워메, 몽뚱아리가 어째 이런다냐."
 말순은 벌떡 일어나 쭉쭉 기지개를 켜보았다. 가볍게 스트레칭을 하는데 놀라울 정도로 몸이 유연했다. 체조선수처럼 아무렇지도 않게 다리를 찢고, 고난도의 요가 동작도 어렵지 않게 할 수 있었다. 마치 뼈가 없는 연체동물 같았다. 깔깔거리며 웃던 나영과 친구들이 흘끔 이쪽을 쳐다보더니 스트레칭을 하는 말순을 보고 놀란 나머지 입을 벌렸다. 둔하고 뻣뻣한 신체구조를 지닌 자기들은 꿈도 못 꾸는 동작을 아주 간단하게 척척 소화하는 말순의 유연성에 말문이 막혀버린 것이다.
"역시, 젊은 게 좋긴 좋아. 통통 뛰는 게 고무공 같네. 그냥."
 나영의 친구 중 하나가 부럽다는 듯이 중얼거렸다. 그러자 또 다른 친구도 놀랍다며 한마디 거들었다.
"아주 문어네, 문어. 어떻게 저게 가능하지?"
"야, 뭐 저 정도 갖고. 쟤가 문어면 난 개불이야."
 나영이 가소롭다는 듯 코웃음을 치더니 자리에서 벌떡 일어났다. 그러고는 말순의 동작을 따라해 보았다.
"와, 신기하다. 넌 허리는 휘지 않고, 배만 휜다."

옆에서 친구가 깔깔거리며 말했다.

"으아아아!"

오기가 생긴 나영은 어떻게든 제대로 해보겠다는 일념에 안간힘을 썼다. 하지만 불가항력이었다.

어디선가 낑낑거리는 소리에 말순은 동작을 멈추고 고개를 돌렸다. 나영이가 스트레칭을 해보겠다고 몸부림을 치는 소리였다. 말순은 그런 나영의 모습이 너무 한심해 저절로 한숨이 나왔다. 말순은 고개를 절래절래 저으면서 천천히 탈의실로 향했다.

보관함에서 옷을 꺼내던 말순은 옆에서 끙 하는 신음 소리를 듣고 고개를 돌렸다.

허리가 굽은 꼬부랑 할머니가 바닥에 앉아서 힘겹게 옷을 갈아입고 있었다. 워낙 몸이 뻣뻣하다보니 옷을 입는 것도 무척 버거운 모양이었다. 말순은 옷을 꺼내다말고 물끄러미 노파를 바라보았다.

처진 피부, 구부러진 등 그리고 주름이 가득하고 검버섯이 핀 얼굴. 불과 몇 시간 전 말순의 모습도 그러했다.

말순은 보관함 문 안쪽에 달린 거울을 보았다. 그러고는 뭔가 결심한 듯 고개를 힘차게 끄덕였다.

'그려, 이대로 요양원에서 늙어죽기엔 내 인생이 너무 원통

하고 불쌍해 보잉께 필시 하느님이 선물을 주신 거여. 이왕지사 이렇게 된 거…….'

말순은 얼른 옷을 갈아입고 보관함을 닫았다. 그러고는 탈의실을 나서려는데 주변의 아줌마들과 노파들의 머리스타일이 눈에 들어왔다. 하나 같이 붕어빵처럼 똑같은 헤어스타일, 일명 뽀글이파마.

'으따, 저것이 브로콜리여, 사람 머리여. 안 되겠구만. 당장 머리부터 바꿔야겄어.'

말순은 그길로 곧장 미용실부터 찾아갔다. 평소 다니던 시장 통에 있는 미장원이 아니라 젊은 애들이 많이 찾는 헤어숍으로 갔다.

"난 이 머리로 해야겠구먼."

말순은 미용사가 권하는 머리스타일을 모두 마다하고 패션 잡지에서 오드리 햅번의 젊은 시절 사진을 찾아 보여주었다. 미용사는 설마 진심이냐며 말순에게 되물었다. 말순은 완고하게 그렇다고 대답했다.

"그냥 해달라믄 해줄 것이제, 뭔 말이 그렇게 많은감? 시방, 이대로 못 하니께 꼼수를 쓰는 거 아녀? 우째, 자신이 없남? 그라믄 딴 데 가고."

"무슨 소리에요. 할 수 있거든요?"

자존심이 상한 미용사가 얼굴을 붉히며 말했다.

"그려? 그럼 어디 혀봐."

결국 미용사는 말순에게 설득을 당해, 말순이 원하는 대로 사진 속 오드리 햅번과 똑같은 머리스타일로 바꾸어주었다. 처음에는 이게 어울릴까 싶던 미용사는 막상 미용을 마치고 나니 의외로 잘 어울리는 걸 보고 스스로의 실력에 탄복했다.

"아따, 머리가 아주 기가 막히게 잘 빠졌구먼. 욕봤네, 욕봤어."

말순도 거울을 보며 만족스럽다는 듯 고개를 끄덕였다.

200퍼센트 만족감을 느끼며 미용실을 나온 말순은 가까운 편의점을 찾아 현금인출기에서 돈을 뽑았다. 그러고는 웅크리고 앉아서 침을 발라가며 돈을 세었다. 그 모습이 신기했는지 아르바이트생이 말순을 뚫어져라 쳐다보았다. 돈을 세던 말순은 아르바이트생의 시선을 느끼고 홱 고개를 돌려 눈을 부라렸다.

"아야, 눈깔이 안 돌리냐. 돈 세는 거 처음 보냐? 확 먹물을 쪽 빨아먹기 전에 고개 돌려랴잉. 기분이 나빠질라고 그러니께 딴 데 쳐봐야, 얼른."

곱상한 얼굴과는 전혀 어울리지 않는 살벌한 말투에 아르바이트생은 화들짝 놀라며 반사적으로 고개를 돌렸다. 말순은 히죽 웃더니 돈을 마저 세고 나서 엉덩이를 털고 일어섰다. 그러고는 상품진열대에서 꽃무늬 양산을 뽑아 카운터로 가져갔다.

"아야, 이것은 얼마냐."

"만 팔천 원이요."

아르바이트생은 말순의 눈치를 살피며 기어들어가는 목소리로 가격을 알려주었다. 말순은 씩 웃더니 만 원짜리 두 장을 내밀었다.

"잔돈은 너 가져, 팁이여. 그걸로 까까 사먹어라잉."

말순은 황당해 하는 아르바이트생을 뒤로 하고 양산을 펼쳐 쓰고 편의점에서 나왔다.

오가는 사람들의 시선이 말순에게 쏟아졌다. 옷차림 때문이었다. 충분히 그럴 만했다. 얼굴은 어려 보이는 여자애가 할머니들이나 입는 월남치마를 입고 있으니 이상해 보이는 게 당연했다. 머리스타일만 바꾼다고 해결될 문제가 아니었다. 말순은 이대로는 안 되겠다 싶어 곧장 옷가게로 달려갔다.

내친 김에 속옷가게도 들렀다. 그렇게 가게 하나씩 들를 때마다 짐도 늘어났다. 손이 모자랄 정도로 비닐봉지들을 잔뜩 들었지만 아직 들러야 할 곳이 남아 있었다. 전부터 사고 싶었던 빨간 구두!

말순은 곧장 신발가게로 달려갔다. 구두는 아직 팔리지 않고 가판대에 그대로 있었다. 말순은 신고 있던 헤진 운동화를 벗어던지고 구두에 두 발을 꿰었다. 가게 안에서 라면을 먹던 주인이 뒤늦게 말순을 발견하고 뭔가 싶어서 밖으로 나왔다. 그러자 말순은 만 원짜리 지폐 세 장을 휙휙 내던지더니 구두를 신고 달아났다.

"잔돈은 가져!"

가게 주인은 황당한 얼굴로 말순의 뒷모습을 바라보았다.

"뭐야, 저거."

드디어 바라던 구두까지 장만한 말순은 날아갈 것 같은 기분이었다. 너무 기뻐서 콧노래를 부르며 깡충깡충 뛰어다녔다. 지나가는 사람들이 그런 말순을 보더니 겁을 먹고는 슬금슬금 피했다.

촐랑대며 걷던 말순은 과일가게 앞에서 유모차를 끄는 아기엄마랑 마주쳤다. 말순은 유모차 안에 누워있는 아이를 보더니 싱긋 웃어보였다.

"아따, 이쁜 거. 어디 고추가 얼마나 실한지 한번 따 먹어볼까?"

그러더니 말순은 옆에서 아기엄마가 보고 있든 말든 상관하지 않고 아이에게 손을 뻗어 고추를 따 먹는 시늉을 했다.

"햐아, 고놈 고추 참말로 얼큰하네잉."

말순이 익살스럽게 말하자, 갑자기 아이가 울음을 터뜨렸다. 아기엄마가 얼른 아이를 안으며 말순을 노려보았다.

"우리 애는 아들이 아니라 딸이에요."

말순은 아기엄마를 흘끗 보더니 고개를 끄덕이며 말했다.

"아따, 아들이 아니라 딸이여? 으매, 그랬구먼. 엄마를 쏙 빼닮아서 나가 착각했네그려. 괜찮혀, 아가야. 요샌 의학이 발달했으니께 너무 걱정하지 말그라잉."

"뭐라고요? 근데 이 여자가 정말……."

아기엄마가 발끈했다.

"그려, 희망을 가지라고. 나도 이만큼 살아봄께 좋은 일이 생기드라고. 그니께 너무 염려하지 말어."

말순은 인자하게 웃으며 아기엄마의 어깨를 토닥거려주고는 가던 길을 다시 걸어갔다. 아기엄마는 기가 막혀 어쩔 바를 몰라 말순의 뒷모습을 노려보았다. 그런 줄도 모르고 말순은 흘러간 옛날 가요를 부르면서 깡충깡충 뛰어갔다.

수상한 하숙생

"하숙을 하겠다고?"

나영은 팔짱을 끼고 수상하다는 눈빛으로 눈앞의 여자를 훑어보았다. 갑자기 불쑥 집에 들어와서는 다짜고짜 하숙을 하겠다니. 이제 갓 스무 살을 넘긴 것 같은데 헤어스타일이며 옷차림은 완전히 복고풍이고, 행동거지는 묘하게 나이에 어울리지 않는 게 여러 모로 수상했다. 더욱이 최근 몇 달 동안은 대문에 하숙이라고 써 붙인 적도 없고, 벼룩시장 같은 지역신문에 광고를 내지도 않았는데 어떻게 알고 찾아왔는지 그것도 의문이었다. 물론 나영은 눈앞의 젊은 아가씨가 말순이라는 건 전혀 알지 못했다. 아니, 알 리가 없었다.

"흠, 근데 우리 집에서 하숙 치는 건 어떻게 알았을까?"

"밖에 하숙이라고 붙어있던데……."

"그거 한참 전에 뗐는데? 벌써 몇 년 전의 일이라고."

"한참 전에 봤는디."

나영은 잠시 침묵했다. 어차피 방은 남고 그냥 썩히는 것보단 한 푼이라도 벌 수 있으면 차라리 그게 낫다 싶었다.

"아침저녁 먹여주고 한 달에 오십."

"나를 아주 호구로 아나! 전에 사십 받았던 걸 뻔히 아는디, 뭔 오십? 아주 칼만 안 들었지, 날강도가 따로 없구먼."

"근데 어린 아가씨가 말이 많이 짧네."

나영이 못마땅하다는 눈초리로 위아래를 훑었다.

"흠, 밥은 내가 해먹고 삼십에 저 방 쓰면 되겠네……요."

말순은 지금 자기 모습이 많아 봐야 스무 살쯤 보인다는 사실을 새삼 깨닫고 간신히 어색하게나마 존댓말을 썼다.

"볕도 기중 잘 들고, 전에 살던 처녀가 이사 가면서 놓고 간 화장대도 있고……."

"뭐야, 아가씨. 전에 우리 집 와봤어? 가만 그러고 보니 어디서 본 거 같네? 어디서 봤지?"

나영이 다시 의심쩍다는 듯 고개를 갸웃거렸다.

"아니 그게 뭐시냐, 그러니까 그냥……. 오시다가, 가시다가. 긍께 그거이……."

말순은 당황한 나머지 말을 더듬었다.

"아냐, 뭔가 수상해."

그때였다. 외출했던 박 씨가 힘없이 스쿠터를 끌고 들어왔다.

"나 왔다. 옆집에선 아직 말순 아가씨 소식은 없대……?"

뒤늦게 말순을 발견한 박 씨는 무슨 까닭에선지 그대로 얼어붙고 말았다. 귀신이라도 본 사람처럼 넋 나간 얼굴로 말순을 바라보았다. 말순은 박 씨의 시선을 피하려고 주변을 두리번거렸다.

"이 아가씨는 누구……."

"새로 하숙 들어온 아가씨에요. 참, 이름도 여태 안 물었네?"

나영이 말했다.

"긍께, 내 이름이 뭐냐, 그게 그러니까 오드리……."

말순은 생각지도 못했던 물음에 뭐라고 대답하면 좋을지 몰라서 횡설수설했다.

"오드리? 옛날에 우리 아가씨가 제일 좋아하던 배우가 오드리 햅번인디."

말순에 대해선 뭐든지 알고 있는 박 씨가 의심쩍다는 듯이 말순을 바라보며 중얼거렸다. 말순은 이러다가 들키겠다 싶어 생각나는 대로 둘러댔다.

"아, 그게 오, 오드리, 아니 오두리에요, 오두리."

"두리? 차두리 할 때 그 두리?"

나영이 잘 못 들었다는 듯 되물었다.

"네, 오두리요."

"오두리? 그러면 오디 오 씨인감? 우리 아가씨는 해주 오 씬디."

박 씨가 물었다.

"대충 비슷해요. 그럼, 전 저 방 쓸게요."

"잠깐!"

말순, 아니 두리가 쭈뼛거리며 걸음을 옮기는데 갑자기 박 씨가 버럭 소리를 질렀다. 순간 정체를 들켰나 싶어 흠칫 놀라서 박 씨를 쳐다보았다. 그러자 박 씨는 굳은 얼굴로 두리에게 천천히 다가가더니 불쑥 손을 내밀었다.

"네?"

"하숙비는 선불이여."

"아아, 선불."

두리는 안도의 한숨을 내쉬고는 웅크리고 앉아서 침을 발라가며 돈을 셌다.

"말순 할머니 찾으러 나간다더니, 찾았어?"

나영이 박 씨에게 물었다.

"없어, 암 데도 없어. 도대체 날개옷이라도 입고 하늘로 가셨나. 아무리 찾아봐도 보이질 않네."

박 씨가 고개를 가로저었다.

"하이고, 이젠 무슨 선녀와 나무꾼까지 갖다 붙이냐. 아주

전래동화 커플이구먼. 그러다가 전생에 부부였다는 소리까지 나오겠다."

나영이 코웃음을 쳤다.

"맞구먼. 우린 이미 부부 사이나 진배없어. 영혼으로 맺어진 부부 사이제. 아암, 그렇고말고."

두리는 돈을 세다가 말고 멈칫하더니 무슨 헛소리냐는 듯 박 씨를 노려보았다. 그런 것도 모르고 박 씨는 계속 말을 이었다.

"느껴져. 아가씬 멀리 계시지 않아. 분명히 가까이에 있어. 가까이에……."

그때, 배를 깔고 자고 있던 백구가 번쩍 고개를 들더니 스윽 두리를 쳐다보았다. 그러고는 마치 정체를 알고 있다는 듯이 두리를 향해 맹렬히 짖어댔다. 깜짝 놀란 두리는 황급히 돈을 나영에게 건네고 방으로 도망치듯 들어갔다. 나영은 금액을 확인하면서 곁눈질로 두리가 들어간 방을 쳐다보았다.

"역시 수상해. 뭔가 있어. 뭔가가……."

"엄마, 아빠!"

외출했던 하나가 호들갑을 떨며 돌아왔다. 손에 쪽지를 쥐고 있었다. 주방에서 저녁을 준비하던 애자는 무슨 일인가 싶어 급히 밖으로 나왔다. 현철도 얼굴을 내밀었다. 하나는 들고 온 쪽지를 현철에게 내밀었다.

"이것 좀 봐. 우편함에 꽂혀 있었어. 봐봐, 이거 할머니 글씨 맞지?"

현철이 쪽지를 빼앗듯이 가져가더니 얼른 펼쳐보았다. 쪽지에는 삐뚤빼뚤한 글씨로 '나 업시 잘 살아라.'라고 달랑 한 줄만 쓰여 있었다. 분명히 말순의 글씨체가 맞았다. 애자가 자기도 보여 달라면서 쪽지를 가져갔다.

"이렇게 또 나한테 시위를 하시네. 정작 이집에서 나가고 싶은 건 난데……."

애자는 쪽지를 읽더니 땅이 꺼져라 길게 한숨을 내쉬었다.

"일단 경찰에 신고해야 되는 거 아냐?"

하나가 물었다. 그러자 애자는 발끈하며 딸을 나무랐다.

"니 아빠 앞길 막고 싶어? 아예 방송국에 전화할까? 할머니가 가출했는데, 그 아들이 노인문제 전문가라고."

"그게 또 그런가?"

"하여간에 내가 미쳐."

애자가 쪽지를 구겨 주머니에 쥐더니 갑자기 밖으로 나가버렸다. 곧바로 하나가 애자를 따라나섰다.

"엄마, 어디 가!"

혼자 남은 현철은 멍하니 소파에 앉아서 벽만 바라보았다.

"엄니, 대체 어디 계신 겁니까."

불볕더위가 한창인 오후. 승우는 수연과 함께 여름특집 방송을 위한 장소를 섭외하려고 근린공원을 찾았다. 식상한 콘셉트의 아이돌 그룹에 질려버린 승우는 뭔가 참신한 활력을 불어넣어줄 신인 가수를 찾겠다는 취지로 오디션 프로그램을 만들겠다고 상사에게 건의했다. 처음엔 또 오디션 프로그램이냐며 회의적인 대답을 들었지만, 승우가 포기하지 않고 적극적으로 설득한 끝에 겨우 재가를 받을 수 있었다. 그렇게 해서 두 사람은 답답한 스튜디오를 벗어나, 현장의 열기를 고스란히 전해줄 수 있는 최적의 장소를 물색하려고 벌써 두 시간 가까이 여기저기를 돌아다니는 중이지만 성에 차는 곳은 아직 발견하지 못하고 있었다.

"여긴 아무래도 힘들겠어, 선배. 생각보다 좁네. 주변 통제도 안 될 것 같고. 다른 델 알아봐야 할 것 같아."

수연이 손으로 햇빛을 가리며 주위를 돌아보더니 실망스럽다는 듯이 내뱉었다. 승우가 그것보라며 고개를 흔들었다.

"거봐. 내가 여기 별로라고 했잖아. 무대를 세울 데도 없다니까."

"우리 저기서 쉬었다 갈까?"

수연이 그늘진 벤치를 가리켰다. 마침 벤치 옆에는 음료수 자판기도 있었다. 승우는 별 생각 없이 그러자며 고개를 끄덕였다.

"아웅, 맨날 컴컴한 데만 있다가 나오니까 이렇게 광합성도 하고 좋네. 그치?"

수연이 기지개를 켜며 슬쩍 지나가는 투로 말했다. 하지만 승우는 태블릿에만 정신을 팔고 있어서 아무 대꾸도 하지 않았다. 샐쭉해진 수연은 차디찬 캔 음료수를 승우의 뺨에 갖다 대었다. 그때서야 퍼뜩 정신이 든 승우가 무슨 일이냐며 수연을 쳐다보았다. 수연은 웃는 얼굴로 건너편의 우스꽝스럽게 생긴 커다란 공룡 모형들을 가리켰다.

"선배, 저거 너무 웃기지 않아? 쟤가 둘리 엄만가? 우리 온 김에 공룡이랑 같이 사진이나 한 장 찍을까?"

승우가 공룡 모형들을 흘끗 보더니 짧게 한숨을 내쉬었다.

"그럴 시간 있으면 신인코너 오디션 준비나 더 신경 써. 아이돌 지망생이랑 기본도 안 된 밴드만 데리고 오지 말고."

"아우, 맨날 일, 일, 일! 대체 이런 남자를 어떤 여자가 좋아하겠어."

나 같은 여자 빼고. 수연은 그 말까지 하고 싶었지만 그냥 속으로 삼켰다.

그때였다. 갑자기 맑은 하늘에서 빗방울이 떨어지기 시작했다.

"어? 비가 오네. 선배, 우산 가져……."

승우가 손을 들어 수연의 말을 끊었다.

"야, 조용히 좀 해봐."

빗소리에 섞여, 어디선가에서 노랫소리가 들렸다. 처연하면서도, 묘하게 사람의 마음을 사로잡는 목소리였다. 승우는 자리에서 일어나더니 비를 맞으며 노랫소리가 들리는 곳을 찾아 걸음을 내딛었다. 마치 뭔가에 홀린 사람처럼.

"선배!"

수연은 마지못해 승우를 따라나섰다.

오늘따라 실버 카페가 평소랑 다르게 시끌벅적하다. 묘하게 활기마저 띠고 있는 게 확실히 여느 때와는 분위기가 많이 달랐다. 카페를 찾는 노인들에게 여흥거리를 제공하기 위해 구청에서 노래방 기계를 실지해줬기 때문이다. 무대까지 마련되자, 노인들은 너도나도 나서서 마이크를 잡고 노래자랑을 펼쳤다.

흥에 겨워 박수를 치는 노인들 틈바구니에 두리의 모습도 보였다. 두리는 맨 앞줄에 자리를 잡고 앉아서 노래를 따라 부르며 즐거워했다.

"오빠, 저기 쟤는 누구야?"

옥자가 행주를 들고 테이블을 닦으러 온 박 씨에서 물었다. 박 씨는 흘끗 돌아보더니 힘없는 목소리로 대꾸했다.

"우리집 하숙생."

"하숙생? 근데 여기서 뭐하는 거래. 젊은 아가씨가……."

옥자가 이해하기 힘들다는 듯 되물었다.

"글씨, 난 잘 모르겠는데. 뭐라더라. 할머니 손에 자라서 이런 데가 편하다는구만. 그래서 그런 갑다 하고 있제."

박 씨는 중얼거리듯이 말했다.

옥자는 뭔가 미심쩍다는 눈초리로 두리를 쳐다보았다. 두리는 노인들 사이에서도 아무런 위화감도 못 느끼는지 신이 나서 노래를 따라 부르고 있었다. 이유는 모르겠지만 옥자는 자꾸만 두리를 의식했다.

"아무래도 이제 그만둬야겠어."

박 씨가 갑자기 앞치마를 풀며 선언하듯이 말했다. 그러자 옥자가 반색하며 박 씨에게 찰싹 붙었다.

"잘 생각했네. 진작 그랬어야지. 뭐하러 오빠 같은 사람이 그 늙은 할망구 땜에 그렇게 맘고생을 해?"

박 씨가 거칠게 옥자를 뿌리쳤다.

"나, 여기 일을 그만둔다고! 나라도 나서서 아가씰 찾아야지! 그 여린 몸으로 어디서 무슨 일을 겪는지도 모르는데……."

박 씨는 어안이 벙벙해진 옥자를 내버려두고 카운터로 성큼성큼 걸어갔다. 박 씨의 뒷모습을 황당하다는 눈초리로 바라보던 옥자는 뭔가를 결심했는지 입술을 지그시 깨물고는 갑자기 노래방기계가 있는 쪽으로 다가갔다.

갑자기 노인들이 환호하자, 카운터로 들어갔던 박 씨가 고개를 내밀었다.

무대 위에서, 옥자가 선곡을 마치고 마이크를 잡고 반주에 맞춰 몸을 흔들고 있었다.

"쯧쯧, 저년이 또 무슨 꿍꿍이래. 아이구, 민망시려워라."

두리는 눈을 찡긋하며 엉덩이를 살랑살랑 흔드는 옥자를 보더니 고개를 설레설레 흔들며 혀를 찼다.

나는 가슴이 두근거려요. 가르쳐 드릴까요?
예순 아홉 살이에요

흔들흔들 리듬을 타던 옥자가 콧소리를 섞어가며 노래를 부르기 시작했다.

"자랑이다, 이년아."

두리가 옥자를 보며 혼잣말을 했다.

가만히, 가만히 오세요~ 요리조리로~
언제나 정다운 버드나무 아래로~

옥자는 노골적으로 박 씨를 쳐다보며 손짓을 했다. 다른 영감들도 부럽다는 눈빛으로 박 씨를 쳐다보았다. 박 씨는 멍한 얼굴로 마른침을 꿀꺽 삼켰다.

"이제 보니께 저년이 곰 가죽을 쓴 여시였구먼."

두리는 옥자와 박 씨를 번갈아보며 고개를 가로저었다.

옥자의 노래로 분위기 한껏 달아오를 무렵, 누군가가 조용히 문을 열고 카페에 들어왔다. 기타를 맨 지하였다. 연습실을 가다가 들른 모양이었다. 지하를 알아본 박 씨가 냉큼 그쪽으로 다가갔다.

"할아버지."

지하가 고개를 꾸벅 숙였다.

"어, 지하 왔구나. 어떻게 됐냐?"

박 씨가 물었다.

"말씀하신대로 엄마 몰래 경찰에 가출 신고는 했어요. 따로 연락, 없으셨죠?"

지하가 조심스럽게 물었다.

"걱정 마라. 아가씨는 꼭 내 손으로 찾아내고 말겨."

박 씨는 지하의 어깨를 토닥여주었다. 때마침 노래를 끝낸 옥자가 환호를 받으며 무대에서 내려왔다. 박 씨도 박수를 쳐주었다. 그러자 옥자가 박 씨를 보며 키스를 날렸다. 지하가 비위 상한다는 듯 욱, 하며 인상을 찌푸렸다.

"우리 할머니도 노래 잘하셨는데……."
"아암, 그렇지. 노래하면 우리 말순 아가씨가 최고였제."
박 씨가 고개를 끄덕이며 맞장구를 쳤다.

그때, 구경만 하던 두리가 자리에서 일어나 무대 위로 올라갔다. 어린 아가씨가 마이크를 잡자, 노인들이 옥자 때보다 더 열화 같은 성원을 보냈다. 득의양양하게 무대에서 내려왔던 옥자는 콧방귀를 뀌며 얼마나 잘하는지 두고 보자는 듯 두리를 쏘아보았다.

두리의 선곡은 나이와 어울리지 않게 흘러간 옛날 가요였다. 채은옥이 불렀던 '빗물'이라는 노래였다. 이윽고 반주가 시작되자, 노인들은 의외의 선곡에 호기심 어린 눈으로 두리를 쳐다보았다.

조용히 비가 내리네, 추억을 말해주듯이
이렇게 비가 내리면 그날이 생각이 나네.
옷깃을 세워주면서 우산을 받쳐준 사람
오늘도 잊지 못하고 빗속을 혼자서 가네.
어디에선가 나를 부르며, 다가오고 있는 것 같아
돌아보면 아무도 없고, 쓸쓸하게 내리는 빗물, 빗물
조용히 비가 내리네, 추억을 달래주듯이
이렇게 비가 내리면 그 사람 생각이 나네.

어디에선가 나를 부르며 다가오고 있는 것 같아
돌아보면 아무도 없고 쓸쓸하게 내리는 빗물, 빗물
조용히 비가 내리네, 추억을 달래주듯이
이렇게 비가 내리면 그 사람 생각이 나네. 우우~

청아하면서도 깊은 울림이 있는 목소리였다. 어린 나이가 무색할 정도로 곡해석도 훌륭했고, 듣는 사람으로 하여금 빠져들게 하는 힘을 가지고 있었다. 두리의 노래를 듣는 노인들은 다들 뭔가에 홀린 사람들처럼 넋을 놓고 바라보았다.

박 씨도 마찬가지였다. 노래를 부르는 두리에게서 이 순간 사무치도록 보고픈 누군가를 떠올렸다.

"말순 아가씨……."

넋이 나간 사람은 박 씨 말고도 또 있었다. 말순의 손자, 지하. 지하는 사랑에 빠진 사람처럼 멍한 얼굴로 두리가 노래하는 모습을 바라보았다.

그리고 한 사람 더. 노랫소리에 이끌려, 승우가 카페로 들어왔다. 그러다가 무대 위에서 눈을 감고 노래를 부르는 두리를 발견하고 망치로 얻어맞은 것 같은 표정을 지었다. 그녀의 목소리는 승우가 지금껏 들어본 적이 없는 애절한 목소리였다. 늘 천편일률적인 아이돌 그룹의 그것과는 비교도 할 수 없는 분위기를 가지고 있었다.

'찾았어! 그래, 바로 이거야! 이게 진짜 노래라고!'

승우는 노래가 끝날 때까지 두리한테서 눈을 뗄 수가 없었다. 수연은 옆에서 그런 승우를 불안한 눈빛으로 바라보았다.

드디어 두리의 노래가 끝났다. 카페 안의 모든 사람들이 열화와 같은 박수를 치며 환호했다. 두리는 마치 진짜 가수라도 된 것처럼 미소를 지으며 손을 흔들다가 지하를 발견하고는 깜짝 놀라는 표정을 지었다. 당연히 지하가 자신을 알아볼 리가 없는데도 도둑이 제 발 저린 것처럼 어쩔 줄 몰라 했다. 두리는 슬금슬금 눈치를 보며 뒷걸음을 치다가 기회를 엿봐서 사람들 틈으로 후다닥 달아났다.

"어?"

"앗!"

두 남자가 동시에 소리를 치며 당황해했다. 승우와 지하였다.

두 사람은 누가 먼저랄 것도 없이 두리를 쫓아 카페 밖으로 뛰어나갔다. 하지만 이미 어딘가로 사라졌는지 두리의 모습이 보이지 않았다. 허탈해진 두 남자는 낙담하며 거의 동시에 한숨을 내쉬었다. 그러다가 서로를 의식하고는 뭐냐는 눈빛으로 상대방을 노려보았다.

하숙집으로 돌아온 두리는 박 씨랑 마루에 나란히 앉아 옥수수를 까먹으며 평소에 좋아하던 TV 연속극을 신청했다.

"공주가 지 친딸이라는 거 알았어요?"

두리가 효자손으로 등을 벅벅 긁으며 박 씨에게 물었다.

"아니, 아직 눈치 못 챘어. 오늘 알 거야, 인제."

"하이구, 그거 아는데 뭔 놈의 시간이 그렇게 걸려싸아? 성질 급한 년은 아주 기다리다가 숨 넘어가겠구먼."

옥수수를 뜯어먹던 박 씨가 흘끗 쳐다보더니 피식 웃으면서 말했다.

"젊은 처자가 말을 참 맛깔스럽게 하는구먼."

"하, 하, 할머니 손에 커서요······."

두리는 흠칫하며 얼른 목소리톤을 바꾸었다.

"그래? 그럼 아까 그 옛날 노래도 할머니한테 배웠남?"

박 씨가 뭔가 미심쩍다는 투로 물었다.

"네······."

"신기하네."

"뭐가요?"

두리가 조심스럽게 되물었다.

"아가씨 말투도 그러고, 하는 짓도 그러고. 내가 아는 사람이랑 많이 비슷혀서."

박 씨가 두리를 빤히 쳐다보았다.

"먼저 들어갈게요."

두리는 효자손을 내려놓고 슬그머니 일어섰다.

"왜, 끝까지 안 보고? 이제 공주가 지 친딸이라는 거 나올 텐디."

"친딸 맞겠죠, 뭐······."

자기 방으로 돌아가려던 두리는 누군가를 발견하고 깜짝 놀라는 표정을 지었다.

"워메!"

박 씨가 돌아보니, 언제 왔는지 지하가 마당에 우두커니 서 있었다. 지하는 두리를 보곤 씩 하고 웃었다.

"지하, 왔냐? 저기, 인사혀. 내 손자나 진배없는 앤디, 이 녀석이 두리 학생한테 꼭 할 얘기가 있다는구먼."

"할 얘기?"

두리가 긴장해서 지하를 쳐다보았다. 지하는 여전히 말없이 히죽 웃기만 했다.

지하와 두리는 포장마차에 마주 앉았다.

한참을 말없이 보던 지하가 소주를 잔에 따르더니 단숨에 들이켰다. 두리는 이걸 어떡하지, 하는 얼굴로 손자를 지켜보았다.

'아이고, 술도 잘 못 처먹는 놈이 왜 저런 다냐.'

지하는 일부러 술기운을 빌리려는 듯 연거푸 석 잔을 마셨다. 술이 약해서 금세 얼굴이 벌게졌다.

"두리 씨는 남자랑 술 마셔 본 적 없어요?"

지하가 배시시 웃으면서 물었다.

'니 할애비랑 술 마시고 싸지른 게, 니 애비여, 이눔아.'

"뭐가 그렇게 부끄러워요? 사람 얼굴도 똑바로 못 쳐다보네."

술기운 때문인지 지하는 계속해서 히죽히죽 웃었다.

'들킬까봐 그런다.'

두리는 짧게 한숨을 내쉬었다.

"나 처음이었어요. 아까 그런 느낌은……."

지하가 뺨을 붉히며 조용히 말했다.

'시방 이놈이 뭐라고 지껄이는 거여. 가만 이건 이놈 할애비가 나보고 처음 했던 말인디.'

지하가 그윽한 눈빛으로 지그시 두리를 바라보았다.

'어쭈? 누가 그 피 아니랠까. 눈빛까지 똑같네잉?'

두리도 지하를 마주보았다.

"나, 부탁이 하나 있는데 절대로 거절하기 없기에요. 알았죠?"

무슨 말을 하려는지 지하가 뜸을 들이자, 두리는 불안한 눈빛으로 손자를 쳐다보았다. 자꾸만 좋지 않은 예감이 들었다.

'오메? 이건 그날 밤 그 대사 아녀? 설마, 나랑 같이?'

"나랑 같이……."

마치 두리의 마음을 읽기라도 한 듯 지하가 조심스럽게 말을 꺼냈다. 두리는 질겁하더니 두 손으로 귀를 틀어막았다.

"안 돼! 절대로 안 돼! 내 눈에 흙이 아니라 쎄멘트를 부서도 안 될 일이여!"

"그렇죠? 역시 안 되겠죠? 솔직히 우리 같은 밴드에서 노래하시긴 아까우세요. 두리 씨 정도 실력이면……."

두리가 정색하자, 지하는 낙담한 듯 쓸쓸하게 중얼거렸다.

"시방 뭐랬남. 노래? 같이 하자는 게 노래여?"

"제가 밴드를 하는데 보컬이 없어서요. 저랑 싸우고 나갔는데……. 보컬도 없고 연습실도 사라지고……."

동정심을 유발하려는 것인지 지하가 울먹거리며 말끝을 흐렸다.

"속상하겠네. 안 그래도 집에 우환도 많을 텐디."

"어? 어떻게 알아요? 우리 집에 우환 많은 거."

지하가 깜짝 놀라서 되물었다.

'염병, 또 요놈의 입방정…….'

두리는 아무것도 모른다는 듯 시선을 돌리며 딴청을 피웠다.

"그래요. 우리 집 우환 많아요. 엄마는 심장병 걸리셨고요, 아빠랑 누나는 그게 할머니 때문이라 그러고. 할머니는 그래서 집 나가 버렸어요. 근데 그게요, 사실 다 내 탓이에요. 할머니 가출한 것도 엄마 아픈 것도 다 내가 못 나서 그래요."

지하가 풀 죽은 얼굴을 하며 고개를 숙였다. 손자의 기죽은 모습에 두리는 울컥해서 보듬어주고픈 충동을 느꼈다.

"그래도 그런 건 아닌 거 같은디."

"됐어요. 두리 씨가 나에 대해서 뭘 안다고 그래요."

지하가 쓰게 웃으며 고개를 흔들었다.

'내가 너를 몰라? 지하, 니 이름 지어준 게 나여, 이눔아.'

두리는 속으로 외쳤다.

"이름도 반지하가 뭐야. 난 이름도 후져……."

지하가 쓸쓸이 중얼거리며 잔에 술을 따랐다. 갑자기 두리가 지하의 잔을 빼앗더니 단숨에 술을 들이키고는 탁! 하고 소리가 나도록 잔을 내려놓았다. 그러고는 눈을 부릅뜨며 지하를 쳐다보았다.

"그래. 까짓 거 노래하면 될 거 아녀!"

다시 만난 그녀

"노래는 아무나 하나. 에휴, 저것도 노래라고……."

승우가 조소하며 나직이 중얼거렸다. 유리벽을 사이로 녹음실 안에선 젊은 여가수가 과장스러운 목소리로 노래를 하고 있었다. 딴에는 감정을 잡으며 열심히 부르는 것 같았지만 승우의 기대에는 훨씬 못 미치는 실력이었다.

"죽이지? 하 피디, 쟤 별명이 뭔 줄 알아? 호빵, 호빵! 피부는 하얀데 이 속이 아주 까~매. 완전 흑인 쏘울!"

신인 여가수의 매니저가 옆에서 눈치도 없이 호들갑을 떨었다. 너무 한심해서 여가수를 뚫어져라 바라보는 승우의 눈빛을 오해한 것이다. 승우는 분위기 파악을 전혀 못하고 있는 여가수의 매니저를 흘끔 보더니 길게 한숨을 내쉬었다.

"호빵 말고 차라리 꽈배기 어때."

승우가 한마디 쏘아붙이고 녹음실을 나가버렸다. 매니저

가 황당하다는 듯 승우의 뒷모습을 바라보다가 다시 수연을 쳐다보았다. 수연은 자기에겐 아무것도 묻지 말라는 제스처로 어깨를 으쓱해보였다.

"한 피디, 왜 저러는데? 쏘울 찐한 애 델고 오라며."

"신데렐라 찾잖아요. 노래 한곡 들려주고 흔적도 없이 사라진 신데렐라."

"신데렐라? 그럼 백인이야?"

매니저의 말에 수연도 어이가 없어졌는지 뒤도 돌아보지 않고 녹음실을 나가버렸다. 그 와중에도 녹음실 안에선 신인 여가수가 밖의 분위기에 아랑곳하지 않고 혼자서만 필에 충만해서 열심히 노래를 부르고 있었다.

"야, 쫑났어. 그만해! 시끄러워!"

매니저가 버럭 소리를 질렀지만, 녹음실 안에선 여전히 노랫소리가 흘러나왔다. 결국 화가 난 매니저가 마이크의 전원을 꺼버렸다.

내가 사랑하는 너는 펜트하우스에 살고,
너를 사랑하는 나는 반 지하 월세에 살지.
우우우, 이것이 우리들의 엿 같은 인생!
(코러스) 정말로 엿같지~
우우우, 이것이 너희들이 조져놓은 세상!

(코러스) 정말로 뭣같지~

 지하가 선창하면 밴드 멤버들이 머리를 흔들며 코러스를 넣고 있다. 그리고 그 앞에서 두리가 어이없다는 얼굴로 쳐다보고 있었다.
 술기운을 빌려 두리를 보컬로 영입하는 데 성공한 지하는 멤버들을 호출했다. 그러고는 두리를 임시 연습실로 데려왔다. 재정을 담당하던 미애가 탈퇴하면서 임대료를 내지 못해 연습실에서 쫓겨난 이후로, 재건축을 하다가 멈춘 이곳 아파트 공사현장을 발견한 지하와 밴드 멤버들은 전기를 끌어다가 임시로 연습실을 삼는 중이었다.
 마침내, 연주가 끝나고 지하와 밴드 멤버들이 자아도취에 빠진 얼굴로 두리를 쳐다보았다. 분명 자기들 솜씨에 반했을 거라고 믿는 듯했다. 하지만 두리의 표정은 싸늘하기만 했다.
 "어때요? 죽이죠? 이건 자본주의 사회의 빈부격차와 88만 원 세대의 사랑을 메탈릭한 사운드로……."
 지하가 들뜬 목소리로 자기 음악세계에 대해 설명하려는데, 두리는 시큰둥한 반응을 보이더니 손을 들어 지하의 말을 끊었다.
 "왜들 이랴. 배고프다고 해서 밥까지 처맥여놨구만, 왜 따순밥 먹고 헛짓거리들이여."

"두리 씨가 아직 이쪽 음악을 몰라서 그러는데……."

지하는 당황한 얼굴로 두리에게 말했다.

"노래란 말이여."

두리가 다시 지하의 말을 잘랐다.

"이 귀가 아니라 이 마음을 흔들어 놔야제. 듣는 놈은 흥이 안 나는데 노래하는 놈만 지랄발광을 하면 뭐혀? 이 노래 듣고 흥나는 사람 봤어?"

"아뇨."

두리가 묻자, 지하를 제외한 나머지 멤버들이 동시에 고개를 흔들었다. 그러자 지하가 멤버들을 사납게 노려보았다.

"그럼 두리 씬, 무슨 노래가 하고 싶은데요?"

지하가 물었다.

"내가 신나는 노래 하나 아는데 한번 들어볼 거여?"

두리는 곰곰이 생각에 잠기더니 조금 자신 없다는 투로 말을 꺼냈다. 지하와 밴드 멤버들은 서로 시선을 교환하더니 들어보겠다며 고개를 끄덕였다.

두리는 목을 가다듬고 나서 양산을 펼쳐서 어깨에 걸치더니 입으로 전주를 흥얼거리며 서서히 리듬을 타기 시작했다.

나성에 가면 편지를 띄우세요~
사랑의 이야기 담뿍 담은 편지

나성에 가면 소식을 전해줘요~
하늘이 푸른지, 마음이 밝은지

  처음엔 생소한 멜로디와 노랫말에 어리둥절한 표정을 짓던 지하와 멤버들은 어느 틈엔가 자기들도 모르게 두리의 노래에 빠져들더니 조금씩 악기로 반주를 맞춰가기 시작했다. 그리고 후렴구에 가서는 완벽하게 동조하여 제대로 된 연주에 들어갔다.

*****
즐거운 날도 외로운 날도 생각해 주세요~
나와 둘이서 지낸 날들을 잊지 말아줘요~

  많은 사람들이 오가는 홍대 거리. 완전히 새롭게 편곡한 '나성에 가면'을 두리가 양산을 흔들고 춤추면서 신나게 열창하고 있었다.
  두리의 노랫소리를 듣고 사방에서 사람들이 몰려왔다. 어느덧 발 딛을 틈도 없이 주변을 꽉 메운 청중들이 두리의 노래를 따라 부르면서 어깨를 들썩였다.
  지하와 밴드 멤버들은 신이 나서 더욱더 연주에 박차를 가했다. 새로운 보컬로 두리를 영입한 것은 대성공으로 끝났다.

지하와 밴드 멤버들이 거리 공연을 시작한 이후로 가장 뜨거운 반응이었다. 지하는 노래를 부르는 두리를 바라보며 흐뭇하게 웃었다. 그리고 고마움과는 또 다른 감정이 지하의 가슴속에서 싹트기 시작했다.

"우와! 이게 다 얼마야."
거리 공연을 끝내고 뒤풀이를 하러 근처 족발가게를 찾은 지하와 밴드 멤버들은 기타 케이스에 수북하게 들어있는 지폐들을 보며 눈시울을 붉혔다.
"이모! 여기 족발 대짜요!"
주문을 넣는 두병의 목소리가 달큰하게 달아올라 있었다.
"저기, 뒷발 말고, 앞발로!"
두리가 얼른 주문 내용을 바꾸었다.
"왜 앞발? 뭐가 달라?"
지하가 물었다.
"앞발이 쫀득하니 맛있어."
두리가 그것도 모르냐며 이유를 설명하기 시작했다. 서빙을 보는 아줌마가 소주를 가지고 오다가 두리의 말에 놀라는 표정을 지었다.
"아이고, 젊은 아가씨가 별걸 다 아네."
"할머니 손에 커서요."

두리가 흠칫하더니 얼른 지하의 눈치를 살피며 수줍게 말했다.

"근데 두리 씨는 나이가 어떻게 되세요?"

두병이 물었다.

"아?"

뜻밖의 질문에 당황한 두리는 뭐라고 대답을 하면 좋을지 몰라 지하와 멤버들의 얼굴을 쳐다보았다.

"그게, 그러니까 스……스무 살?"

두리는 에라 모르겠다는 심정으로 대충 얼버무렸다. 두리의 대답에 홍석이 반색하며 호들갑을 떨었다.

"스무 살? 뭐야, 그럼 우리보다 동생이네! 난 초면부터 말까길래 누난 줄 알았잖아! 떽, 오바를 놀리면 미워할 거야잉."

"완전 애기네 이거. 야, 핏덩어리! 오빠라고 해봐. 빨리!"

지하가 말했다. 두리는 속으로 부글부글 끓었지만 내색할 수가 없어 끙, 하고 신음했다. 그러고는 간신히 쥐어짜는 목소리로 말했다.

"오빠……."

두리의 얼굴이 홍당무처럼 빨개졌다.

"으아아아아아!"

지하와 멤버들이 두리의 오빠 소리에 좋아주겠다는 듯 비명을 질렀다.

다시 만난 그녀 · 153

'소울은 얼어 죽을······.'

승우는 특별히 정해진 행선지도 없이 전철에 몸을 맡긴 채 멍하니 시간을 보냈다. 사무실로 돌아가 봐야 상사들과 수연에게 시달릴 테고, 이렇게 혼자만의 시간을 가지면서 머릿속을 정리할 필요가 있었다. 며칠째 기획사들을 돌아다니며 특집방송에 출연시킬 신인가수를 찾아보았지만 별다른 소득이 없었다. 하나 같이 껍질만 그럴싸하게 포장한 기념상품처럼 거품만 가득한 빈 쭉정이들뿐이었다. 정말 제대로 된 소울 감성을 지닌 인재를 찾기란 낙타가 바늘구멍을 통과하는 것보다 어려웠다.

그때 그 여자 같은 친구는 또 없는 건가······.

"거 애기 좀 조용히 시켜요!"

짜증을 내는 어떤 아저씨의 걸쭉한 목소리에 승우는 정신을 차리고 고개를 돌렸다. 아기가 울고 있었고, 아기엄마는 진땀을 흘리며 애를 달래고 있었다. 전력 수급이 원활하지 않는다는 이유로 냉방을 약하게 하는 바람에, 아기가 더위를 감당하지 못해 울음을 터뜨린 모양이었다.

날이 더워 불쾌지수가 높은 탓인지 사람들의 신경이 평소보다 날카로워진 것 같았다. 어지간하면 아량을 베풀어줄만 한데도 다들 인상을 찌푸리며 아기엄마에게 무언의 압박을 넣고 있었다. 승우는 속으로 참 인정머리 없는 사람들이라고 생각하며 쓰게 웃었다. 그러다가 문득 사람들 틈바구니에서 낯익은 얼굴을 발견하고 깜짝 놀랐다. 방금 전에 떠올렸던 상대가 거짓말처럼 거기에 있었던 것이다. 여전히 독특한 헤어스타일의 두리가 아이를 달래고 있는 아기엄마에게 다가갔다.

"기저귀 갈았는데……."

아기엄마가 아이를 무릎 위에 엎어놓고 엉덩이를 살피면서 자신 없는 목소리로 중얼거렸다. 기저귀는 멀쩡했다. 아기엄마는 뭣 때문에 아이가 보채는지 몰라서 무척 애를 먹고 있었다.

"밥 달라는 소리네."

두리가 아기를 물끄러미 바라보며 말했다.

"그런가?"

아기엄마가 반신반의하며 가방을 뒤적였다.

"애 이리 줘 봐요."

두리가 손을 내밀자 아기엄마는 잠시 망설이다가 아이를 건넸다. 아기를 안아든 두리는 싱긋 웃으면서 우는 아기의 뺨을 쓰다듬어주었다.

"아유 예쁜 놈~ 아유, 이 콧물 좀 봐."

두리는 아기의 콧물을 아무렇지도 않게 손으로 닦아주고는 자기 옷에 쓱쓱 문질렀다. 신기하게도 아기가 금세 울음을 그쳤다. 아이를 달래는 솜씨가 예사롭지 않아서 아기엄마는 가방을 뒤지다가 말고 신기하다는 듯이 두리를 쳐다보았다. 저만치 떨어져서 두리를 지켜보는 승우도 재미있다는 표정을 지었다.

"아니, 애 옷을 왜 이렇게 션찮이 입혔대. 덥다고 이렇게 다 벗겨놓으면 에어컨 바람에 감기 오는데. 이거 봐, 이거. 쯧쯧, 양말도 안 신겼네."

두리가 잔소리를 늘어놓기 시작하자, 아기엄마는 얜 뭐지? 하는 표정으로 흘끗 보더니 아기를 다시 데려갔다. 그러고는 가방에서 젖병을 꺼내 아이에게 물렸다.

"엄마젖은 먹여요?"

두리가 물었다.

"모유만 먹으면 설사를 해서요."

아기엄마가 다소 귀찮다는 표정으로 대꾸했다.

"아이고, 애기엄마 젖이 물젖이네, 물젖……."

두리가 대뜸 아기엄마의 가슴을 가리키며 그렇게 말하자, 아기엄마는 불편하다는 듯 등을 보이며 돌아앉았다.

"젖이라구 다 같은 젖이 아니여. 참젖은 애들이 먹으면 포동포동 살도 오르고 소화도 잘되고 똥도 좋고 그런데 물젖은 그냥 먹는 대로 쭉쭉 설사를 하고 애도 삐쩍 꼴아갖고 칭얼대고 그래."

두리가 혀를 차더니 다시 아기엄마의 가슴을 가리켰다.

"쯧쯧, 애기엄만 물젖이네. 엄마젖이 물젖이라 소젖을 먹어? 에구 불쌍한 것. 엄마 젖이 먹고잡지? 응야 응야~"
"야! 너 어린년이 어디서 젖 타령이야! 물젖? 그래. 나 물젖이다! 니가 나 물젖인데 도와준 거 있어? 그럼, 넌 참젖이냐!"
발끈한 아기엄마가 몇 마디 쏘아붙이더니 씩씩거리며 아기를 안고 자리에서 일어나 옆칸으로 가버렸다.
"난 참젖 맞는디."
두리가 자기 가슴을 내려다보며 조용히 중얼거렸다.

하숙집으로 돌아가기 전에 두리는 마트에 들러 장을 보았다. 그런데 그런 두리의 모습을 누군가가 멀찌감치 떨어져서 지켜보고 있었다. 승우였다. 전철에서부터 줄곧 뒤를 밟았던 모양이다. 승우는 호기심에 가득 찬 얼굴로 두리의 일거수일투족을 말없이 지켜보고 있었다.
장보기를 마친 두리는 장바구니를 들고 나이에 어울리지 않게 팔자걸음을 걸으며 집으로 향했다. 두리를 조용히 따라가던 승우는 자기도 모르게 웃음을 터뜨렸다. 아무리 봐도 독특하단 생각이 들었다. 웃음소리를 들었는지 두리가 걸음을 멈추고 뒤를 돌아보았다. 승우는 화들짝 놀라 웃음을 멈추고 전봇대 뒤로 몸을 숨겼다. 다행히 들키진 않은 듯했다. 두리는 고개를 한번 갸웃하더니 다시 가던 길을 걸어갔다. 여전히 우스꽝스러운 팔자걸음으로. 승우는 자꾸만 웃음이 나오려는 것을 간신히 참으며 조용히 뒤를 밟았다.

그렇게 얼마간을 조용히 따라갔을 때다. 갑자기 두리가 골목 모퉁이를 홱 돌아들어갔다. 승우는 두리의 모습을 놓치고 당황한 나머지 어어, 하면서 골목으로 허겁지겁 달려갔다. 그리고 막 모퉁이를 돌려고 하는데 갑자기 검은 무엇인가가 쑥 하고 튀어나와 승우의 시야를 가렸다. 승우가 깜짝 놀라며 숨을 토하는데, 사라졌던 두리가 고등어 대가리를 들이밀며 옆에서 불쑥 튀어나왔다.

"뭘 그렇게 찾아?"

"네, 네?"

"넌 뭐여?"

두리가 승우를 노려보며 한 걸음 다가섰다.

"저, 저요?"

당황한 승우는 말까지 더듬었다.

"그럼 너 말고 여기 또 누가 있는감? 당최 뭐하는 놈인디 발정난 개새끼마냥 아까부터 내 뒤를 졸졸 따라오는 거여."

두리는 손에 쥔 고등어 대가리로 삿대질을 하며 승우를 다그쳤다.

"아하하하! 아가씨, 말 참 재밌게 하네……"

승우는 상황을 모면해 보려는 듯 어색하게 웃었다. 두리가 말없이 승우를 노려보았다.

"……."

"그쪽은 날 처음 보겠지만, 난 그쪽을 본 적이 있어요."

승우는 낮게 헛기침을 하고 말했다.

젊어지니까 이 몸의 인기가 하늘을 찌르는구나. 두리는 피곤하다는 듯 고개를 가로저으며 짧게 한숨을 내쉬었다.

"어쨌거나 이렇게 자주 부딪히는 거 보면 우리가 인연은 인연인 거 같네요."

"인연? 거기하고 나하고가? 아따, 별 호랑말코 같은 소릴 다 듣겠구먼."

두리는 기도 안 찬다는 듯 코웃음을 쳤다.

"진짜 다르다. 요즘 여자들이랑 정말 달러, 독특해. 진짜 독특해."

승우가 호기심 가득한 눈으로 두리를 보며 중얼거렸다.

'음마, 요놈 눈빛 좀 보게. 그간 여자 여럿 울렸겠네. 뭔 사내자식 눈깔이 저리 초롱초롱하게 빛이 나는감.'

두리는 자신을 뚫어져라 바라보는 승우를 흘끔거리며 생각했다.

"이러지 말고 우리 어디 가서 얘기 좀 해요."

승우가 불쑥 손을 내밀자, 두리는 흠칫 놀라며 고등어 대가리로 승우의 손을 쳐냈다.

"좋게 야그할 때 그냥 돌아가쇼."

두리가 돌아서서 가려고 하자 마음이 급해진 승우는 황급히 두리의 옷소매를 붙잡았다

"저기, 잠깐만요!"

그때였다.

승우가 급한 마음에 너무 세게 잡아당겨서 그만 윗도리 단추 하나가 투드득 떨어졌다. 살짝 앞섶이 벌어지자, 두리는 승우에게 눈을 부라렸다. 그 서슬에 질린 승우는 자기도 모르게 뒷걸음을 쳤다.

"이 썩을 놈이……."

"아니 저는 그게……."

승우는 무슨 말이든 하려고 했지만 너무 당황스럽고 놀란 나머지 입이 잘 떨어지지 않아서 손사래만 쳤다.

"이놈을 그냥……."

고등어로 후려칠 기세로 다가서던 두리가 뭘 봤는지 갑자기 겁을 집어먹은 표정을 지으며 몸을 바르르 떨었다.

"거기 무슨 일입니까?"

승우의 등 뒤에서 굵은 목소리가 들렸다. 승우는 깜짝 놀라 뒤를 돌아보았다.

경찰관 두 명이 순찰차에서 내리더니 이쪽으로 걸어왔다. 승우는 곁눈질로 단추가 떨어지는 바람에 두리의 블라우스

앞섶이 벌어진 것을 보았다. 이대로 있다간 경찰관들이 오해할 것 같아서 다급하게 두리의 어깨를 붙잡았다. 불행히도 그런 승우의 제스처가 오히려 경찰관들에겐 두리를 상대로 추행하는 것처럼 보였다. 설상가상, 두리가 눈에 눈물까지 그렁그렁하며 애절한 목소리로 이렇게 외쳤다.

"살려주세요!"

"네? 아니, 저기……."

두리의 외침을 들은 경찰관들이 지체하지 않고 달려와 승우를 붙들었다. 어찌해볼 틈도 없이 승우는 바닥에 납작 엎드린 채 수갑까지 차고 말았다. 경찰관에게 깔린 승우는 버둥거리며 필사적으로 해명했다.

"오해에요, 오해! 뭔가 오해라고요!"

경찰관이 미심쩍은 눈으로 승우를 흘끗 보더니 차분한 목소리로 두리에게 물었다.

"아가씨, 이 남자 아는 사람이에요?"

승우는 두리를 보며 오해를 풀어달라는 듯 고개를 끄덕였다. 하지만 두리는 눈물을 훔치며 고개를 세차게 흔들었다.

"몰라요. 모르는 사람이에요. 아까부터 절 쫓아와서는 갑자기……."

거기까지 말한 두리는 감정이 복받친 것처럼 손으로 입을 막았다. 경찰관들은 더는 들을 것도 없다는 듯, 승우를 일으켜 세워 순찰차로 연행했다. 승우는 끌려가는 와중에도 억울하다며 고래고래 소리를 질렀다.

"저기요! 말 좀 해줘요. 나 알잖아요. 아, 정말로. 아저씨들! 우리 정말 아는 사이에요. 뭔가 오해가 있는 거라고요. 저기요, 말 좀 해달라고요, 네?"

"오해는 서에 가서 풉시다."

경찰관이 승우를 순찰차에 밀어 넣었다.

"저기, 경찰 아저씨. 저, 사실 방송국 피디에요. 제가, 저 아가씨를 스카우트하려고 그런 거라고요. 믿어주세요, 네?"

"아아, 그러셔. 근데 왜 하필 이런 장소에서 스카우트를 하실까? 우리 방송국 피디님은, 주로 이런 데서 면접을 보시나?"

경찰관이 조소를 머금으며 눈짓으로 주변을 가리켰다. 승우는 그때서야 주위를 돌아보았다. 끝에서 끝까지, 온통 모텔 간판들이 즐비했다. 말문이 막혀버린 승우는 마른침을 꿀꺽 삼키며 경찰관을 쳐다보았다.

"자, 조용히 갑시다."

경찰관이 친절한 미소를 지으며 말했다. 승우는 체념하고 좌석에 몸을 묻었다.

그사이에 순찰차가 두리 옆을 지나쳤다. 승우는 뒤늦게 생각났다는 듯이 차창 밖으로 고개를 내밀고 두리를 불렀다.

"저기요! 연락처, 연락처 좀 주세요!"

두리는 아무 대꾸도 하지 않고 물끄러미 승우를 바라보았다. 순찰차는 승우를 태우고 인근 지구대로 달려갔다.

"좌우당간에 이 사내새끼들은 아랫도리가 문제여. 뭐하러 한 토막도 안 되는 거 땜시 신세를 조지나 몰러."

두리는 빠르게 멀어져가는 순찰차를 바라보며 혀를 찼다.

목이 말라서 물을 가지러 주방으로 가던 하나는 부산스러운 소리에 걸음을 멈추고 고개를 돌렸다. 지하의 방에서 들리는 소리였다. 무슨 일인가 싶어서 발소리를 죽이고 슬그머니 그쪽으로 가보았다.

생선 칭소라곤 해본 적이 없는 지하가 무슨 바람이 불었는지 열심히 자기 방을 치우고 있었다. 하나는 혹시 살못 봤나 싶어서 눈을 비볐다. 지하는 여전히 땀을 흘리며 방청소를 하고 있었다.

"세상에나, 이게 무슨 일이야. 너, 정말 내 동생 지하 맞아?"

그때서야 인기척을 느낀 지하가 손을 멈추고 하나를 쳐다보았다. 하나는 문에 기대어 팔짱을 끼고 신기하다는 듯이 동생을 쳐다보았다.

"도대체 얼마나 대단한 애가 오길래 이런 엄청난 기적이 일어난 거지? 이거 갑자기 골이 확 땡기면서 몹시 궁금해지네?

맞다, 이름이 뭐랬지? 두리?"

다소 비아냥거리는 하나의 말투가 거슬렸는지 지하는 걸레를 패대기치며 누나를 사납게 노려보았다.

"야, 반하나. 남의 일에 신경 끄고 가서 토익 공부나 해. 그 점수 가지고는 편의점 알바도 못 한다."

하나의 귀엔 '반하나'가 아니라 '바나나'로 들린 모양이었다. 갑자기 인상을 구기더니 언성을 높였다.

"야! 반지하! 너, 성 붙여서 부르지 말라고 했지.

"너나 하지 마, 이 빠나나야."

지하도 굴하지 않고 되받아쳤다.

"너, 정말……."

그때, 초인종이 울렸다.

"왔네? 엄마, 내가 열게!"

하나가 야릇한 미소를 짓더니, 옳다구나 하며 현관으로 달려갔다. 지하도 당황한 얼굴로 누나를 쫓아갔다.

"야! 빠나나, 너 자꾸 나대지 마! 야, 기다리라고!"

두 사람은 서로 티격태격하며 대문으로 달려갔다. 다행히 하나보다 지하가 먼저 도착했다.

지하는 긴장한 듯 심호흡을 하고나서 대문을 열었다.

열린 문으로 화사한 꽃무늬 양산이 불쑥 들어왔다. 그리고 그 양산 아래에서 두리가 얼굴을 내밀었다. 지하를 청소하게 만든, 하나를 경악하게 만든, 그 기적의 장본인은 바로 두리였던 것이다.

"어……."

지하는 입이 얼어붙은 사람처럼 말을 제대로 잇지 못했다. 어서 오라는 말도 못하고 멍청히 서 있기만 했다.

"워메, 더운 거. 아따, 인터폰으로 후딱 열믄 될 걸 뭐하러 나오고 그러냐."

두리가 손부채를 하면서 지하를 밀치고 성큼성큼 안으로 들어갔다. 그때서야 지하는 정신을 차리고 두리를 쫓아갔다.

"저기, 근데 어떻게 잘 찾아왔네. 처음 오는 사람들은 헤매던데."

그러자 두리가 걸음을 멈추고 별소리를 다한다는 듯이 지하를 쳐다보았다. 하지만 속에 있는 말을 내뱉진 않았다.

'어떻게 찾긴. 이 집 문패를 내 손으로 달았어, 이눔아. 알기나 혀냐.'

오말순 여사 납치사건!

　현철은 형사의 연락을 받고 박 씨와 함께 경찰서를 방문했다. 담당형사는 두 사람에게 편의점 CCTV에서 찾아낸 영상을 보여주었다. 말순의 계좌에서 현금이 인출되었던 시각의 화면이다.

　"아무래도 오말순 씨는 단순 가출이 아닌 것 같습니다."

　형사가 심각한 얼굴로 말했다.

　"네?"

　현철이 놀란 얼굴로 형사를 쳐다보았다.

　"CCTV를 확인한 결과, 오말순 씨 계좌에서 돈을 인출한 사람은 본인이 아닌 것으로 판명되었습니다."

　형사는 사무적인 어조로 담담하게 말했다.

　"거봐! 내 뭐랬남. 진즉에 납치라고 했잖여. 왜, 사람 말을 안 믿어. 이제 어쩔 거여, 우리 말순 아가씨 어쩔 거냐고."

옆에서 설명을 듣던 박 씨가 발끈해서 버럭 언성을 높였다. 현철은 망연자실해져서 다리가 풀렸는지 휘청거렸다. 넘어지려는 것을 박 씨가 재빨리 부축을 해주었다. 현철은 괜찮다며 박 씨의 손을 떼어내고는 애써 담담한 표정으로 형사를 쳐다보았다.

"하지만 어머니가 쪽지를 남기셨어요. 분명히 어머니 글씨였습니다."

"그건 강요나 협박에 못 이겨 썼을 가능성도 있습니다."

형사가 부정적으로 말했다.

"이런……."

현철은 결국 주저앉고 말았다.

"어이쿠, 반 교수. 괜찮은가?"

박 씨가 현철의 팔을 잡고 일으켜 세웠다.

"네, 네……."

현철이 힘없이 대꾸했다.

"일단 화면을 보시면 알겠지만 최소 2인 이상인 것으로 보입니다. 돈을 인출한 사람은 젊은 여자였습니다. 아무래도 젊은 여자 혼자서 납치를 벌였다는 게 쉽지 않으니 말입니다. 분명히 공범이 있을 것으로 추정됩니다."

형사가 말했다.

두 사람은 형사가 띄운 정지화면을 확인했다. 어떤 여자가 양산을 쓰고 현금인출기에서 돈을 찾고 있는 장면이었다. 실루엣만 봐도 분명히 말순은 아니었다. 훨씬 젊은 여자였다. 하지만 양산으로 얼굴을 가리고 있어서 정확한 나이나 외모는 알아볼 수가 없었다.

화면을 뚫어져라 쳐다보던 현철은 아무리 봐도 모르겠다는 듯 고개를 가로저었다. 박 씨는 포기하지 않고 계속 화면을 주시했다. 그러다가 뭔가를 발견했는지 눈을 크게 떴다. 범인이 얼굴을 가린 꽃무늬 양산. 분명히 어디선가 본 기억이 있었다.

'이, 이건……'

"엄마! 두리, 왔이."

하나가 주방을 향해 외치자, 앞치마를 두른 애자가 웃는 얼굴로 나왔다.

"어머, 어서 와요."

애자가 두리를 살갑게 맞았다.

두리는 생전 처음 보는 며느리의 밝은 얼굴이 무척 낯설게 느껴졌다. 마치 다른 사람을 보고 있는 기분이었다.

'음마, 야한테 이런 얼굴도 있었구먼. 별일이네. 나 얼굴을 안 보고 사니까 그런가 신수가 아주 훤해졌네그려. 그랴, 이렇게라도 잘 지내면 됐제. 어디 아프지나 말어라. 그래야 내

오말순 여사 납치 사건! · 169

맴도 편해지지.'

두리는 내색하지 않으려고 어색하게 미소를 지으며 고개를 숙였다.

"안녕하세요."

"어머, 예뻐라. 우리 지하한테 이렇게 예쁜 친구가 있었네."

애자가 웃는 얼굴로 말하면서 슬쩍 하나를 쳐다보았다. 왠지 비교 당하고 있다는 느낌에 사로잡힌 하나는 기분 나쁘다는 듯 입을 삐죽거렸다.

"요즘 애들 수술해서 다 저 정돈 돼. 티 안 나게 잘 했네."

하나가 비아냥거리자, 두리는 슬쩍 눈을 흘겼다.

'저 년 저 싸가지는 누굴 닮은 거여.'

그때 지하가 귓속말로 이야기했다.

"신경 쓰지 마. 우리 할머니 닮아서 말투가 저래."

"……!"

두리가 뜨끔해서 지하를 쳐다보았다. 남의 속도 모르고 지하는 대수롭지 않다는 듯이 어깨를 으쓱해보였다.

"지하야, 친구랑 방에 가서 놀고 있어. 저녁 다 되면 부를게."

애자가 저녁 준비하러 주방으로 들어갔다.

"네."

"저기 실례가 안 된다면 먼저 집 구경 좀 해도 될까요?"

두리가 조심스럽게 묻자, 막 주방으로 들어가려던 애자가 놀란 얼굴로 돌아보았다.

"아, 예."

별일이라는 듯 쳐다보는 애자를 뒤로 하고 두리는 천천히 집을 둘러보았다. 지하가 황급히 두리를 따라나섰다. 애자와 하나, 두 모녀는 황당하다는 얼굴로 두리를 쳐다보았다. 그러거나 말거나 두리는 마치 가정방문을 온 지도교사처럼 집안 구석구석을 살폈다. 그러다가 슬그머니 말순의 방문 앞에 섰다.

"나, 이 방 구경 좀 해도 돼?"

두리가 지하를 보며 물었다.

"그게……. 우리 할머니 방인데 할머니가 지금 안 계셔서……."

지하가 난처하다는 듯이 말끝을 흐렸다. 그러자 두리는 눈물이 그렁그렁한 눈으로 지하를 쳐다보았다.

"나, 할머니 손에 컸잖아. 여기 오니까 갑자기 돌아가신 우리 할머니 생각이 나서……. 할머니 냄새도 그립고……. 내가 너무 버릇없는 거지?"

지하는 황급히 고개를 저었다.

"아니야. 우리 할머니도 이해하실 거야."

허락을 받자마자 두리는 방문을 열고 들어갔다. 주인 없는 말순의 방은 말끔하게 정돈되어 있었다. 매일 청소를 했는지 먼지 하나 없이 깨끗했다. 두리는 씁쓸한 표정을 지으며 방안을 둘러보았다.

'그래도 싹 다 치워 불진 않았구먼.'

그때 주방에서 애자가 그릇 좀 내려달라며 지하를 불렀다. 지하는 두리에게 양해를 구하고 주방으로 갔다. 그러자 두리는 이때다 싶어 눈을 빛내며 후다닥 서랍장으로 달려갔다. 서랍장 맨 밑 서랍을 열어 옷가지를 들춰 무언가를 열심히 찾는가 싶더니 개어놓은 속옷 사이에서 통장과 도장을 꺼냈다. 그랬다. 들킬 위험을 무릅쓰고 집으로 돌아온 이유가 바로 이것 때문이었다. CCTV로 두리가 돈을 인출해가는 장면을 본 후 또 다른 금전피해(?)를 막기 위해 현철이 말순의 카드를 분실신고 해버린 것이다.

'됐네! 카드만 막으면 내가 기어들어올 줄 알았겠지?'

두리는 회심의 미소를 지으며 통장과 도장을 품에 넣었다. 그리고 서랍장을 닫으려는데 주방에 갔던 지하가 어느 틈에 돌아와 문간에 서 있었다.

"두리야? 거기서 뭐해?"

아차 싶은 두리는 얼른 쪼그리고 앉아서 말순의 옷을 꺼내 얼굴을 묻고 오열하기 시작했다. 물론 가짜 눈물이었고, 지하를 속이기 위한 연기였다. 하지만 효과가 있었다. 두리의 눈물을 보자 지하도 동요했다.

"할머니~ 으어엉~~ 우리 할머니 냄새랑 똑같아. 할머니!"

"할머니……."

지하도 울먹거리며 눈시울을 붉혔다. 두리는 지하의 모습을 흘끗 보고는 한시름 놓았는지 나지막하게 한숨을 내쉬었다.

'으따, 하마터면 큰일 날 뻔했구먼.'

이윽고 저녁상을 다 차렸다며 하나가 두 사람을 부르러 왔다. 두리는 통장과 도장이 빠지지 않게 잘 챙기고 하나를 따라 주방으로 갔다.

두리는 오랜만에 가족과 함께 저녁상을 받으니 기분이 묘해졌다. 애자가 두리를 아들의 여자 친구로 착각하고 평소보다 신경을 많이 썼는지 진수성찬이 따로 없었다. 상다리가 휠 정도로 갖가지 요리로 가득했다. 그중에는 두리가 좋아하는 고등어조림도 있었다. 방금 가스레인지에서 가져와 김이 모락모락 올라오는 고등어조림을 보자 없던 시장기가 생길 지경이었다. 두리는 침을 꿀꺽 삼키고는 고등어조림 한 점을 젓가락으로 집어 입안에 넣었다. 천천히 맛을 음미하며 살점을 씹던 두리의 표정이 미묘하게 변했다.

"왜요? 입에 안 맞아요?"

애자가 물었다.

두리는 황급히 고개를 가로저었다.

"아니요. 맛있어요."

"에이, 표정은 영 아닌데?"

옆에서 하나가 그게 아닌 것 같다며 불쑥 끼어들었다.

두리는 어금니를 깨물며 억지 미소를 지어보였다. 그러고는 애자를 바라보며 잠시 망설이더니 조심스럽게 말을 꺼냈다.

"흠, 근데. 무를 밑에만 깔지 마시고 위에도 덮으시면, 무즙이 아래위로 베어서 훨씬~ 더 맛있다네요."

"너 그런 것도 알아? 엄마, 두리 진짜 괜찮지? 요즘 애들 안 같고!"

지하가 놀랐다는 듯이 호들갑을 떨었다. 하지만 애자의 표정은 밝지 않았다. 방금 두리가 한 말은 평소에도 시어머니에게 자주 듣던 잔소리 중 하나였기 때문이다. 애자는 떨떠름한 표정을 지으며 슬그머니 고등어조림을 옆으로 치웠다.

"근데 지하 아버님은 퇴근이 늦으시네요?"

두리가 흘끗 시계를 보며 물었다.

"별 게 다 궁금하네. 엄마, 이러다 곧 상견례 하자 그러겠어."

하나가 퉁명스럽게 말했다. 지하가 못마땅하다는 눈초리로 하나를 쏘아보았다.

"갑자기 급한 일이 생겨서 좀 늦으신다네. 식기 전에 어서 들어요."

애자가 어색하게 웃으면서 말했다.

그때였다. 현관에서 인기척이 들리더니 현철이 문을 열고 들어왔다. 현철을 보자 두리는 밥을 먹다말고 본능적으로 자리에서 벌떡 일어났다.

"아이고, 인자 왔어!"

순간 온가족이 깜짝 놀란 얼굴로 두리를 쳐다보았다.

당황한 두리는 얼굴을 붉히더니 나지막하게 중얼거렸다.

"왔어. 신호가 왔어. 화장실이 어디……?"

그제야 수긍하겠다는 듯 지하가 고개를 끄덕이며 화장실을 가리켰다.

"지기 저 문."

두리는 창피하다는 듯 손으로 얼굴을 가리며 화장실로 뛰어갔다. 현철은 화장실로 들어가는 두리를 물끄러미 바라보다가 누구냐며 지하에게 물었다.

"저 아가씨는 누구……?"

"저희 밴드에서 노래하는 친구에요."

"아, 그래."

현철은 이미 두리에 대해선 관심 밖이라는 듯 건성으로 고개를 끄덕였다. 그러고는 안방으로 건너갔다.

"어떻게 됐어?

애자가 따라나서며 조심스럽게 물었다.

"옷 좀 갈아입고."

현철은 한숨을 내쉬며 힘없이 대답했다. 목을 옥죄고 있던 넥타이를 신경질적으로 풀어 바닥에 내던지듯이 내려놓았다. 말순이 집을 나간 뒤로 현철은 종종 이렇게 날카로운 모습을 보이곤 했다. 애자는 짧게 한숨을 내쉬며 넥타이를 주웠다. 현철은 괜히 미안해졌는지 애자의 시선을 피하며 와이셔츠의 단추를 풀었다.

"저녁은?"

애자가 다시 물었다.

"생각 없어."

현철은 고개를 흔들더니 천천히 방을 나와 서재로 향했다. 그런 아들의 모습을 화장실에 숨어서 지켜보던 두리는 영 마음이 편치 않은지 한숨을 내쉬었다.

밤이 깊었다. 아이들은 피곤하다며 일찌감치 각자 방으로 들어가 잠을 청했다. 애자는 물을 먹으려고 주방으로 갔다가 설거지통에 담긴 냄비를 발견했다. 냄비 안에 다 먹고 찌꺼기만 남은 고등어조림이 보였다. 하나에게 뒷마무리를 시켰더니 저렇게 귀찮다는 듯이 대충 물에만 담가놓고 도망친 것이다.

애자는 한숨을 내쉬며 설거지통에서 냄비를 꺼냈다. 문득 냄비 바닥에 눌러 붙은 납작한 무 조각들이 보였다. 두리가 했던 충고 그리고 시어머니에게 지겹게 들었던 잔소리가 겹쳐져서 환청처럼 귓가에 울렸다. 애자는 냄비를 멍하니 바라보다가 나무주걱으로 누른 무 조각들을 긁어내어 음식물 쓰레기봉투에 담았다. 그러고는 물을 마시러 온 것도 잊은 채 주방에서 나와 다시 안방으로 향했다.

그때였다. 아무도 없어야 할 말순의 방에서 흐느끼는 소리가 들렸다. 애자는 가던 걸음을 멈추고 조심스레 말순의 방문을 열었다. 남편이 시어머니가 애지중지하던 안마의자에 쪼그리고 앉아서 흐느끼고 있었다.

"엄니, 붙들이 놔두고 대체 어디 가셨소. 엄니는 이 붙들이가, 붙들이가 보고 싶지도 않소. 엄니, 정말 별일이 없어야……."

애자는 조용히 문을 닫고 안방으로 갔다.

현철은 거의 날이 밝을 무렵에서야 안방으로 돌아왔다. 애자도 그때까지 잠을 이루지 못하고 뜬눈으로 밤을 지새웠다. 그렇게 두 내외가 말순의 빈자리를 힘겨워하고 있었다.

날이 밝자 뜬눈으로 밤을 새운 박 씨는 주섬주섬 일어나 슬며시 문을 열었다.

아침 일찍부터 서둘러 어디를 가는지 두리가 툇마루에 앉아서 신발을 신고 있었다. 박 씨는 숨을 죽이며 두리를 가만히 훔쳐보았다. 뭔가 이상한 낌새를 차렸는지 두리가 이쪽으로 고개를 홱 돌리자 박 씨는 깜짝 놀라 이불 속으로 몸을 던졌다.

잠시 후 신발 신는 소리가 들렸다. 박 씨는 이불 속에서 나와 다시 문틈으로 밖을 내다보았다. 두리가 옷매무새를 살피며 꽃무늬 양산을 펼치고 있었다.

두리의 꽃무늬 양산을 본 박 씨의 눈이 휘둥그레졌다. CCTV 화면에 잡혔던 것과 똑같은 무늬의 양산이었기 때문이다. 박 씨의 심장이 콩닥거리기 시작했다.

'우째, 저 아이가 저걸 쓰고 있다냐.'

온갖 상상이 박 씨의 머릿속을 헤집고 다녔다. 그러는 사이에 두리는 양산을 쓰고 밖으로 나갔다.

박 씨는 도둑고양이처럼 살금살금 방에서 나와 대문으로 가서 두리를 찾았다. 걸음이 얼마나 빠른지 그새 어딘가로 사라지고 없었다. 박 씨는 의미심장한 얼굴로 돌아서더니 곧장 두리 방으로 향했다.

"분명히 뭔가 있구먼, 뭔가······."

박 씨는 떨리는 손으로 방을 뒤지기 시작했다. 그러다가 구석에서 몰래 감춰둔 가방을 발견했다. 황급히 가방을 열어 방바닥에 쏟았다. 눈에 익은 옷들과 신발이 박 씨의 가슴을 철렁 내려앉게 만들었다.

"이건, 설마……."

박 씨는 옷가지들을 헤집다가 앞이 터진 신발을 조용히 집었다. 분명히 말순이 신고 다니던 신발이었다. 우려가 현실로 나타났다. 박 씨는 억장이 무너지는 것 같았다. 납치범이 바로 옆에 있었다니, 너무 무섭고 화가 나서 좀처럼 마음을 진정시킬 수가 없었다.

"하이고, 시상에……."

박 씨는 엉덩방아를 찧으며 털썩 주저앉았다.

"이게 뭔일이다냐, 이게 뭔일이여……."

스타탄생

 오디션을 본다는 공고가 나가고 나서 아마추어 인디밴드를 비롯한 신인가수들이 구름처럼 몰려와 방송국 로비는 발 딛을 틈이 없었다. 하지만 머릿수에 비해 당장 눈에 띄는 실력자는 손에 꼽을 정도였다. 이미 승우는 체념모드로 접어들어 거의 기계적으로 채점표에 체크를 하고 있었다. 수연도 슬슬 지치기는 마찬가지였다.

 승우가 입모양으로 화장실을 다녀오겠다며 신호를 보내더니 자리에서 일어났다. 수연은 뭔가 말하려다가 생각을 고치고 천천히 고개를 흔들었다. 어차피 누군가는 의무적으로 자리를 지켜야 했고, 그 누군가는 자신의 몫이라는 것을 잘 알고 있었다. 수연은 체념의 한숨을 내쉬며, 다음 대기자를 호명했다.

 "반지하 밴드?"

 수연은 밴드 이름이 재미있다는 듯 중얼거리며 무대를

쳐다보았다. 주섬주섬 악기를 세팅하는 걸 지켜보던 수연은 문득 낯익은 얼굴을 발견하고 어? 하고 놀라는 표정을 지었다. 지난번 승우와 함께 근린공원을 찾았을 때, 본 적이 있는 어린 아가씨가 보컬을 맡고 있었기 때문이다. 수연이 특별히 기억하고 있는 이유는 그때 넋을 잃고 바라보던 승우의 표정이 지금까지도 잊히지 않아서였다.

"시작해도 될까요?"

밴드의 리더, 지하가 긴장한 목소리로 물었다. 수연은 그러라며 신호를 보냈다. 잔잔한 반주가 이어지고, 보컬을 맡은 두리가 노래를 부르기 시작했다.

조용히 비가 내리네, 추억을 말해주듯이
이렇게 비가 내리면 그날이 생각이 나네
옷깃을 세워주면서 우산을 받쳐준 사람
오늘도 잊지 못하고 빗속을 혼자서 가네

그때 화장실을 간다던 승우가 헐레벌떡 숨을 헐떡이며 돌아왔다. 승우는 눈을 휘둥그레 뜨며 청아한 목소리로 노래를 부르고 있는 두리를 뚫어져라 쳐다보았다. 지난번과 마찬가지로 완전히 넋이 나간 표정이었다. 수연은 옆에서 불안한 눈빛으로 승우를 바라보았다.

"하하, 이렇게 또 만나다니⋯⋯."

승우의 입가에 엷은 미소가 떠올랐다.

"뭐시라? 긍께 그쪽이 진짜 방송국 사람이라고?"

두리가 경악하며 승우의 목에 걸린 신분증을 몇 번이고 확인했다. 두 눈으로 보고도 믿기 힘들다는 표정이었다.

"이봐요! 피디님한테 무슨 말버릇이에요?"

수연이 나서서 두리를 나무랐다. 아무리 좋게 봐주려고 해도 두리의 태도가 너무 무례하게 보였던 것이다. 하지만 정작 당사자인 승우는 대수롭지 않다는 듯이 넉살 좋게 웃기만 했다. 수연은 평소랑 다르게 물러터진 모습을 보이는 승우를 야속한 눈빛으로 쳐다보았다.

"이제 내 말 믿겠어요?"

승우가 웃으면서 두리에게 말했다.

"뭐 다 큰 사내가 그만한 일로 앙심 품고 그러는 건 아니죠?"

겸연쩍어진 두리는 낮게 헛기침을 하며 조심스레 물었다. 승우는 지난번 일은 개의치 말라며 고개를 가로저었다. 그러고는 정색한 얼굴로 말을 이었다.

"바쁘니까 짧게 얘기할게요. 우리 프로그램 신인 소개 코너에 두리 씨와 반지하 밴드를 소개하고 싶어요."

"네?"

승우의 말이 끝나기가 무섭게 지하와 밴드 멤버들은 혹시 자기들이 잘못 들었나 싶어 놀란 얼굴로 되물었다

"말 그대로에요. 우리 프로에 출연시키고 싶다고요."

승우가 말했다. 그러자 이번에는 수연이 정색한 얼굴로 제동을 걸고 나섰다. 승우의 결정을 납득하기 어려웠기 때문이다.

"그건 아니지 선배. 어떻게 싱글도 한 장 안 낸 애들을 달랑 노래 한 곡 들어보고 생방엘 내 보내?"

수연은 상식적인 선에서 견주어 봐도 승우의 결정은 지나친 독단이라고 생각했다. 그래서 정정할 것을 요구했다.

"그래서 앨범 낸 애들이 애들보다 잘해?"

승우가 수연을 흘끗 보며 물었다.

"그래도 그렇지! 무슨 경력이 있는 것도 아니고. 방송이 장난이야?"

수연은 승우의 결정을 따를 수 없다며 강하게 항의했다. 하지만 승우는 수연의 이야기를 전혀 귀담아 듣지 않고 있었다. 마치 그녀를 투명 인간처럼 취급하며 추가로 지하의 밴드에게 파격적인 제안까지 언급했다.

"따로 연습실 필요하면 얘기해요. 내가 알아봐줄 테니까."

"선배!"

수연이 빽 소리를 질렀다.

승우는 이미 끝난 이야기라는 듯 대꾸도 하지 않고 자리에서 일어났다. 수연은 발끈해서 승우를 따라나섰다.

"감사합니다! 열심히 하겠습니다, 피디님!"

지하와 밴드 멤버들은 용수철처럼 일어나 승우의 뒤통수에 대고 허리를 숙여 90도로 인사했다. 그러고는 승우와 수연이 사라지자, 기다렸다는 듯이 환호하며 만세를 불렀다. 하지만 두리는 승우와 밴드 사이에 어떤 이야기가 오갔는지 도무지 알아들을 수 없어서 눈만 멀뚱멀뚱 떴다.

"뭐여? 잘된 거여?"

두리가 물었다.

"두리야! 됐어! 우리가 해냈어!"

지하가 두리를 끌어안으며 들뜬 목소리로 말했다. 뭔지 몰라도 손주가 좋아하는 얼굴을 보니 두리도 덩달아 기분이 좋아졌다.

"아이고 잘했네, 정말 잘했구먼."

두리가 활짝 웃으며 지하의 엉덩이를 옴팡지게 두드렸다.

두리는 방송국에서 오디션을 마친 뒤, 자축하는 의미에서 지하의 밴드 멤버들과 가볍게 저녁식사를 하고 늦은 시각에 하숙집으로 돌아왔다. 그런데 대문을 열고 하숙집으로 들어서는 순간 두리는 뭔가 섬뜩한 기분에 사로잡혔다. 집안의 불이란 불은 모두 꺼져 있었고, 인기척도 전혀 느껴지지 않았다. 딱히 설명하기 힘들지만 어떤 괴기스러운 분위기마저 감돌았다.

"다들 어딜 간 거여? 백구야, 집에 아무도 없다냐?"

두리는 개집에서 늘어지게 잠을 자고 있는 백구에게 물었다. 백구는 감았던 눈을 슬쩍 뜨고 두리를 쳐다보더니 귀찮다는 듯이 돌아누웠다. 두리는 불쾌해져서 개집을 발로 걷어차고는 방으로 걸음을 옮겼다. 그러다가 문득 빨랫줄에 널려있는 옷가지를 보고 등골이 오싹해졌다. 방에 숨겨두었던 말순의 옷들과 신발이었다.

"아니, 우째 이것들이 여기에······."

두리가 그렇게 중얼거리며 어리둥절해하고 있는데, 뒤에서 검은 그림자가 소리도 없이 다가왔다. 개집에서 백구가 뭔가에 겁을 잔뜩 집어먹고 끙끙거렸다.

두리는 한기를 느끼고 얼른 뒤를 돌아보았다.

"헉."

박 씨가 눈을 부릅뜨고 다가와 몽둥이를 번쩍 쳐들었다.

"이년!"

두리가 비명을 질렀다.

박 씨는 사정을 봐주지 않고 몽둥이를 냅다 휘둘렀다.

두리가 악 소리를 내지르며 주저앉았다. 그 바람에 몽둥이는 여지없이 빗나갔고, 박 씨는 그만 중심을 잃고 엉덩방아를 찧었다. 박 씨가 생각했던 것 이상으로 두리의 운동신경이 지나치게 좋은 탓이었다.

"아고고, 엉덩이야."

박 씨가 엉덩이를 어루만지며 엄살을 떨었다.

"시방, 이놈의 영감탱이가 미쳤나. 누굴 잡을라고 아닌 밤중에 홍두깨를 휘둘러싸?"

정신을 차린 두리가 씩씩거리며 다가가 주먹으로 박 씨를 후려갈겼다. 하필이면 얼마 전에 다친 코를 또 얻어맞고 말았다. 박 씨는 코를 감싸 쥐며 비명을 질렀다. 하지만 두리는 화가 덜 풀렸는지 매질을 멈추지 않았다. 두리는 박 씨가 거의 기절할 지경에 이르러서야 손을 멈추고는 수납장에서 박스테이프를 가져와 박 씨의 손발을 결박했다. 그리고 입에도 버선을 쑤셔 넣고 테이프까지 발라서 아예 꼼짝도 못하게 만들었다.

"아따, 젊은 몸이라 날래서 망정이지 온다간다 기별도 없이 북망산 갈 뻔했구먼."

박 씨가 분하다는 듯 눈을 부릅뜨고 두리를 노려보았다. 뭐라고 계속 떠들어댔지만 입에 테이프를 바르고 있어서 그저 윽윽, 하는 소리만 낼 뿐이었다.

"근디 이 영감탱이가 복날 미친개를 처먹었나 뜬금없이 왜 광인 짓이여? 더위를 먹어서 머리가 어떻게 된 거 아니여?"

"읍, 읍!"

"좋아. 입에 있는 거만 풀어 줄랑께 딴 생각 말어."

두리는 박 씨의 입에 붙인 청테입을 떼고 입속에 쑤셔 넣은 버선도 빼주었다. 박 씨는 격하게 기침을 해댔다.

"하이고 더러버라."

두리는 버선을 들고 방을 나가 마당에 있는 수돗가로 갔다. 그러자 박 씨가 악을 쓰며 몸부림을 쳤다.

"이제야 본색을 드러냈구먼! 처음 들어왔을 때 알아봤어야 했는디! 우리 말순 아가씨 납치해다 어디다 놨어? 대답혀! 대답혀!"

"뭐라고 씨부리는 거여. 누가 누굴 납치했다는겨."

"우리 아가씨 옷가지를 내가 몰라 볼꺼 같남. 그 버선도 우리 아가씨 거여! 다른 사람은 몰라도 내 눈은 목 속이지."

박 씨가 이를 빠드득 갈며 말했다. 두리가 흠칫 놀라 버선을 빨다 말고 스윽 고개를 돌렸다. 예사롭지 않은 눈빛이었다. 그 서슬에 눌린 박 씨가 목을 움츠렸다.

"뭐여, 설마 버, 벌써 죽인거? 어따 파묻은 거여?"

박 씨가 더듬거렸다.

"힘들게 뭘 파묻어. 한강에 물고기 밥으로 줬구먼."

두리는 장난기가 돌았는지 그렇게 대꾸하고는 씩 웃어주었다. 그러자 박 씨가 갑자기 발악을 하며 고래고래 소리를 지르기 시작했다.

"그럼 나도 죽여! 아가씨 없으면 나도 산목숨이 아닝께. 나도 죽여라 이년아! 죽여! 나도 죽여서 한강에 던져! 아가씨 옆에만 데려다 놔!"

두리는 피를 토하듯 절규하는 박 씨를 물끄러미 바라보았다. 이 영감탱이가 날 이리도 생각하고 있었단 말인가. 갑자기 마음이 짠해져서 장난칠 기분도 덩달아 사라졌다. 두리는 수도를 잠그고 돌아앉아서 박 씨를 빤히 쳐다보았다.

"그 늙은 할망구가 뭐 그렇게 좋아?"

"니가 뭘 알어······. 니가 우리 아가씨가 얼마나 고왔는지 알어? 내 나이 열셋에 부모 잃고 아가씨 집에 들어가서 살았어. 종살이가 아무리 힘들어도, 우리 아가씨 웃는 얼굴, 그거 보는 낙으로 버텼어."

지난 이야기를 하면서 회한에 잠긴 박 씨는 자기도 모르게 눈물을 글썽였다. 박 씨의 이야기를 가만히 듣던 두리는 뭔가 결심한 듯 한숨을 내쉬며 고개를 가로저었다.

"근디 왜 나를 몰라봐?"

"뭔 소리여?"

박 씨는 뜬금없다는 듯이 되물었다. 아까부터 두리가 무슨 말을 하고 있는지 도무지 알아들 수가 없었다. 어쩌면 예상했던 것보다 훨씬 정신이 이상한 아이인지도 몰랐다. 생각이 거기에 미치자, 박 씨는 덜컥 겁이 났다.

"웃는 얼굴을 오매불망 몬 잊는담서. 다 거짓부렁이었남."

두리가 실망스럽다는 얼굴로 퉁명스럽게 내뱉었다.

"······?"

박 씨는 여전히 무슨 소리를 하는지 모르겠다며 고개를 갸웃했다.

"이러면 알아 보겄어?"

두리는 말로는 안 되겠다고 여겼는지 박 씨에게 다가가 잇몸을 보이며 히죽 웃어보였다. 그러자 박 씨가 정색하며 도리질을 쳤다.

"뭐하는 짓이여! 더 이상 욕보이지 말고 빨리 죽여!"

"이래도 못 알아봄서 개뿔. 못 잊긴 뭘 못 잊어?"

갑자기 두리가 토라져서 입술을 삐죽이자 박 씨는 그때서야 눈을 끔뻑거리며 두리를 찬찬히 뜯어보았다. 그러다가 두리의 얼굴이 젊은 날의 말순을 쏙 빼닮았다는 걸 깨달았다.

"아, 아가씨?"

"인제 기억 나? 그래. 나여 나, 오말순."

"참말로, 아가씨여?"

두리는 고개를 끄덕였다.

"아니, 우쩨 이런 일이……."

박 씨는 두 눈으로 보고도 믿을 수가 없었다. 하지만 마음속에선 이미 두리가 말순이라는 것을 인정하고 있었다.

"시상에나 이게 뭔 일이랴……."

다음날, 오후. 오해가 풀린 두 사람은 실버 카페의 야외 테라스에 앉아서 팥빙수 한 그릇을 나눠먹으며 그간 있었던 일에 대해서 이야기를 나눴다. 간밤에는 나영의 눈치를 보느라 제대로 이야기할 틈이 없었다.

두 사람이 필요 이상으로 다정하게 보였는지, 옥자가 멀찌감치 떨어져서 의심스럽다는 눈빛으로 쳐다보았다. 하지만 정작 두 사람은 그다지 옥자를 의식하지 않았다. 어차피 남들 눈에는 맘씨 좋은 하숙집 주인 할아버지가 손녀딸 같은 하숙생에게 맛있는 팥빙수를 사주고 있는 것처럼 보일 뿐이었다.

"그래서 좋수? 지내시기가?"

"아이고 좋아. 다리도 가볍고 이도 야물고."

그러면서 두리가 크게 입을 벌렸다. 박 씨는 하얗게 반짝이는 이들이 가지런하게 있는 걸 보고 놀란 표정을 지었다.

"그럼 그게 틀니가 아니고 자기 이빨이여?"

"그럼 당연하지. 요 며칠 전엔 에레이 갈비를 아주 뼈까지 씹어먹었당께!"

두리가 자랑스럽다는 듯이 말했다.

"부럽구먼."

박 씨가 입맛을 다셨다. 마지막으로 고기를 마음껏 씹어 먹었던 게 언제인지 너무 희미해서 이젠 기억나지도 않았다.

"뿐인감. 다음 주엔 방송국에도 가는 걸?"

두리가 그것뿐이 아니라며 계속 자랑을 늘어놓았다.

"방송국? 가요무대 구경 가게? 그럼 같이 가고!"

박 씨가 눈을 휘둥그레 뜨며 물었다.

"이 쌍판이 지금 가요무대 구경 갈 쌍판이여?"

두리가 실소하더니 자기 얼굴을 가리키며 되물었다.

"……"

박 씨는 풀 죽은 얼굴로 두리를 흘끔거렸다. 괜히 마음이 약해진 두리는 짧게 한숨을 내쉬더니 조용히 말했다.

"노래하러 가."

"노래?"

"나 가수 됐어."

두리가 엄청난 비밀이라도 되는 양, 귓속말로 이야기했다.

"가수? 진짜 TV에 나오는 가수?"

박 씨가 믿어지지 않는다며 크게 입을 벌렸다.

"그래. 진짜 가수! 이게 재미가 쏠쏠해. 디들 잘한다, 잘한다 해준 께 신도 나고. 잘 알잖여. 원래 나가 어릴 적에 가수

하고 싶었다는 거."

두리가 말했다.

"하긴 나도 아가씨가 '조용히 비가 내리네~' 하는데 바로 뻑이 가더라고."

박 씨는 고개를 끄덕이며 수긍했다.

"거기만 뻑이 갔나? 방송국 피디까지 맛이 갔더라고. 나보고 이 가슴으로 노래를 불러재낀다네. 내가 소울이 있다는구먼."

두리가 우쭐해져서 어깨를 으쓱거렸다.

"서울? 그럼 아가씨가 지금 서울에 있지, 워디 있대?"

박 씨가 어리둥절한 표정을 지으며 되물었다. 그러자 두리가 인상을 찌푸리며 팥빙수를 잔뜩 떠서 박 씨 입에 쑤셔 넣었다.

"세대 차이가 나서 당최 말을 못 섞겠구먼."

박 씨가 우물우물하며 입에 든 빙수를 녹여먹고는 두리의 눈치를 살피며 조심스럽게 말을 꺼냈다.

"근디 현철이가 많이 걱정하던데……."

아들 이야기가 나오자 두리의 표정이 갑자기 어두워졌다. 박 씨는 괜한 이야기를 꺼내서 미안해졌는지 말없이 팥빙수를 퍼먹었다.

"그래서 말인디."

스타 탄생 · 193

두리가 짧게 한숨을 내쉬더니 조용히 운을 뗐다.

박 씨는 현철과 애자를 집으로 불렀다. 전화로 말순을 만났다고 하자, 두 내외가 바람처럼 달려왔다.
"어머니요? 정말 어머닐 만나셨어요?"
현철이 물었다.
"어머님, 지금 어디 계세요?"
곧이어 애자가 다급하게 물었다.
"자, 차를 마시면서 마음들 가라앉히고, 천천히 하나씩, 하나씩 물어봐."
박 씨는 숨부터 돌리라며 두 사람에게 손수 끓인 녹차를 권했다. 그러고는 자신도 차를 한 모금 마셨다.
"언제 보셨는데요? 어디 편찮으신 덴 없으시고요?"
현철은 차를 마시는 둥 마는 둥하며 다시 질문을 던졌다.
"말순 아가씨는 바람같이 왔다가, 연기처럼 가셨어. 대신 걱정하지 말라고 이렇게 편지까지 주고 가셨다네."
박 씨는 선문답 같은 이야기를 하면서 미리 준비한 편지를 꺼냈다. 그러면서 곁눈질로 옆방을 흘끗 보았다. 그 방에서 두리가 이쪽의 대화를 엿듣고 있었다.
"어머니 글씨 맞아요."
현철은 편지를 읽어보더니 고개를 끄덕이며 말했다.

"고 아래, 지장도 찍었어."

박 씨가 확인해보라며 손가락으로 가리켰다. 애자가 그건 관심 없다는 듯 박 씨를 빤히 쳐다보며 물었다.

"그래서요? 언제 오신다고요?"

"뭐시냐, 말순 아가씨가 그러시더구만⋯⋯. 이제는 한번 다르게 살아보고 싶다고. 이제껏 자기 마음이 시키는 대로 살아본 적이 한 번도 없었다고. 그러니까 카드 막은 것도 꼭 풀어달라고 하셨네. 불편하다고."

박 씨는 자기가 제대로 하고 있는지 확인하려는 듯 다시 두리의 방을 흘끗 쳐다보았다. 두리가 문을 살짝 열고는 고개를 끄덕여보았다. 박 씨는 흡족한 표정을 짓더니 두 내외의 눈치를 살피며 넌지시 이야기했다.

"그런 후 돌아오겠다 하셨네. 그리고 돌아오넌 그땐 식을 올리고 싶다고⋯⋯."

두리가 뭔 소리냐며 눈을 휘둥그레 뜨더니 시키는 것만 하라며 무언의 신호를 보냈다. 하지만 박 씨는 무슨 꿍꿍이인지 두리를 외면하고 두 내외의 반응을 살폈다.

"식이라면⋯⋯."

애자는 선뜻 이해가 가지 않는지 고개를 갸웃하며 물었다. 박 씨가 의미심장한 미소를 지으면서 고개를 끄덕였다.

"혹시, 결혼식이요?"

결혼식이라는 말에 당황한 두리가 손짓발짓하며 당장 그만두라는 사인을 보냈다. 박 씨는 아랑곳하지 않고 이 절호의 찬스를 놓치지 않겠다는 듯이 태연하게 말을 이었다.

"얘기했잖나. 이제부턴 요 맴이 시키는 대로 살겠다고 하셨다고."

"그럼…… 누구랑?"

현철이 물었다.

"누구겠나? 당연히 나지."

박 씨가 그것도 모르냐는 듯 혀를 차더니 멋쩍게 웃었다.

"네?"

"에이, 설마……."

두 내외가 믿을 수 없다는 얼굴로 박 씨를 쳐다보았다. 박 씨가 발끈해서 버럭 고함을 질렀다.

"설마라니! 그럼 내가 아가씨 짝으로 가당치 않다는 건가? 어릴 적 종살이 좀 했다고 자네들까지 날 무시하나? 아가씨가 지금 아들보다도 믿고 의지하는 사람이 바로 나야! 내 맴이 아가씨 맴이고 아가씨 맴이 내 맴이라고!"

현철과 애자는 느닷없는 말순의 결혼 이야기에 당황해서 서로를 쳐다보았다. 뭐라고 대꾸하면 좋을지 몰라 두 사람 모두 난감해하고 있었다. 그런 두 내외의 반응에 박 씨는 다소 언짢다는 듯 얼굴을 붉히며 헛기침을 했다. 옆에서 가만히 들고만 있자니 답답했던지 두리가 슬그머니 방에서 나와 박 씨를 죽일 듯이 노려보았다. 하지만 박 씨는 두리의 시선을 피하며 딴청을 피웠다. 어차피 두리가 나설 수 없다는 걸 너무도 잘 알기에 배짱을 부리는 것이다. 부아가 치민 두리는 인상을 쓰며 박 씨를 노려보다가 문득 현철이 벗어놓은 구두에 눈길을 주었다. 뽀얗게 먼지가 묻은 구두를 보니 자기도 모르게 조건반사처럼 쪼그리고 앉아 옷소매로 반질반질하게 현철의 구두를 닦았다.

"정말로 어머님이 그렇게 말씀하셨습니까?"

현철이 물었다.

"우린 이미 일심동체나 다름없제."

박 씨는 누리를 의식해서 에둘러 말했다. 하지만 딱히 부정하지도 않았다. 현철은 난감하다는 듯 머리를 긁적이며 아내를 흘끗 보았다. 애자도 시어머니가 무슨 생각으로 그런 소리를 했는지 이해할 수 없다는 표정을 짓고 있었다. 박 씨만이 평소 마음에 담고 있던 말을 원 없이 했기 때문인지 흐뭇한 미소를 지었다.

'저 영감탱이를 그냥······.'

두리는 박 씨가 쓸데없이 시키지도 않은 일을 벌이는 걸 가만히 두고만 보고 있을 수는 없었다. 그래서 뭔가 조치를 취해야겠다는 심정으로 팔을 걷어붙이는데, 때마침 방에서 나온 나영이 두리를 발견하고는 조용히 불렀다.

"너, 거기서 뭐해? 어른들 말씀하시는데……."

두리는 전혀 의식하지 않고 있다가 갑자기 나영의 목소리를 듣고는 화들짝 놀라며 고개를 돌렸다. 그러고는 변명거리를 생각할 겨를도 없이 두 손으로 땅을 짚으며 물구나무를 섰다. 나영이 황당하다는 듯이 쳐다보았다.

"뭐해, 지금?"

"가슴 키우는 데 이만한 게 없다네요."

두리는 순간 아차 싶었다. 자기가 생각해도 말도 안 되는 줄 알지만 이니 내뱉은 말을 다시 주워 담을 순 없었다.

"무슨 말도 안 되는 소리를. 너 또 어디 이상한 잡지책 뒤졌지?"

나영은 그런 걸 정말 믿느냐며 혀를 차더니 슬그머니 자기 방으로 돌아갔다. 그리고 얼른 방문을 닫고 벽에 바짝 붙어서 후다닥 물구나무를 섰다.

"이러면 정말로 가슴이 커져?"

나영은 끙끙거리면서 자꾸만 기울어지는 몸의 균형을 잡느라 안간힘을 썼다.

"뭐해요?"

두리가 문을 열고 불쑥 얼굴을 들이밀자, 나영은 깜짝 놀라서 그만 옆으로 쓰러지고 말았다. 창피해진 나영은 얼굴을 붉히며 두리를 밀치고 문을 거칠게 닫았다. 두리는 짓궂게 웃으며 나영의 방에서 나왔다.

그때 이야기를 마친 현철의 내외가 자리에서 일어났다. 두리는 아들 내외와 마주치는 게 껄끄러운지 황급히 자기 방으로 돌아갔다.

현철은 툇마루에 앉아서 구두를 신다가 뭔가 이상한 점을 발견하고 멈칫했다. 분명히 조금 전까지 뽀얗게 먼지가 앉아 있던 구두가 반질반질하게 윤이 나고 있었기 때문이다. 현철은 누군가를 찾으려는 듯 고개를 두리번거렸다. 그러고는 이내 그럴 리가 없지, 하는 표정을 지으며 쓰게 웃었다.

누리에게 창피를 당한 나영은 괜히 마주치는 게 싫어 집근처 찜질방을 찾았다. 그리고 그곳에서 우연히 옥자를 만났다. 두 사람은 불가마 안에 나란히 누워서 최근에 생긴 공통의 적을 놓고 이야기꽃을 피웠다. 주로 험담하는 분위기였다.

"틀림없다니까! 그년이 아주 계획적으로 접근한 거야."

옥자가 확신에 찬 목소리로 말했다.

"에이, 설마요."

"생긴 것만 둔한 줄 알았는데 머리도 안 돌아가네. 이러니까 여태 시집을 못 갔지."

나영의 호흡이 거칠어졌다. 옥자가 대놓고 외모를 비하하는 바람에 불쾌해진 것이다.

"생각해봐. 자기네 한옥 집. 그게 땅값만 해도 얼마야!"

"하긴, 요즘 하는 짓이 좀 수상하긴 한데……."

반신반의하던 나영은 자기도 모르는 사이에 옥자의 말에 동조하기 시작했다.

"아이고, 어린년이 노인네 후리는 솜씨가 아주 보통이 아니더라고."

기회를 잡았다 싶었는지 옥자는 더욱더 열을 올리며 두리의 험담을 늘어놓았다. 가만히 이야기를 듣던 나영의 표정이 점점 심각해졌다.

"두고 봐, 내 말이 사실인지 아닌지."

"정말 그럴까요?"

나영이 조심스레 물었다.

"그렇다니까. 내가 사람 보는 눈 하나는 정확하잖아. 고거 분명히 재산을 노리고 접근한 꽃뱀이야, 꽃뱀."

나영은 옥자의 이야기를 듣다보니 머릿속이 뒤숭숭해졌다. 옥자가 먼저 약속이 있다며 자리를 뜨고 나서도 마음이 편치 않았다. 오히려 혼자서 옥자의 이야기를 되새김질을 하다 보니 없던 의심까지 생길 지경이었다.

나영은 심란한 마음을 끌어안고 집으로 돌아왔다.

대문을 열고 집 안으로 들어가던 나영은 눈앞에 펼쳐진 광경을 보고 할 말을 잃고 우뚝 멈춰 섰다.

염색 봉지를 뒤집어쓴 박 씨가 땀을 뻘뻘 흘리며 파워워킹 머신 위를 걷고 있었다.

"내가 달라져야 혀. 그랴, 나도 젊어지는 수밖에 없어."

그렇게 중얼거리며 숨을 헉헉대는 박 씨. 뿐만 아니라 바닥에는 홈쇼핑으로 주문한 헬스 용품들이 박스와 함께 널려 있었다.

'옥자 할머니의 말이 맞는 건가.'

나영은 요상한 신음까지 내며 무리해서 운동을 하고 있는 아버지를 보면서 설명할 수 없는 어떤 위기감을 느꼈다.

빠라뻬라빠라반.

한껏 차려입고 버스 정거장에서 방송국으로 가는 버스를 기다리던 두리는 요란한 경적 소리에 뭔가 싶어 고개를 돌렸다. 저쪽에서 경적 소리만큼이나 요란하게 치장한 스쿠터가 탈탈거리며 달려왔다. 스쿠터를 몰고 있는 사람 또한 화려한 풀페이스 헬멧에 위아래는 모두 가죽소재의 검정색 라이더 수트를 입고 있었다. 두리는 별 미친놈 다 보겠다며 고개를 흔들고는 관심을 끊고 버스를 기다렸다. 옆에서 같이 버스를 기다리는 여고생들은 정체불명의 스쿠터를 보고 키득거리며 재미있어 했다.

그런데 그 스쿠터가 무슨 까닭에선지 두리 앞에서 멈추었다. 두리가 얘는 뭐지, 하는 얼굴로 쳐다보는데 스쿠터를 몰고 온 사람이 두리 앞에서 헬멧을 벗었다.

"잉?"

정체불명의 스쿠터를 몰고 온 사람은 바로 박 씨였다. 두리는 대체 뭐하는 짓이냐며 박 씨의 위아래를 훑었다.

"워뗘? 후달려?"

박 씨가 올백으로 넘긴 머리를 매만지며 느끼하게 윙크를 했다. 옆에서는 여고생들이 별꼴이라며 수군댔다.

"이 노인네가 아주 맛이 갔구먼. 다 늙어서 이게 뭔 짓이여?"

두리가 주변의 눈치를 보며 박 씨에게 핀잔을 주었다. 박 씨는 거기에 굴하지 않고 씩 웃다니 두리에게 장미꽃 한 송이를 내밀었다.

"남자의 변신은 무죄여! 뭐혀, 얼른 타!"

두리가 머뭇거리자, 스쿠터 뒤에 정차한 버스가 빨리 비키라며 빵빵거렸다.

여고생들이며 지나가는 행인들이 두 사람을 보고 키득거렸다. 이대로 있다가는 아는 사람이라도 볼까봐 무서워 두리는 마지못해 구시렁거리며 뒷자리에 올라탔다.

"뭐혀, 빨리 가지 않고!"

두리가 박 씨의 등짝을 때리며 말했다.

박 씨는 여유를 부리며 헬멧을 다시 쓰고 스쿠터를 출발시켰다. 두 사람을 태운 스쿠터가 요란스럽게 경적을 울려대며 방송국을 향해 질주하기 시작했다.

뒤에서 여고생들이 환호성을 질렀다. 두리는 창피해서 얼굴을 박 씨의 등에 파묻었다.

"워떠, 기분 죽이지?"

박 씨가 속도를 올렸다.

두리는 에라 모르겠다며 박 씨의 허리를 꼭 끌어안았다.

몇 블록을 지나자 도로는 심각한 정체현상을 겪고 있었다. 하지만 박 씨의 스쿠터는 별다른 영향을 받지 않았다. 그야말로 50년 무사고 주행이라는 경이로운 기록이 진가를 발휘하는 순간이었다. 덕분에 두리는 방송국에 늦지 않게 도착할 수 있었다.

박 씨의 스쿠터는 방송국 앞에 구름떼처럼 몰려있는 아이돌 팬클럽 회원들을 홍해처럼 가르며 현관 앞에서 멈추었다. 몇몇 아이들이 불쾌하다는 듯 눈을 흘기며 구시렁거렸지만 박 씨는 귀담아 듣지 않았다.

"욕봤어!"

두리가 박 씨의 등을 가볍게 두드리곤 뒷좌석에서 내렸다.

"근디 아가씨 오늘 뭔 노래하는 거여?"

박 씨가 헬멧을 벗으며 물었다. 그러자 두리가 의미심장한 미소를 짓더니 다소곳이 가슴에 손을 얹었다.

"요기 있는 노랜디, 비밀이여. 내가 찐하게 한 곡 뽑을 테니까 기대하드라고."

"……?"

두리는 고개를 갸웃하는 박 씨를 뒤로하고 방송국으로 뛰어 들어갔다.

잠시 후, 공개방송 스튜디오. 드디어 역사적인 방송 데뷔를 앞두고 두리와 지하의 밴드는 몹시 긴장하고 있었다.

"이번 무대는 한 달에 한 번 신인 가수의 무대를 소개하는 순서인데요. 한여름의 무더위를 싹 날려줄 시원한 분들이죠?"

"예, 이름에서부터 왠지 서늘한 기운이 팍팍 느껴지는데요. 지하도 아니고, 지상도 아니고 반지하! 여러분, 반지하 밴드를 소개합니다. 지금 만나러 갈까요? 자, 나와 주세요. 반지하 밴드입니다!"

진행을 맡은 두 사회자가 멘트를 적은 큐 카드를 보더니 지하의 밴드를 호명했다.

불 꺼진 어두컴컴한 무대 위로 핀 조명 하나만 켜지더니 한쪽 구석을 비추었다. 그곳에 두리가 커다란 옛날 디자인의 마이크를 손에 꼭 쥐고 우두커니 서서 고개를 숙이고 있었다. 알려지지 않은 신인의 무대라 그런지 객석의 반응은 신통치 않았다. 헛기침을 하는 사람들, 수군거리는 사람들, 심지어 핸드폰 소리도 간간히 들렸다. 그 산만한 분위기 속에서 무반주로 두리가 노래를 부르기 시작했다.

 사랑한다고 말할 걸 그랬지
 님이 아니면, 못 산다 할 것을

 단 두 소절을 불렀을 뿐인데 어수선하던 객석이 쥐죽은 듯 고요해졌다. 다들 뭔가에 홀린 사람처럼 두리의 노래에 귀를 기울이고 있었다.
 이윽고, 조명이 하나둘 켜지더니 지하와 밴드 멤버들이 무대 위에 모습을 드러냈다. 지하가 사인을 보내자, 밴드 멤버들이 연주를 하기 시작했다. 잠시 노래를 끊었던 두리가 반주에 맞춰 다시 노래를 불렀다. 방금 전보다 훨씬 더 감정을 실은 애절한 음성으로 한 소절, 한 소절을 음미하며 노래를 이어갔다.

 사랑한다고 말할걸 그랬지
 망설이다가 가버린 사람…….

두리는 눈을 감고 감정에 푹 빠져들었다.

방청객들도 두리의 노래에 몰입하며 잠시도 눈을 떼지 못했다. 호소력 짙은 두리의 목소리가 방청객들을 사로잡고 있었다.

마음 주고, 눈물 주고
꿈도 주고, 멀어져 갔네.

두리는 노래를 부르며 지난날을 회상했다.
지금의 모습과 똑같았던 꽃다운 스무 살 시절, 말순은 돈을 벌어오겠다고 독일로 떠나는 남편을 환송하러 김포 공항에 갔었다. 당시 공항 로비에는 '안녕히 다녀오세요. 독일 파견 광부 환송식'이라는 문구의 플랜카드가 걸려 있었다. 환송 인파의 틈바구니에서 말순은 만삭의 몸으로 남편을 배웅했다. 희망에 부풀어, 언젠가 금의환향할 남편을 떠올리며. 몸 건강히 잘 돌아오라고 남편에게 손을 흔들어주었다.

님은 먼 곳에 영원히 먼 곳에
망설이다가 님은 먼 곳에…….

남편의 부재는 어린 말순에겐 너무나 큰 것이었다. 만석집 따님이었던 말순은 달동네 허름한 단칸방에서 남편을 기다리며 하루하루를 힘겹게 보냈다. 그러던 어느 날, 우체부가 찾아와 말순에게 편지를 전해주었다. 그것은 남편의 부고였다. 탄광이 무너지면서 사고를 당한 것이다. 말순에겐 청천벽력 같은 소식이었다. 그때부터 혼자가 되어버린 말순은 어린 아들을 업고 시장 바닥을 전전하며 살아남기 위해 온갖 모진 일을 감수했다. 한번은 너무 굶어 젖이 나오지 않아 시장바닥에서 주워온 시래기로 죽을 끓여 어린 아들에게 먹이려고 했다. 하지만 현철은 말순이 끓인 죽에 입도 대지 않았다. 아무것도 못 먹어서 시름시름 앓는 아이가 불쌍해 말순은 어떻게든 죽이라도 먹여보려고 무진 애를 썼다.

'붙들아, 붙들아, 붙들아…….' 아이만큼은 잃을 수 없다고 손수 지어준 아명을 불러가며 밤새 울던 날이 며칠이었는지 모른다.

사랑한다고, 말할걸 그랬지
망설이다가, 가버린 사람…….

걸음마를 하기 시작한 현철의 모습이 떠오른다. 말순은 신세졌던 국밥집의 비결을 훔쳐다가 바로 그 앞에 가게를 냈다. 유명한 국밥집의 비결을 가져다 쓴 덕분에 늘 손님이 북적였다. 도와주는 사람 하나 없이 혼자서 장사를 하느라, 어린 현철을 돌볼 시간이 너무 부족했다. 그래서 아이의 발목에 끈을 묶어 그 끝자락을 자기 허리에 감아 틈나는 대로 아이를 살피곤 했다. 아이가 조금이라도 멀어지면 끈을 잡아당겨 붙들었다. 무슨 일이 있어도 어린 아들만큼은 잃어버리지 않으려고. 늘 곁에 붙잡아두려고.

노래를 부르던 두리의 눈가에 눈물이 맺혔다.

마음 주고 눈물 주고
꿈도 주고 멀어져 갔네.
님은 먼 곳에…….

노래가 끝났지만 그 여운은 쉽게 사라지지 않았다. 카메라 감독도, 음향을 조정하던 엔지니어의 눈가에도 눈물이 맺혔다. 객석에서 훌쩍거리는 방청객들도 있었다.

멍하니 모니터를 지켜보던 승우의 눈에도 눈물이 비쳤다. 옆에서 두리의 노래를 듣던 수연도 입술을 깨물며 간신히 눈물을 참아내고 있었다.

두리의 노래가 불러일으킨 파장은 거기서 끝나지 않았다. 전국의 시청자들의 마음을 움직였다. 박 씨도 길거리 가전 매장에서 TV를 보다가 감격에 겨워 주변을 의식하지 않고 손등으로 눈물을 훔치며 훌쩍거렸다.

현철의 가족들도 아들이 TV에 나오는 걸 지켜보다가 두리의 노래를 듣고 감탄을 금치 못했다. 특히 현철은 두리의 노래를 듣고 묘한 향수마저 느꼈다. 아련하면서도 어딘가 모르게 익숙한 느낌이 현철을 당혹스럽게 만들었다. 저렇게 앳된 아가씨의 노래가 무엇 때문에 자기 마음을 흔들고 있는지 이유를 알 수 없었다.

"기집애 쫌 하네. 아빠, 나도 가수나 할까?"

하나가 입술을 삐죽거렸다.

현철은 노래에 심취한 채 TV 속에서 노래하는 두리를 빤히 쳐다보았다. 옆에서 빨래를 개던 애자도 두리의 노래에 감동하여 눈시울을 붉혔다.

젊음의 비밀

　두리의 방송 데뷔는 성공적이었다. 시청자들의 반응도 이례적이라고 할 만큼 뜨거웠다. 비록 몇 시간 동안이었지만 실시간 검색어 1위에 오르기도 했다. 상황이 그렇다보니 승우의 결정을 무모하다고 반대하던 수연도 수긍할 수밖에 없었다. 상사들도 승우의 눈썰미를 인정하는 분위기였다. 덕분에 방송국 내에서 주가가 오른 승우는 사축하는 의미에서, 또 고마움을 표하기 위해서, 두리와 지하의 밴드 멤버들을 워터파크로 데려갔다.

　난생 처음으로 워터파크를 찾은 두리는 모든 게 신기하고 즐거웠다. 대형 튜브를 타고 비명을 지르며 급류 슬라이드를 미끄러져 내려올 때의 쾌감은 예전이라면 결코 누릴 수 없는 것이었다. 두리는 젊음이 얼마나 소중하고 행복한 순간인지 새삼 깨달았다.

　"할아버지!"

지하가 박 씨를 발견하고 손을 흔들었다.

승우에게 초대를 받지 못한 박 씨는 고집을 부려 기어이 워터파크까지 따라왔다. 알록달록한 하와이안 무늬의 7부 수영복에 구명조끼까지 걸친 모습은 무척 우스꽝스러웠다. 두리는 찰거머리처럼 여기까지 따라온 박 씨를 못마땅하다는 듯이 쳐다보았다. 박 씨는 그런 두리에게 지구 끝까지 당신을 쫓아다닐 거라며 무언의 신호를 보냈다. 그러다가 호탕한 웃음소리를 듣고 고개를 돌리더니 누군가를 발견하고 인상을 구겼다.

"두리 씨, 이거 마셔요."

훤칠한 키에 탄탄한 근육질 몸매의 승우가 웃는 얼굴로 두리에게 음료수를 가져다주었다. 두리는 보란 듯이 음료수를 홀짝이며 곁눈질로 박 씨를 쳐다보았다. 박 씨는 부글부글 끓는 속을 다스리며 시선을 돌렸다.

지하와 밴드 멤버들이 희희낙락하며 박 씨에게 손을 흔들었다. 확실히 젊은 아이들이라 그런지 매끈하고 탄력 있는 몸이었다. 마지못해 워터파크에 따라온 수연도 늘씬한 몸매에 잘 어울리는 섹시한 비키니 차림을 하고 있었다.

박 씨는 부럽다는 듯이 입맛을 다셨다. 주변을 아무리 둘러봐도 박 씨 또래는 보이지 않았다. 이곳에선 최고령자인 셈이다. 기가 죽은 박 씨는 우울한 표정을 지었다. 괜히 따라나섰다며 뒤늦은 후회가 들었다.

"다녀들 왔어?"

박 씨가 지하에게 말했다.

"할아버지, 힘드시면 썬덱에 누워 계세요. 안색이 안 좋으세요."

지하가 저쪽을 가리키며 말했다.

"그러네. 할아버지, 저쪽에 뜨건 물 나오는 탕도 있어요. 거기 가 계세요."

그렇게 말하는 두리가 얄미운지 박 씨는 발끈하며 언성을 높였다.

"아녀! 모르는 소리들 말어. 내 이깟 미끄럼틀은 시시해서 인 탄 것이여. 여기 뭐 더 화끈한 거 없는겨?"

"그럼 저거 해보실래요?"

수연이 짓궂게 웃으며 대형 인공파도 풀을 가리켰다. 가장 인기가 있는 곳인지 유난히 인파가 몰려 있었다. 대형 파도가 사람들을 집어삼키는 것을 본 박 씨는 자기도 모르게 마른침을 꿀꺽 삼켰다.

"그려! 저거구만! 내 말이여. 소싯적에 태풍이 와도 조개 잡으러 자맥질 하던 사람이여! 파도는 나의 영원한 벗이제!"

박 씨가 자랑을 늘어놓았다. 하지만 다른 사람들은 이미 파도 풀로 가버리고 없었다.

두리가 지하를 따라가다가 흘긋 뒤를 돌아보더니 안쓰럽다는 표정을 지으며 다시 박 씨에게 돌아왔다.

"어쩔라고 따라와서 이래."

"그냥 수영장 가는 줄 알았지 이런 데 올 줄 꿈에도 몰랐구먼. 근디 아가씨 속살이 너무 보이는 거 아녀?"

박 씨가 프릴 달린 수영복 하의 아래로 드러난 두리의 뽀얀 허벅지를 흘깃거리며 말했다. 그러자 두리가 야릇하게 웃으며 속삭였다.

"워뗘? 후달려?"

그러더니 보란 듯이 한쪽 다리를 쭉 뻗어보였다.

"젊은 게 참 좋아."

히죽 웃는 두리. 지나가던 젊은 남자들이 두리를 빤히 쳐다보았다. 그러자 박 씨가 다시 발끈하며 남자들을 쫓아냈다.

"고개 안 돌려! 워따 데고 눈깔을 굴리는 거여! 니들 할미여!"

저만치서 파도 풀로 들어가던 지하 일행이 뭔가 싶어서 고개를 돌렸다.

"돌아가신 할머니 생각이 나시나 봐요."

두리가 얼른 멋쩍게 웃으며 생각나는 대로 둘러댔다. 그때서야 지하 일행은 납득했다는 듯 고개를 끄덕이고는 다시 파도 풀로 향했다. 두리가 웃는 얼굴로 일행들이 파도 풀로 들어가는 것을 지켜보다가 표정을 확 바꾸고는 박 씨를 사납게 노려보았다.

"한 번만 더 주둥이 잘못 놀리면 아주 찢어 놓랑께."

두리가 박 씨의 입술을 잡아당겼다. 박 씨는 기가 죽은 듯 어깨를 움츠렸다. 그 모습이 멀리서 보면 이웃집 할아버지를 챙기는 착한 소녀처럼 보이는 모양이었다. 승우가 흘끗 두리를 쳐다보더니 감탄했다는 듯 고개를 끄덕였다.

"두리 씨, 마음 씀씀이가 참 이뻐요. 심심하실까봐 하숙집 할아버지를 다 모시고 오고. 요즘 여자 같지가 않아요."

"한 피디님 마음도 예쁘세요. 덕분에 방송도 나가고 이런 데도 공짜로 오고."

베이스를 맡고 있는 두병이 너스레를 떨며 말했다.

"그런데 피디님도 이런 데 좋아하실 나이는 지나지 않았어요?"

지하가 물었다.

"작년 여름에 여기서 방송했을 때 표를 좀 받았는데 기한이 올해까지더라고요. 아깝잖아요."

승우가 순간 당황하는 표정을 짓더니 어색하게 웃으며 말했다. 그러자 옆에서 수연이 입술을 삐죽이며 따지듯이 물었다.

"무슨 소리야. 선배, 그 녹화 재작년이었거든. 그때 받았던 표는 기한 지나서 다 버렸잖아. 기억 안나?"

일행들이 마치 정확한 해명을 바란다는 듯 일제히 승우를 쳐다보았다.

승우는 얼굴을 붉히더니 헛기침을 했다. 그러고는 과장되게 웃으며 인공 파도 속으로 몸을 던졌다.

그런 승우를 수연과 지하가 곱지 않은 시선으로 바라보았다.

"아가씨, 걱정 말어. 아가씨는 내가, 지켜줄……."

말은 그렇게 하지만 정작 박 씨의 표정이 더 불안해보였다. 멀리서 사람들이 인공파도에 휩쓸려 즐거워하는 것을 보던 두리가 자기도 들어가 보겠다고 하는 바람에 마지못해 박 씨도 따라나선 것이다. 구명조끼를 입었는데도 마음이 놓이지 않는지 시종 불안한 얼굴로 주변을 두리번거렸다. 그때 나팔 신호와 함께 저쪽에서 커다란 파도가 박 씨와 두리를 향해 밀려오기 시작했다.

"우메, 우메, 온다, 와!"

박 씨가 호들갑을 떨며 두리에게 매달렸다. 그 바람에 두리가 중심을 잃고 두 발을 바닥에서 떼고 말았다.

앗, 하는 사이에 파도가 두 사람을 집어삼켰다.

박 씨는 생전 처음 겪는 수압을 버텨내지 못하고 허우적대다가 물속으로 가라앉았다. 다행히 구명조끼 덕분에 금세 떠오르긴 했지만 물을 몇 모금이나 먹은 탓에 완전히 얼이 빠진 얼굴이었다.

"아이고, 죽겠네. 이거 완전히 사람을 잡는구먼, 잡아. 어라? 아가씨는 어디 갔대. 아가씨? 아가씨, 어디 갔는겨."

겨우 정신을 차린 박 씨는 뒤늦게 두리를 찾겠다고 주변을 두리번거렸다.

두리도 인공 파도의 위력에 휩쓸려 저만치 떠밀려갔다. 그러면서 물속에 몇 번이고 가라앉았다가 떠올랐다. 마지막으로 떠올랐을 때, 중심을 잡아보겠다고 허우적거리다가 그만 옆에 있던 여자의 손톱에 발등을 긁히고 말았다. 하지만 통증을 느낄 새도 없었다. 계속 허우적거리는 두리를 누군가가 잡아주었다.

"괜찮아요?"

승우였다.

"네."

두리는 부끄러운지 얼른 손을 뺐다. 그래봐야 손자뻘밖에 되지 않는 승우인데도 이상하게 가슴이 두근거렸다. 속으로 주책이라고 생각했지만 한편으로는 싫지 않았다.

"먼저 나갈까요, 우리?"

승우가 말했다. 두리는 고개를 끄덕이며 물 밖으로 나갔다. 다정하게 인공파도 풀을 떠나는 두 사람을 멀찌감치 떨어진 곳에서 곱지 않은 시선을 바라보는 사람들이 있었다. 지하와 수연이었다.

다시 파도가 시작된다는 커다란 신호가 들렸다. 그러자 어디선가에서 박 씨의 비명 소리가 들렸다. 수연과 지하는 반사적으로 소리를 들리는 곳을 향해 고개를 돌렸다. 구명조끼를 입은 박 씨가 파도에 휩쓸려 저편으로 떠내려가고 있었다. 지하와 수연이 짧게 한숨을 내쉬며 박 씨를 데리러 갔다. 그러다가 지하가 뭔가 생각났다는 듯이 뒤를 돌아보았다. 두리와 승우의 모습이 보이지 않았다. 지하는 착잡한 표정을 지으며 두리를 찾았다.

"얘는 그새 또 어디로 간 거야……."

"어때요? 기분이?"

승우가 두리에게 음료수를 건네며 물었다. 두 사람은 잠시 숨도 돌릴 겸 가까운 매점을 찾았다.

"뭔 기분?"

두리는 승우의 말을 오해하고 흠칫 놀라며 되물었다. 이상하게 조금 전부터 승우를 대하는 게 편치 않았다. 그저 가볍게 손만 잡았을 뿐인데 사춘기소녀처럼 가슴이 두근거렸다. 몸만 어려진 게 아니라 마음도 덩달아 스무 살 시절로 돌아간 거 같았다.

"방송 나가고 실시간 검색어 1위까지 했잖아요. 이제 두리 씨는 유명인사에요. 대한민국 모든 사람들이 두리 씨를 알아본다고요."

승우가 몰랐냐며 눈짓으로 주위를 가리켰다. 그때서야 두리는 주변을 흘끔거렸다. 매점을 찾은 사람들이 두리를 알아보고 자기들끼리 수군댔다. 그 시선이 불편한지 두리는 음료수 컵으로 얼굴을 가렸다.

"지금 기자들이 누구냐고 인터뷰하자고 난리에요."

"아, 안돼요!"

두리가 화들짝 놀라며 버럭 소리를 질렀다. 너무 일이 크게 벌어지면 결국 정체를 들통날 수도 있었다. 두리는 그것만큼은 피하고 싶었다

"뭐가요?"

승우가 고개를 갸웃했다.

"나 인터뷰는 못해요! 큰일 나요!"

두리가 완강하게 말했다.

"왜요? 보통 신인가수들은 못해서 난린데……."

승우는 이해할 수 없다는 듯이 두리를 쳐다보며 중얼거렸다. 두리는 잠시 고민하더니 적당한 변명거리를 찾아 둘러댔다.

"우리 아부지한테 걸리면, 머리털 다 뽑혀요."

조금 억지스러운 이야기였지만 승우는 의외로 순순히 수긍

하는 모습을 보였다. 고개를 끄덕이더니 두리를 빤히 쳐다보며 말했다.

"아, 집에서 가수 반대하시는구나. 그래요. 그 문제는 나중에 차차 얘기하고 이제 두리 씨 얘기 좀 해봐요."

"뭔 얘기요?"

두리는 이건 또 무슨 뚱딴지인가 싶어 승우를 쳐다보며 되물었다.

"두리 씨에 대해서 궁금한 게 많은데 아는 게 별로 없잖아요."

승우가 씩 웃었다.

"그게, 그러니까 넘 서둘지 말고 차차, 알려드릴게요."

얼굴을 붉히며 말을 더듬는 두리가 귀여운지 승우는 알겠다는 듯 고개를 끄덕이며 엷은 미소를 지었다.

"그래요. 우리 천천히 알아가요."

승우가 계속 빤히 쳐다보자, 두리는 까닭 없이 얼굴이 화끈거렸다.

"……"

"그런데 우리 인연은 인연인 거 같지 않아요?"

승우가 화제를 돌렸다.

"그런가. 그런 거 같기도 하고……"

두리가 딴청을 피우며 음료수를 홀짝거렸다.

"어? 발이 왜 그래요? 다쳤어요?"

승우가 이제야 봤다는 듯 두리의 발등을 가리켰다. 두리도 자기 발을 내려다보더니 깜짝 놀라는 표정을 지었다. 물속에서 허우적거릴 때 어떤 여자의 손톱에 긁힌 곳에 생채기가 생겼다. 뿐만 아니라 그 부위의 피부만 쭈글쭈글 주름이 졌다. 두리는 발등을 내려다보다가 뭔가를 깨달았는지 눈을 크게 떴다.

"괜찮아요? 어디 좀 봐요."

승우가 상처를 가까이에서 보려고 몸을 숙였다. 그러자 두리는 화들짝 놀라며 급히 몸을 뒤로 뺐다.

"아녀요! 내가 쩌기 가서 약 바르고 올랑께요."

두리는 승우를 남겨두고 종종걸음으로 도망치듯 자리를 피했다. 승우는 줄행랑치는 두리를 바라보며 고개를 갸웃했다.

그길로 두리는 박 씨를 데리고 하숙집으로 돌아왔다. 발에 생긴 상처가 자꾸만 신경이 쓰여서 더는 머무를 수가 없었다. 무엇보다 상처 부위의 피부만 탄력을 잃고 쭈글쭈글해진 것이 심상치 않게 느껴졌다.

집으로 들어가기 전, 박 씨가 뭔가 생각났다는 듯 주머니에서 워터파크 입장권을 꺼내 소중하게 다루며 지갑에 넣었다.

"그건 뭣 하러 갖고 왔어? 한번 쓰면 못 쓰는 거구먼."

두리가 물었다.

"60년 만의 데이트 기념이여."

박 씨는 그것도 모르냐며 퉁명스럽게 대꾸했다.

"60년 만에 내 속살 구경한 기념은 아니고?"

두리가 짓궂게 웃으며 물었다.

"암튼 담부턴 그런 데 가지 말어. 나 오늘 용궁 갔다 왔어."

박 씨가 낮의 일을 떠올리고는 몸서리치면서 고개를 가로저었다. 두리가 그런 박 씨를 보며 피식 웃었다.

"근께 담부턴 암 데나 따라오지 말어."

"아가씨."

박 씨가 조심스럽게 두리를 불렀다.

두리가 돌아보자, 박 씨는 심각한 얼굴로 물었다.

"근디 정말로 돌아올 방법이 없는 거여?"

"……"

"평생 그러고 살 순 없잖어."

박 씨의 말에 두리가 굳은 표정을 지었다. 그러더니 박 씨의 팔을 거칠게 잡아끌며 집 안으로 들어갔다.

"이것 좀 봐."

두리는 방에 들어가자마자 바닥에 앉더니 발등의 상처를 박 씨에게 보여주었다.

"잉? 아니, 다쳤으면 말을 혀야지. 아이고, 얼마나 아팠을까. 기다려 봐여. 약을 발라줄 테니께. 사람이 우째 그리 미련스러운가."

 박 씨가 부산을 떨며 안방에서 약상자를 가져왔다. 박 씨는 얼른 약상자를 열고 연고를 꺼내 발등의 상처에 발라주었다. 그러다가 뒤늦게 상처 부위의 피부만 달라진 걸 발견하고 놀란 얼굴로 두리를 쳐다보았다. 두리는 입술을 꽉 깨물고 고개를 끄덕였다.

 박 씨는 발등의 상처를 물끄러미 바라보다가 옷핀으로 상처 부위의 옆을 콕 찔러보았다. 허를 찔린 두리가 비명을 지르며 박 씨의 머리통을 후려쳤다.

 "앗, 따갑구먼. 이게 시방 뭔 짓이랴!"

 박 씨는 아픈 것도 잊은 채 바늘로 찌른 부위만 쳐다보았다. 빨갛게 핏방울이 맺히는가 싶더니 그 주위가 탄력을 잃으며 쭈글쭈글해졌다. 그걸 조용히 지켜보던 박 씨의 얼굴에 화색이 돌았다.

 "됐어! 됐구먼. 피가 나면 늙어지는구먼! 돌아갈 방법이 있었어!"

 "그러네."

 두리는 별로 기쁘지 않다는 듯 맥없이 대꾸했다. 박 씨가 그런 두리의 눈치를 조심스럽게 살폈다.

 "근디 돌아갈 맘은 있고?"

 "……."

젊음의 비밀 · 223

두리는 아무 말도 하지 않았다. 박 씨는 그저 가만히 두리의 여린 발목을 잡고 상처에 연고를 발라주었다.

이때, 문이 벌컥 열리더니 나영이 성난 얼굴로 방으로 들어왔다. 박 씨와 두리는 도둑질하다가 들킨 사람마냥 그대로 얼어붙었다. 그만큼 지금 두 사람의 자세가 무척 미묘했다. 두리는 바지를 허벅지까지 걷어 올린 채 허연 두 다리를 드러내놓고 있었고, 박 씨는 투박한 손으로 두리의 발목을 잡고 정성스레 어루만지고 있었다. 전후 사정을 모르는 나영의 눈에는 결코 아름답지 않은 광경이었다.

"너, 너, 너, 지금……."

충격에 빠진 나영은 부르르 떨며 말을 채 잇지 못했다. 그저 부릅뜬 눈으로 두리를 사납게 노려보았다.

"저기 이건……."

박 씨가 딸에게 해명하려고 입을 열었다.

"이리 나와, 이년아!"

하지만 나영의 동작이 더 빨랐다. 나영이 벼락처럼 움직이며 두리의 머리채를 붙잡고 마당으로 끌고 나가 바닥에 패대기쳤다. 너무 순식간에 벌어진 일이라서 박 씨도 미처 말릴 틈이 없었다.

두리가 넘어지며 비명을 질렀다. 박 씨가 깜짝 놀라 마당으로 뛰어나갔다. 그사이에 두리의 방으로 들어간 나영이 씩씩거리며 두리의 짐과 옷가방을 모조리 가져와 마당에 던졌다.
"당장 꺼져!"
"너, 너 이게 뭐하는 짓이여! 우리가 뭘 어쨌다고 오밤중에 이 난리여!"

박 씨가 눈을 부라리며 딸에게 고함을 질렀다. 나영이 황당하다는 듯 아빠를 쳐다보았다.

"우리? 동네 창피한 줄 알어 쫌! 아버지 나이가 얼만 줄이나 알어? 손녀뻘 되는 애랑 이게 뭐하는 짓인데!"

그러면서 나영이 두리의 옷가방을 집어 내용물들을 바닥에 쏟았다. 그 안에서 나온 수영복을 집어든 나영이 이럴 줄 알았다며 야비한 미소를 지었다.

"아 이년아! 아예 홀딱 벗고 꼬리치지, 이런 건 뭐하러 걸치냐!"
"뭐여? 이년? 니가 감히 어따 대고 이년이야!"

박 씨가 버럭 고함을 질렀다.

"그럼 내가 이 새파랗게 어린년한테 새엄마라고 부를까?"

나영도 굴하지 않고 언성을 높였다. 박 씨가 답답하다는 듯 가슴을 쳤다. 뭐라고 이야기해도 나영에겐 씨도 먹히지 않았다.

"글쎄 그런 게 아니라니까! 우리 둘이는······."

둘이를 두리로 알아들은 나영은 기가 막힌다는 듯 코웃음을 쳤다.

"하아! 우리 두리? 아빠 미쳤어? 야, 너! 어린년이 어디 해처먹을 게 없어서 노인네한테 붙어서 피를 빨아? 너 첨부터 이 집 노리고 들어온 거지?"

나영이 계속해서 두리를 몰아붙였다.

"너 그 주둥이 안 닫어!"

박 씨가 눈에 불을 켜며 나영을 때리려고 손을 번쩍 치켜들었다. 그러자 잠자코 있던 두리가 박 씨의 팔을 잡으며 고개를 흔들었다.

"박 씨가 참어."

"아이고, 벌써 둘이서 말까지 놨어."

새파랗게 어린 애가 다 늙은 자기 아버지한테 마치 또래 친구를 대하듯이 말을 놓고 있다. 아무것도 모르는 나영의 눈에는 그야말로 기가 찰 노릇이었다. 나영은 뒷목을 잡고 바닥에 털썩 주저앉았다. 그러고는 하늘을 향해 고래고래 소리를 질렀다.

"엄마~ 아버지 좀 데려가~ 아버지 실성했어! 제정신이 아니라고!"

박 씨는 바닥에 퍼질러 앉아 통곡하는 나영을 난감하단 얼굴로 쳐다보았다.

"내가 왜 이 나이 먹도록 이러고 사는데, 엄마가 눈감기 전에 나한테 아빠 좀 부탁한다고, 자기 대신 아빠 좀 부탁한다고……."

두리는 무거운 얼굴로 바닥에 떨어진 자신의 물건들을 가방에 담았다. 옆에선 박 씨가 딸의 눈치를 보느라 이러지도 저러지도 못하고 걱정스럽게 두리를 쳐다보았다. 두리는 가방을 챙기고 나서 박 씨에게 눈짓으로 괜찮다는 신호를 보냈다.

"걱정하지 말아. 내 나이가 몇인디 갈 데가 없을까. 연락할게."

"연락은 무슨 연락! 너 한번만 더 연락하다 걸리면 콩밥 먹을 줄 알아!"

나영이 발끈해서 버럭 소리를 질렀다.

"그만 못해!"

참다못한 박 씨가 고함을 치자, 나영은 다시 주저앉아서 통곡하며 죽은 엄마를 들먹였다.

"아이고, 엄마! 엄마 유언 땜에 내가, 내가, 시집도 안 가고 늙어죽게 생겼는데. 아빠가 어떻게 나한테 이럴 수가 있어. 엄마!"

박 씨는 나영이 딸이 아니라 원수처럼 느껴졌다. 그 사이에 두리는 쓸쓸히 집을 나섰다. 박 씨는 그런 두리의 뒷모습을 멍하게 서서 바라볼 수밖에 없었다.

어머니의 빈자리

"이제 어쩐다."

뜻하지 않게 하숙집에서 쫓겨난 두리는 본능처럼 현철의 집으로 왔다. 하지만 말순이 아닌 두리의 모습으로는 안으로 들어갈 수 없었다. 설령 말순의 몸이라고 해도 이제 와서 다시 집에 들어가는 건 내키지 않았다. 그렇다고 이렇게 늦은 시각에 딱히 갈 곳도 마땅치 않았다. 두리는 가로등 불빛 아래에서 현철의 집을 올려다보며 깊은 고민에 빠졌다.

그렇게 한동안 멍하니 있는데 대문이 열리며 누군가가 안에서 나왔다. 넋을 놓고 있던 두리는 화들짝 놀라며 얼른 담벼락 뒤에 몸을 숨겼다.

애자가 쓰레기봉투를 한 아름 들고 나왔다. 두리는 숨어서 애자가 쓰레기를 버리고 들어가기만을 기다렸다.

그때, 두리의 휴대전화로 전화가 걸려왔다.

"여보세요?"

두리는 흠칫하며 얼른 전화를 받았다. 다행히 애자는 아무 소리도 듣지 못했는지 쓰레기를 버리고 집으로 들어갔다.

"저, 승우에요. 두리 씨, 잘 들어갔어요? 궁금해서 전화했어요."

"아, 네."

애자가 집으로 들어간 걸 확인한 두리는 안도의 한숨을 내쉬며 다시 밖으로 나왔다. 그런데 이번에는 우르릉하며 뇌성이 울리더니 느닷없이 소나기가 쏟아졌다. 너무나 갑작스러운 소낙비라 미처 우산을 꺼낼 틈도 없었다. 덕분에 두리는 속수무책으로 비를 맞아야 했다.

"여보세요? 두리 씨, 두리 씨, 괜찮아요?"

얼마 뒤, 두리를 걱정한 승우가 택시를 타고 나타났다. 달리 갈 곳도 없는 두리는 잠자코 승우를 따라나섰다. 승우는 두리를 자신의 아파트로 데려갔다.

잘 나가는 방송국 피디의 집이라 그런지 아파트 고급스러운 내부는 두리에게 신세계나 다름없었다. 세련된 인테리어와 모던한 가구가 놓인 넓은 거실. 고급 마감재를 사용한 벽면, 그리고 근사한 레스토랑에 어울릴 것 같은 조명등까지. 어디에 눈을 두어도 두리에겐 온통 신기한 것뿐이었다.

두리는 수건으로 머리를 털며 동물원을 처음 찾은 유치원 꼬맹이처럼 신기하다는 눈빛으로 집안 여기저기를 두리번거렸다. 승우는 그런 두리가 귀엽다는 듯 물끄러미 바라보다가 뭔가 대접해야겠다며 주방으로 갔다.

"테레비에서 보던 집이 진짜 있긴 있었네. 이게 실 평수가 당최 몇 평이여. 이거 한 피디님이 주인?"

"아뇨. 전세에요."

"하긴, 젊은 사람이 사기는 무리겠네. 그치만 전세도 솔찮이 비쌀 텐디."

두리가 중얼거렸다.

"싸지는 않아요."

승우가 와인과 치즈를 가지고 주방에서 나왔다.

"저쪽에 앉으세요."

두리는 눈치를 살피다가 소파에 앉았다. 앞쪽으로는 전망이 좋아서 한강의 야경이 한눈에 보였다.

"근데 뭐하나 물어봐도 돼요?"

두리가 와인을 홀짝이고는 조심스럽게 물었다.

승우는 그러라며 고개를 끄덕였다.

"이렇게 집도 좋고 직장도 반듯하고, 인물도……."

두리가 자기 입으로 말하긴 민망했는지 슬쩍 말끝을 흐렸다.

"인물 뭐요?"

승우가 짓궂게 물었다.

"긍게 인물도 훤한데, 우째 아직 장가를 안 갔을까?"

두리는 부끄럼을 무릅쓰고 간신히 기어들어가는 목소리로 물었다.

"누가 그래요? 나 장가 안 갔다고?"

그러자 승우가 정색하며 되물었다.

"갔어요?"

두리는 깜짝 놀라 승우를 쳐다보았다.

"농담인데. 그래도 두리 씨 놀라니까 기분 괜찮네요."

승우가 피식 웃으면서 말했다.

두리는 어른을 놀리면 못쓴다는 듯이 입술을 삐죽거렸다. 하지만 승우의 눈에는 어린여자가 투정을 부리는 것처럼 보여서 마냥 귀엽기만 한지 그윽한 눈빛으로 두리를 빤히 쳐다보았다. 그 시선이 부담스럽다는 듯 두리는 고개를 돌리며 지나가는 투로 말했다.

"어머님이 걱정하시겠네. 다 큰 아들이 혼자 이러고 사는 거, 엄마한테는 큰 걱정거린데."

갑자기 승우가 쓸쓸한 표정을 지었다.

"어머니 일찍 돌아가셨어요. 나 애기 때."

두리가 몰랐다며 승우를 안쓰럽다는 눈빛으로 쳐다보았다.

"저런, 외롭게 컸겠네."

"저도 할머니 손에 컸어요. 두리 씨처럼."

승우가 이젠 괜찮다는 듯 웃으면서 말했다.

"할머니는? 고향에 계시고요?"

두리가 물었다.

승우는 엷은 미소를 지으며 고개를 가로저었다.

"몇 년 전에 돌아가셨어요."

"……."

순간 두리는 무슨 말을 해야 할지 몰라 입을 다물었다.

"두리 씨는 남자 친구 없어요?"

이번엔 승우가 물었다.

두리는 침울한 표정을 짓더니 남은 와인을 단숨에 들이켰다. 그리고는 고개를 돌려 승우를 빤히 쳐다보았다.

"그게 나가 남편이랑 사별한지 좀 됐어요."

뜻밖의 말에 승우는 입을 쩍 벌렸다.

"아들 하나 있는데 다 커서 장가갔고, 요즘은 나 좋다고 쫓아다니는 딸 하나 있는 홀아비가 있는데 방금 차버리고 오는 길이에요."

술기운 탓인지 두리는 막힘없이 지난 인생사를 늘어놓았.

승우는 황당하다는 얼굴로 두리를 쳐다보더니 이내 웃으면서 고개를 가로저었다.

"내가 졌다. 앞으로 두리 씨 앞에서 함부로 농담하면 안 되

어머니의 빈 자리 · 233

겠네. 그럼 홀아비 말구 어떤 스타일 남자 좋아해요?"

승우가 다시 물었다.

이번에는 좀 어려운 질문이었는지, 두리는 곰곰이 생각하다가 빈 잔을 빙빙 돌리며 천연덕스럽게 말했다.

"뭐 있는감. 남자는 그저 처자식 안 굶기고 밤일만 잘 하믄……."

두리의 말에 놀란 승우가 입에 머금고 있던 와인을 내뿜었다. 그 바람에 와인이 두리의 옷에도 묻었다.

"미, 미안해요!"

승우가 허둥대며, 두리의 옷을 손으로 닦았다. 그러다가 두 사람의 손이 다시 스쳤다.

두리는 불에 덴 것처럼 깜짝 놀라며 얼른 손을 뺐다. 다시 가슴이 두근거렸다.

분위기가 어색해지자 승우가 술을 더 가져오겠다며 주장으로 향했다. 두리는 승우의 뒷모습을 바라보며 짧게 한숨을 내쉬었다.

술자리는 계속 이어졌다.

테이블 밑으로 빈 병들이 쌓여갔다. 그리 길지 않은 시간인데 다섯 병은 마신 것 같다. 승우가 먼저 나가떨어졌다. 소파에 드러누워 코를 골며 자고 있었다. 두리는 이때다 싶어서 가방을 안고 살금살금 현관으로 갔다. 하지만 뜻하지 않은 난관에 부딪히고 말았다. 2중3중의 잠금장치인 도어락에 익숙하지 않아 도무지 문을 여는 방법을 알 수가 없었다. 몇 번이고 버튼을 눌러봐도 삑삑거리며 에러 메시지만 울릴 뿐이었다.

"뭘 문을 나가지를 못하게 만들어 놨다냐."

두리가 한숨을 내쉬며 중얼거리는데 갑자기 소파에서 잠자고 있던 승우가 버럭 소리를 질렀다.

"너 뭐야! 나한테 왜 이래!"

두리는 깜짝 놀라 뒤를 돌아보았다.

잠꼬대를 하는 모양이었다. 승우는 나쁜 꿈이라도 꾸는지 뒤척이며 인상을 썼다.

두리는 놀란 가슴을 진정시키며 가방을 내려놓고 소파로 조심스럽게 다가갔다. 승우는 악몽에 시달리고 있는지 낮게 신음하며 알 수 없는 말들을 중얼거렸다. 그 모습이 왠지 안쓰럽고 측은해보였다. 어릴 적에 툭하면 잔병치레를 하던 현철의 모습도 떠올랐다.

두리는 조심스럽게 승우의 머리를 쓰다듬었다. 그러자 승우의 표정이 조금 누그러지며 입가에 미소를 띠었다.

"자장자장, 우리 아가. 잘도 잔다, 우리 아가. 꼬꼬닭아 우지마라. 우리 아기잠을 깰라. 멍멍개야 짖지 마라 우리 아기 잠을 깰라……."

어머니의 빈 자리 · 235

두리는 승우의 가슴을 토닥이며 나직한 목소리로 자장가를 불러주었다. 승우의 뒤척임이 멈추더니 신음소리도 거짓말처럼 잦아들었다. 이윽고 승우는 언제 그랬냐는 듯이 쌔근쌔근 깊은 잠에 빠져들었다.

애자는 잠결에 어렴풋이 누군가가 부르는 자장가를 듣고 잠에서 깼다. 고개를 돌리니 남편은 코를 골며 자고 있었다. 아마도 꿈에서 들었나보다 싶어서 다시 잠을 청하려는데 갑자기 가슴이 송곳으로 찌르는 것처럼 아팠다.

애자는 남편이 깰까봐 조심스럽게 침대에서 내려와 약병을 들고 주방으로 갔다. 냉장고에서 물병을 꺼내 잔에 냉수를 따랐다. 애자는 알약을 입에 털어 넣고 물을 마셨다. 그럼에도 통증은 쉽게 가라앉지 않았다. 애자는 가슴을 어루만지며 나직이 한숨을 내쉬었다.

그때였다.

"또 어디가 아픈 거여?"

애자는 소스라치게 놀라며 뒤를 돌아보았다. 어둠 속에서 말순이 우두커니 서있다.

"어머니?"

"너무 찬물에 약 먹지 말어. 배앓이 한다잉."

말순이 말을 마치고 자기 방으로 돌아갔다.

애자가 깜짝 놀라서 말순을 쫓아가 방문을 열었다. 하지만 방안에는 아무도 없었다. 환영을 본 것이다. 참 이상했다. 함께 지낼 때는 그렇게 밉고 서운하더니 갑자기 모습을 감춘 뒤로는 시도 때도 없이 생각나고 자꾸만 얼굴이 어른거렸다. 종종 퉁명스럽게 내뱉는 말들이 알고보면 며느리를 위해서 하는 소리라는 걸, 이제와 새삼 깨닫곤 했다. 그래서 고맙기도 했다. 하지만 고마움을 표하고 싶어도 지금은 할 수가 없다.

"여보, 안 자고 뭐해?"

현철이 안방에서 나와 걱정스럽게 아내를 불렀다.

애자는 텅 빈 말순의 방을 물끄러미 바라보았다.

"……"

애자의 눈에서 눈물이 툭 떨어졌다.

오해는
새로운 오해를
낳고

 승우는 익숙하지 않는 낯선 소리를 듣고 잠에서 깼다. 그리고 그 소리에 이끌려 주방으로 갔다. 가스레인지 위로 뚝배기에 담긴 된장찌개가 보글보글 끓고 있었다. 다른 불에는 무를 덮은 생선조림이 입맛 도는 냄새를 풍기고 있었다. 그리고 앞치마를 두른 두리가 야채를 썰며 다른 요리를 준비하고 있었다. 인기척을 못 느꼈는지 두리는 뒤도 돌아보지 않고 요리에만 열중했다.

 승우는 까치발로 살금살금 주방에서 나왔다.

 그때 벨소리가 들렸다. 이른 아침부터 누군가 싶어서 인터폰으로 확인하니 수연이었다. 승우는 무슨 일인가 싶어 고개를 갸웃하며 현관으로 가서 문을 열어주었다.

 "하나도 안 반가운 눈치네."

 수연이 승우의 얼굴을 살피며 서운하다는 듯이 말했다.

 "연락도 없이 웬일이야?"

승우가 퉁명스럽게 물었다.

"전화 계속했는데 안 받은 건 선배거든. 이거 국장님이 월요일까지 검토해서 오래. 그리고 이건 보너스. 같이 마시고 가도 되지?"

수연이 서류봉투와 테이크아웃 커피를 건네더니 허락도 구하지 않고 성큼성큼 안으로 들어왔다.

"어, 그게……."

승우가 당황한 얼굴로 수연을 쫓아갔다. 이때, 욕실에서 물 내려가는 소리와 함께 두리가 허리춤을 벅벅 긁으며 나왔다.

"아따, 사내 혼자 사는 집 치곤 화장실이 겁나 깔끔하구먼."

수연이 두리를 보곤 깜짝 놀라며 승우를 돌아보았다. 왜, 이 여자가 있냐는 듯 싸늘한 눈초리였다. 두리도 갑작스럽게 나타난 수연을 알아보고 당황해서 그대로 얼어붙었다. 딱히 잘못한 것이 없는데도 나쁜 짓을 하다가 들킨 사람처럼 가슴이 철렁 내려앉았다.

"어느 쪽이 먼저야?"

수연이 승우를 쳐다보며 물었다.

"키워준다 그랬어?"

승우가 머뭇거리자 이번에는 두리를 사납게 쏘아보았다.

"아님 키워 달라 그랬니?"

두리는 무슨 뜻인지 몰라 고개를 갸웃했다. 수연이 가증스럽다는 듯 코웃음을 쳤다.

"그런 거 아니야."

승우가 오해라며 고개를 가로저었다.

"결국 이런 거였구나. 난 선배 취향이 이런 스타일인 줄 몰랐네."

수연이 완전히 오해해서 멋대로 눈앞의 상황을 판단했다. 그때서야 분위기가 심각하다는 것을 알아차린 두리가 나서서 두서없는 말투로 해명하기 시작했다.

"거시기 뭐시냐. 이게 눈에 뵈는 거랑은 마니 달라요. 그랴 일단 들어와서 아침이나 한술 함서 찬찬히……."

"그래. 얘기 좀 하고 가."

승우도 거들며 수연의 팔을 잡았다.

"할 얘기 없어!"

수연은 불결하다는 듯 승우의 손을 거칠게 뿌리쳤다. 그러더니 곱지 않은 시선으로 두리와 승우를 번갈아 쳐다보았다.

"선배는 좋겠네. 아침밥 해주는 여자도 있고."

"수연아!"

"정말 저질이야!"

수연이 빽 소리를 지르더니 뒤도 돌아보지 않고 떠나버렸다. 문을 쾅 하고 닫고 나가는 수연의 뒷모습을 눈으로 좇던 두리가 어쩔 줄 몰라 하며 나직이 중얼거렸다.

"저거, 저거, 저렇게 가믄 안 되는디……."
"차라리 잘 됐어요."
승우가 말했다.
"……?"
두리가 무슨 말이냐며 승우를 쳐다보았다.
"나, 두리 씨 좋아해요."

승우는 두리의 얼굴을 빤히 쳐다보았다. 두리는 얼굴이 화끈거리고 시선을 어디에 두면 좋을지 몰라서 눈을 끔뻑거리며 고개를 돌렸다. 그때 어디선가에서 뭔가 타는 냄새가 났다. 주방이었다. 불에 올려놓은 된장찌개와 고등어조림이 타고 있는 것이었다.

"아이고, 내 정신 좀 보게."
두리는 이때다 싶어서 냉큼 주방으로 달려갔다.
"에고고……."
두리는 허둥대며 불을 껐다. 그러다가 그만 싱크대에 있던 유리컵을 떨어뜨리고 말았다. 컵이 깨지면서 유리파편이 사방으로 흩어졌.

"내가 오늘 왜 이런 다냐."
두리가 얼른 주저앉아서 치우려는데 승우가 다가와 옆에 앉으며 말했다.
"두세요. 내가 할게요."

두리는 승우의 눈치를 살피다가 슬그머니 일어나 주방에서 나왔다. 그러고는 앞치마를 벗어 손에 쥐고는 주변을 두리번거리다 욕실로 들어갔다.

"나를 좋아한다고……."

두리는 좌변기에 쪼그리고 앉아 양말을 벗었다. 발등에 난 상처가 여전히 아물지 않은 상태였다. 그리고 그 부위의 피부만 쭈글쭈글 주름이 가득했다. 두리는 발등을 내려다보며 길게 한숨을 내쉬었다.

너무 이른 나이에 과부가 되어, 여자의 행복이 뭔지도 모르고 칠십 평생을 하나뿐인 아들만 보며 살아왔다. 그러다가 거짓말 같은 일이 일어나 그 옛날 꽃다운 시절의 몸으로 다시 돌아갔다.

하지만 세상이 너무 변해버렸다. 무엇을 어떻게 하면 좋을지 여전히 잘 모르겠다. 후회 없는 삶을 다시 살아보겠다고 바라지만, 어떤 삶이 후회 없는 삶인지도 잘 모르겠다. 그런데 갑자기 젊고 잘 생긴 놈이 나타나서 좋아한다고 고백을 했다. 물론 싫지는 않다. 그래서 더 고민이다.

"아, 글씨 몇 번을 말혀. 그 아가씨가 진짜 자네 어머니라니까!"

현철은 입맛을 다시며 눈앞에서 쩌렁쩌렁하게 언성을 높이고 있는 이웃집 영감님을 답답하다는 듯이 쳐다보았다. 갑자기 급한 용무가 있다며 교수실로 찾아온 박 씨가 처음 꺼낸 말은 너무나 황당한 것이었다. 이름이 두리라고 했던가? 아들이 리더를 맡고 있는 밴드의 보컬이기도 한 아가씨가 사실은 갑자기 집을 나가서 지금까지 연락두절인 어머니라니. 너무나 터무니없는 이야기라 화를 낼 기운조차 없었다.

"내 말이 믿기 힘든 건 나도 알어. 그래도 믿어! 아가씨를 계속 저렇게 살게 내버려두면 안 돼!"

"그럼 저번에, 어머니를 만나셨다는 것도 그 아가씨……."

현철이 혹시나 하는 마음으로 물었다.

"그려! 그 아가씨가 내 아가씨고 바로 자네 어머니야!"

박 씨는 이제야 말을 알아듣느냐며 무릎을 탁 쳤다. 하지만 박 씨를 바라보는 현철의 눈가엔 눈물이 글썽였다. 어쩌다가 이 양반이 이 지경에 이르렀을까. 너무 측은해서 도저히 못 봐주겠다는 얼굴로 박 씨를 쳐다보았다.

"어르신……."

현철이 넌지시 박 씨를 불렀다.

"그려, 이제 좀 알아듣겠나?"

박 씨는 현철의 눈빛을 오해하고 반색하며 물었다.

"언제부터 이렇게 되신 거예요."

현철이 눈시울을 붉히며 박 씨의 손을 꼭 잡았다.

"저번에 결혼식 얘기 하실 때 뭔가 정상이 아니다 싶긴 했는데……."

그때서야 현철의 속내를 알아차린 박 씨는 펄쩍 뛰며 다시 언성을 높였다.

"자네까지 이럼 안 돼! 자네까지 이럼 아가씨는, 자네 어머니는 영영 못 돌아와!"

"아직 초기니까 방법이 있을 겁니다."

현철은 다 이해한다는 듯이 고개를 끄덕이더니 휴대전화를 꺼내 어딘가로 전화를 걸었다.

"걱정하지 마세요, 어르신. 제 동창이 대학병원에서 치매 전문으로 아주 유명한 의삽니다. 제가 모실게요. 어, 김 박사, 나야……."

"그게 아니라니까. 내 말 좀 믿어 줘. 제발!"

방송 출연 이후로 화제의 대상으로 떠오른 두리와 지하의 밴드는 승우의 전폭적인 지원을 받아 라디오 프로그램에 출연하게 되었다. 원래는 TV 프로그램에 출연시키려고 했으나, 두리가 완강하게 거부하는 바람에 우선 라디오 프로그램부터 하는 걸로 일단락을 지었다.

"자, 얼마 전에 모 음악 프로그램에서 부른 노래 한 곡으로 장안의 화제로 떠오른 바로 그 밴드. 청취자 여러분도 잘 아시죠? 이름도 노래도 이슈가 되고 있는 반지하 밴드를 스튜디오에 모셨습니다. 안녕하세요?"

유명한 아나운서이기도 한 디제이가 낭랑한 목소리로 지하의 밴드를 소개했다.

"안녕하세요!"

밴드 멤버들이 한목소리로 대답했다.

"각자 자기소개 좀 부탁드릴게요."

디제이가 말했다.

"안녕하십니까. 노래하는 오두리라고 합니다."

두리가 어색하게 웃으면서 자기소개를 했다. 이어서 드럼과 베이스가 마이크에 대고 이름을 말했다.

"드럼 치는 홍석입니다."

"저는 베이스 치는 두병이요."

마지막으로 지하가 자기소개를 했다. 그런데 무슨 이유에선지 표정이 밝지 않았다.

"기타 치는 지하예요."

"저 실례가 안 된다면 성까지 붙여서 한번만 더……."

디제이가 짓궂게 웃으면서 말했다.

"기타 치는 반, 지하예요."

지하는 잠시 망설이다가 마지못해 성을 붙여서 다시 이름을 밝혔다.

"와, 지금 청취자 여러분 질문들이 계속 올라오고 있는데요, 몇 개만 읽어볼게요."

디제이가 모니터를 응시하더니 어떤 게시물을 발견하고 의미심장한 미소를 지었다. 그러고는 지하를 흘끗 보며 질문을 던졌다.

"반지하 씨, 설마 본명은 아니죠? 라고 4559님이 올리셨네요."

"본명 맞습니다."

지하의 표정이 한결 더 어두워졌다.

"와, 저도 예명인 줄 알았는데 본명이셨구나. 어릴 때 이름 때문에 놀림도 많이 받으셨을 것 같은데. 부모님한테 불평 안 해보셨어요?"

디제이가 다시 물었다.

옆에서 듣고 있던 두리가 흠칫하며 지하를 쳐다보았다. 손자에게 지하라는 이름을 지어준 당사자이기 때문이다.

"놀림 받았죠. 근데 전 제 이름이 좋아요. 할머니께서 지어주신 이름이거든요. 제가 세상에 태어나길 저희 부모님보다도 더 기다리셨대요."

지하가 말했다.

뭉클해진 두리가 손자를 자랑스럽게 쳐다보았다. 그런데 어찌된 일인지 오늘따라 지하의 태도가 냉랭했다.

"……."

 방송 시작을 앞두고 리허설이 한창인 무대를 바라보며 수연이 큐시트를 체크하고 있었다. 승우가 어두운 얼굴로 수연에게 다가갔다.
 "무슨 소리야? 사표 냈다면서. 설마, 나 때문이야?"
 승우가 물었다.
 "착각하지 말아요. 선배, 나한테 그 정도까진 아니니까."
 수연은 승우에게 눈길조차 주지 않고 차갑게 대꾸했다.
 "그럼 왜 그래?"
 승우가 더더욱 이해할 수 없다는 듯 수연을 바라보며 되물었다.
 "어차피 일이 년 더 다니다가 유학을 갈 생각이었어요. 단지 그 계획 조금 앞당긴 것뿐이에요."
 수연은 여전히 승우를 쳐다보지도 않았다. 유학 이야기는 단지 핑계에 불과했다. 하지만 승우에게 좋아하는 여자가 생겨서 떠난다는 말은 결코 할 수가 없었다. 그건 마지막 남은 자존심이었다.
 "수연아. 너, 꼭 이래야겠냐?"
 승우가 짧게 한숨을 내쉬었다.
 "걱정 말아요. 여름 특집 콘서트까진 마무리하고 그만둘 거니까. 그 정도 책임감은 있어요."

수연이 비로소 승우를 똑바로 쳐다보면서 말했다. 승우는 아무 말도 할 수 없었다.

인터뷰를 마친 두리와 밴드 멤버들은 스튜디오를 나와 연습실로 향했다. 그런데 지하의 분위기가 평소랑 달랐다. 몹시 화가 난 사람처럼 일행보다 서너 걸음 앞서 걸어가고 있었다. 이유를 모르는 두리는 종종걸음으로 따라붙으며 지하에게 말을 걸었다.

"잘했네! 고생했어! 난 간이 떨려 죽겠던데, 어떻게 그렇게 말을 잘해?"

그러고는 동의를 구한다는 듯이 멤버들을 돌아보았다.

"우리 리더가 다르긴 달라? 그치?"

두병과 홍석이 마지못해 고개를 끄덕였다. 하지만 지하의 표정은 여전히 싸늘했다.

"근데 아까부터 표정이 왜 그래? 어디 안 좋아?"

두리가 지하의 눈치를 살피며 조심스럽게 물었다. 그때서야 지하가 걸음을 멈추더니 두리를 차갑게 쏘아보았다.

"고생은 니가 했지. 우리 여기까지 끌고 오느라고."

"아녀, 다 같이 한 거지."

두리가 깜짝 놀라며 황급히 손사래를 쳤다. 그러자 지하는 두리를 빤히 쳐다보다가 코웃음을 치며 말했다.

"뭘 다 같이 해? 나랑 한 피디랑 같이 했지."

지하는 그대로 몸을 돌려서 가버렸다.

두리는 이게 다 무슨 일인가 싶어서 멀어지는 지하의 뒷모습을 멍하니 바라보았다. 그때 홍석이 조심스럽게 다가와 물었다.

"너 한 피디랑 사귄다며? 방송국에 소문 다 났어."

두리가 그건 또 무슨 소리냐는 듯 멤버들을 쳐다보았다.

"지하가 너 좋아하는 거 몰랐냐?"

두병이 말했다.

"환장하겠구먼."

두리는 그때서야 전후사정을 파악하고 길게 한숨을 내쉬었다. 하지만 어디서부터 얽힌 실타래를 풀어야 할지 선뜻 판단이 서지 않았다.

외출했다가 돌아온 나영은 난데없는 곡소리에 화들짝 놀라 안방으로 달려갔다. 그러고는 무슨 큰일이라도 났나 싶어 문을 벌컥 열었다.

"이게 다 뭐야……."

나영은 문간에 서서 미치겠다는 얼굴로 박 씨를 쳐다보았다. 박 씨가 허름한 러닝셔츠 차림으로 바닥에 누워서 흐느끼고 있었다. 며칠째 면도를 하지 않아서 지저분하게 자란 흰 수염과 헝클어진 머리, 초점 없는 눈까지 영락없는 폐인이었다. 게다가 방바닥은 쓰레기와 빈 소주병들로 어지럽혀져 있었다.

"도대체 그 어린년한테 얼마나 뜯겼는데 그래!"

나영은 완전히 오해하고 있었다.

박 씨가 벌떡 일어나더니 방바닥에 굴러다니는 남성 헬스 잡지를 나영을 향해 집어던졌다.

"집문서 넘겼으면 나 소송한다!"

나영은 얼른 방문을 닫고 도망치면서 소리를 질렀다.

승우가 지하의 밴드를 녹음실로 불렀다. 방송을 위해 준비했다는 자작곡을 미리 들어보기 위해서였다.

진지한 얼굴로 지하의 밴드가 연주를 시작하자, 두리도 가사를 음미하며 목소리에 감정을 실어 열심히 노래를 불렀다. 그런데 그들을 지켜보는 승우의 표정이 무척 어두웠다. 노랫말도 그렇고 멜로디나 코드 변형도 마음에 들지 않았기 때문이다. 무엇보다 지하가 자신만만하게 준비했다는 자작곡은 얼마 전 두리가 불러서 화제가 되었던 김추자의 노래를 어설프게 흉내만 낸 곡이었다. 가사 내용도 어린 지하가 겪어보지 못한 인생의 희로애락을 이야기하고 있었고, 멜로디도 복고도 아니고 그렇다고 현대적인 감각도 아닌 어중간한 코드변형이었다.

"어때?"

승우가 답답하다는 얼굴로 옆에 있는 엔지니어에게 물었다.

"글쎄다. 보컬은 좋은데, 곡이 왜 이러냐? 이거 얘들 자작곡이야?"

음향을 조정하던 엔지니어가 헤드폰을 벗으며 승우에게 되물었다. 엔지니어의 소감도 승우와 크게 다르지 않았다. 승우는 손으로 이마를 짚으며 길게 한숨을 내쉬었다. 이대로는 방송에 내보낼 수가 없었다.

"근데 얘들은 왜 이렇게 챙겨? 니가 쟤네들 매니저 같다."

엔지니어가 방송국에 떠도는 소문을 상기하며 넌지시 물었다. 승우는 엔지니어를 흘끗 보더니 인 스피커로 연주를 중단시켰다.

"잠깐만."

두리와 지하의 밴드 멤버들은 잔뜩 상기된 얼굴로 승우를 쳐다보았다. 승우는 무거운 표정으로 아이들을 불러냈다.

"이번엔 자작곡은 힘들겠다. 내가 작곡가 연결시켜줄 테니까 곡 받아서 하자. 이번 공연 너희들한테 얼마나 중요한지 알지? 이 노래 가지고 무대 섰다간 한 번에 망가질 수도 있어."

"어디가 어떻게 안 좋은데요?"

지하가 반항적으로 쏘아보며 물었다.
"흠."
"말을 해줘야 알 거 아니에요."
"니가 만든 노래들 다 두리한테 맞춰서 그냥 흉내만 낸 거뿐이야. 그나마 처음에 가져온 '반지하 인생'이 젤 나았어."
 승우의 평가가 너무나 충격적이었는지 지하의 눈빛이 크게 흔들렸다. 승우는 거기에서 멈추지 않고 아예 쐐기를 박았다.
"니네 밴드 반지하 밴드 맞아? 오두리 밴드 아냐?"
 지하는 승우를 사납게 노려보더니 입술을 꽉 깨물며 연습실을 박차고 나가버렸다. 당황한 두리가 승우에게 양해를 구하고 지하를 쫓아갔다.
"시방 어디 가는 거여?"
 입구에서 지하를 따라잡은 두리가 지하의 팔목을 집으며 물었다. 그러자 지하가 두리의 손을 거칠게 뿌리쳤다.
"따라오지 마."
"대체 뭐 땀시 그려. 한 피디님은 다 우리 잘되라고 해준 말씸인디. 글고 노래야 또 만들면 되잖여."
 지하가 입구에 세워둔 자전거를 타려다가 갑자기 멈칫 하더니 싸늘한 눈초리로 두리를 쳐다보았다.
"너 한 피디랑 사귄다며?"
 지하는 마치 애인이 바람피우는 현장을 잡은 남자처럼 굴

오해는 새로운 오해를 낳고

었다.

"뭐?"

두리는 황당한 얼굴로 지하를 쳐다보았다.

"잤냐?"

말이 끝나기가 무섭게 두리가 손바닥으로 지하의 뒤통수를 후려쳤다. 지하가 깜짝 놀라서 두리를 쳐다보았다.

"아야! 뭐야?"

"더 맞아야 돼. 이노무 시키! 어데서 그런 못된 말을 배웠어, 어?"

두리는 눈을 부라리며 지하의 머리를 연거푸 때렸다. 그러고도 모자라다는 듯이 등짝을 때리고 엉덩이를 걷어찼다. 지하는 갑자기 쏟아지는 두리의 매질에 당황해서 저항할 생각도 못하고 이리저리 피해 다녔다.

뒤늦게 걱정이 되어 쫓아 나온 멤버들이 그런 두 사람의 모습을 황당하다는 듯이 쳐다보았다.

"쟤들 뭐냐?"

"나도 몰라."

길거리에서 손자를 늘씬하게 패준 두리는 이번에는 백숙집으로 지하를 데려왔다. 테이블에 마주 앉은 지하는 이게 뭔가 싶어서 두리를 쳐다보았다. 그러거나 말거나 두리는 김이 모락모락 나는 닭백숙을 손으로 잡고 살코기를 열심히 발라냈다.

"앗 뜨거, 뜨거."

두리가 가슴살 한 점을 호호 불며 지하 입으로 가져갔다. 지하가 멀뚱하게 쳐다보자 두리는 억지로 입에 넣어주었다.

"언능 먹어라잉."

"너 나한테 왜 이래?"

지하가 닭고기를 씹으면서 물었다

"몰랐냐? 오늘 복날이여. 복날에 닭 먹는 게 이상하냐? 자, 이것도 먹어봐라."

두리가 다시 고기를 발라서 지하에게 내밀었다. 지하는 어쩔 수 없이 받아먹었다. 두리는 흐뭇하게 웃으며 지하의 엉덩이를 토닥였다.

"……."

지하는 대체 얜 뭐지, 하는 얼굴로 두리를 쳐다보았다.

"요즘 통 밥도 잘 안 먹고. 그러다 몸 축나면 너만 손해여. 그 나이 때는 뭐든 잘 먹어야 혀. 그래야 나중에 나이를 먹어도 아프지 않는 거여."

두리는 고기를 뜯으며 지하에게 잔소리를 늘어놓았다.

"너 정말. 한 피디랑 사겨?"

지하는 표정을 누그러뜨리며 두리가 주는 고기를 넙죽넙죽 받아먹었다. 그래도 궁금한 건 못 참겠는지 이번엔 조금 말을 순화해서 물었다.

"너 정말 나 좋아하냐?"

두리가 닭다리를 내려놓으며 지하를 빤히 쳐다보았다. 돌직구 질문에 말문이 막혀버린 지하는 입을 다물고 쭈뼛거렸다.

"미안한데, 넌 내 스타일 아니여."

두리가 다시 닭다리를 집어 살코기만 쭉쭉 찢으면서 말을 이었다.

"사랑한다고 사내답게 고백도 못하고 빙빙 돌면서 삐지기나 하고. 공과 사도 구별 못하고 자기감정 하나 못 추슬러서 옆에 있는 친구들 힘들게 하고. 글구 젤로 맘에 안 드는 건……."

지하의 표정이 점점 어두워졌다.

"니가 얼마나 괜찮은 놈인지 니 자신이 모른다는 거여."

그러면서 두리는 다시 고기를 손자의 입에 넣어주었다. 왠지 모르게 기분이 좋아진 지하는 못이기는 척 슬쩍 고기를 받아먹었다.

"우리 지하 웃으니까 인물이 사는구먼."

두리가 히죽 웃었다.

"쪼그만 게 아주 사람을 갖고 놀아요. 야, 너 진짜 정체가 뭐냐?"

지하가 물었다.

"나? 으흠, 반지하 밴드의 메인 보칼, 오두리지!"

두리가 사뭇 진지한 얼굴로 대꾸했다. 그 말에 지하가 피식 웃었다.

"근데, 너 아까부터 계속 말 깐다?"

두리가 언제 그랬냐는 듯 말투를 바꾸었다.

"제가 그랬나요, 오빠?"

두 사람은 동시에 웃음을 터뜨렸다.

흔들리는 마음

 낮에 생각지도 못한 박 씨의 방문을 받고 몇 시간이나 시달린 현철은 평소보다 늦은 시각에 귀가해야 했다. 현관문을 열고 거실로 들어서는데, 이층 지하의 방에서 기타 소리가 들렸다. 현철은 가만히 기타 소리를 듣다가 조심스럽게 계단을 올라갔다. 그러고는 살짝 열린 문틈으로 지하가 기타를 퉁기며 작곡에 열중하고 있는 모습을 가만히 지켜보았다.
 "야, 노래 좋네."
 현철이 조용히 문을 열고 방으로 들어갔다.
 그때서야 지하는 연주를 멈추고 현철을 쳐다보았다. 흐트러진 넥타이, 벌건 얼굴. 또 할머니 걱정을 하느라 술을 마신 모양이었다. 그러게 계실 때 잘하지. 왜 할머니를 요양원에 보낸다고 해서 일이 이 지경으로 만들었을까. 지하는 아버지의 술 취한 모습을 착잡하게 바라보며 짧게 한숨을 내쉬었다.

"오셨어요?"

"니가 만든 노래야?"

현철이 물었다.

"술 많이 드셨어요?"

지하가 퉁명스럽게 물었다.

"그래. 열심히 해라. 밤은 새지 말고."

무안해진 현철은 입맛을 다시며 방을 나갔다. 그리고 문을 닫으려다가 문득 벽에 붙은 사진에 눈길을 주었다.

'저 사진은……'

방송 첫 출연을 하던 날에 찍은 기념사진이었다.

사진 속에서 환히 웃고 있는 두리를 바라보던 현철은 불현듯 이상하게 낯이 익다는 생각이 들었다. 어쩌면 낮에 박 씨에게 너무 시달려서 그런지도 몰랐다. 하지만 그것과는 별개로 전에 저녁 먹으러 집에 왔을 때도 어딘가 모르게 묘한 느낌을 받았었다.

"이 여자애가 저번에 우리 집에 왔던 애니?"

현철이 사진을 가리키며 물었다.

"네. 그건 왜요?"

지하가 고개를 갸웃하며 되물었다.

"아니다."

현철은 별일 아니라며 손을 흔들고는 지하의 방을 나왔다. 그러고는 옷도 안 갈아입고 말순의 방으로 향했다.

현철은 서랍장을 열어 뭔가를 열심히 찾았다.

"이상하네. 여기 어디에 분명히 있었는데……."

서랍이라는 서랍은 다 열어서 뒤적이다가 마침내 낡은 패물함을 발견했다. 현철은 황급히 패물함 안에서 낡은 사진 한 장을 꺼냈다. 사진을 물끄러미 바라보던 현철은 뭔가를 발견하고 깜짝 놀란 표정을 지었다.

'그 아가씨가 바로 자네 어머니야!'

낮에 찾아왔던 박 씨의 말이 다시금 떠올랐다.

현철은 믿을 수 없다는 얼굴로 다시 사진을 확인했다. 사진 속에서 어린 현철을 업고 있는 젊은 날의 말순과 두리가 마치 쌍둥이처럼 똑같았다.

다음날, 현철은 잠시 짬을 내서 케이크를 사들고 지하의 연습실을 찾았다. 연습실 구조에 익숙하지 않아 음악소리만 듣고 아들을 찾으려고 여기저기를 기웃거렸다. 하지만 의외로 방이 많아서 어느 방에서 연습하고 있는지 쉽게 찾아지지가 않았다. 그래서 방이란 방마다 기웃거려야 했다.

"저기 실례를……."

현철이 조심스럽게 문을 열었다. 이번엔 제대로 찾은 것 같았다.

두리가 드럼과 베이스의 반주에 맞춰 새로 나온 지하의 자작곡을 연습하고 있었다. 현철은 두리에게서 눈을 떼지 못했다. 어쩌면 저렇게 닮았을까? 혹시 현철이 알지 못하는 어머니의 먼 친척은 아닐까. 아니면 정말로 박 씨의 주장대로 어머니가 젊어진 것일까? 이런저런 생각을 하며 있는데, 갑자기 현철의 시야에서 두리가 사라졌다. 현철은 당황해서 두리를 찾았다.

그때였다. 현철의 코앞으로 슥 하고 두리의 얼굴이 나타났다.

"헉!"

현철은 기겁을 하며 엉덩방아를 찧었다. 그 바람에 그만 케이크 상자를 깔고 앉아버렸다.

"아버지?"

그때서야 아버지가 왔다는 것을 안 지하는 놀란 눈으로 현철을 쳐다보았다. 현철은 어색한 웃음을 지으며 머리를 긁적였다.

현철은 가져온 케이크를 대신해 피자를 시켜주며 두리를 찬찬히 살폈다. 두리는 그런 아들의 시선이 부담스러운지 눈을 이리저리 굴리며 딴청을 피웠다. 다른 사람은 몰라도 아들의 눈은 속이기 힘들 것 같다는 생각이 들어서였다.

"두리 씨는 고향이 어디에요?"

현철이 물었다.

"전라도요."

두리는 현철의 시선을 피하며 나직이 대답했다.

"전라도 어디요?"

현철이 집요하게 질문을 이어갔다.

"워낙에 시골이라 말해도 잘 모르실거예요."

지하가 두 사람의 대화에 끼어들었다."

"갑자기 두리 고향은 왜요?"

"아, 그냥 사투리 억양이 재밌어서. 너희 할머니 생각도 나고."

현철이 둘러댔다. 두리는 하마터면 콜라를 내뱉을 뻔한 것을 가까스로 참았다.

"맞아요. 저도 얘 첨 봤을 때 할머니 생각났어요."

지하가 맞장구쳤다.

"전에 TV에서 보니까 옛날 노래도 잘 부르던데."

현철이 다시 운을 뗐다.

"여보세요."

그때 지하가 전화를 받고 자리에서 일어났다.

"할아버지 손에 커서요."

두리가 지하를 흘끗 보며 나직이 말했다.

"너 할머니 손에 컸다며?"

옆에서 피자를 열심히 먹던 홍석이 눈치도 없이 불쑥 끼어들었다. 두리는 당황해서 얼른 둘러댔다.

"와, 왔다 갔다 했어. 두 분이 갑자기 이혼을 하셔서."

두리는 현철의 눈치를 살폈다. 아무래도 순순히 믿는 것 같지 않았다. 마음이 불안해졌다. 혹시나 아들에게 들키기라도 할까봐 가슴이 콩닥거렸다. 하지만 자리를 피할 수도 없어서 꼭 가시방석에 앉아있는 기분이었다.

"혹시, 붙들이라고 알아요?"

현철이 두리의 얼굴을 빤히 쳐다보며 물었다. 전혀 예상하지 않았던 질문이었다. 붙들이라니. 혹시 뭔가 알아차린 것은 아닐까. 두리는 두근거리는 가슴을 진정시키며 가까스로 태연함을 유지했다.

"네? 뭐라고 하셨죠? 무슨 말씀인지 잘……."

두리는 일부러 잘 못 들었다는 듯 딴청을 피웠다.

"붙들이요."

현철은 포기하지 않고 다시 한 번 물었다.

"예? 뭘 붙들어요?"

두리는 이번에도 애써 태연한 척하며 무슨 소리인지 모르겠다는 듯이 되물었다. 현철은 그런 두리를 계속 쳐다보았다. 그런데 갑자기 지하의 흥분한 목소리가 들려왔다.

"정말이요?"

무슨 일일까. 지하는 보이지도 않는 상대에게 넙죽 허리를 숙이며 인사를 하고 있었다. 뭔지는 몰라도 무척 기쁜 소식을 들은 모양이었다.

"네, 감사합니다! 감사합니다, 피디님!"

두리도 그때서야 지하를 쳐다보았다.

"됐어!"

지하가 흥분한 목소리로 소리쳤다.

"뭐가?"

두리가 물었다.

"다음 주 여름 특집 공연. 내가 만든 노래로 하래!"

"정말?"

지하가 웃으면서 고개를 끄덕였다.

"잘했네, 잘했어!"

두리가 벌떡 일어나 지하를 끌어안더니 엉덩이를 토닥였다. 그러다가 문득 현철을 의식하고 얼른 손을 떼며 말투도 바꾸었다.

"오빠! 우리 오빠 잘했네."

현철은 기뻐하는 아이들의 모습을 바라보며 설마 아니겠지, 하고 생각했다. 하지만 한번 들기 시작한 의구심은 좀처럼 사라지지 않았다.

지하의 손을 잡고 폴짝폴짝 뛰던 두리는 흘끗 현철의 눈치를 살폈다.

현철은 학교를 너무 오래 비우면 곤란하다며 자리에서 일어났다. 지하가 아버지를 입구까지 배웅했다.

'혹시, 붙들이라고 알아요?'

두리는 현철의 질문을 떠올리며 입술을 깨물었다. 언제까지 아들을 속여야 할까. 갑자기 마음이 심란해졌다.

"오빠들, 나 잠깐 나갔다 올게."

연습실을 나온 두리는 습관처럼 박 씨를 찾아갔다. 오랜만에 두리를 만난 박 씨는 반갑게 맞았다.

두 사람은 실버카페의 야외 테이블에 마주앉았다.

"그동안 어떻게 지낸 거여? 티비엔 가끔 보이더만 연락도 통 안 하고……."

박 씨가 음료수를 건네며 넌지시 물었다.

"미안해. 마음이 좀 복잡혀서……."

두리는 음료수를 손에 쥐고 힘없이 대꾸했다. 박 씨가 짚이는 게 있다는 듯 두리의 얼굴을 살피며 슬그머니 물었다.

"혹, 좋아하는 사람 생겼는가?"

"어째 그걸 바로 알어?"

두리가 깜짝 놀라 박 씨를 쳐다보았다. 박 씨가 길게 한숨을 내쉬었다.

"내가 아가씰 지켜 본 세월이 몇 년이여. 현철이 애비 처음 만났을 때, 그때랑 똑같구먼. 아가씨 눈빛이."

"별걸 다 기억하네."

두리가 의외라는 듯 중얼거렸다.

"아가씨도 그놈이 좋은 거여?"

박 씨가 다시 물었다.

"글씨, 뭐라고 하면 좋을라나. 이런 기분은 참말로 너무 오랜만이라. 나도 첨엔 이게 뭔가 했는디. 자꾸 여가 주책없이 뛰는구먼."

두리가 가슴에 손을 대며 두 뺨에 홍조를 띠었다.

박 씨는 그런 두리를 물끄러미 바라보았다. 두리, 아니 말순이 이렇게 발그레한 얼굴로 들뜬 모습을 보인 게 얼마만인가 싶다. 박 씨의 기억으로는 그 아득한 옛날, 현칠의 아버지를 만났을 때 이후로 처음인 것 같았다.

"좋아하는 거 맞네. 그놈이 부럽구먼."

박 씨가 씁쓸한 표정으로 말했다.

"누군지 알고 놈놈 하는 거여?"

두리가 제대로 알기나 하냐는 듯이 물었다.

"누구긴 누구여, 그 기생오라비 같이 생긴 피디 놈이지."

박 씨가 퉁명스럽게 대꾸했다.

"받어."

흔들리는 마음 · 267

이야기가 궁색해진 두리는 어색한 분위기를 무마해보려는 듯 들고 있던 검은 봉투를 내밀었다. 박 씨는 말없이 봉투를 열어보았다. 잘 익은 복숭아들이 들어 있었다. 박 씨는 웃는 것도, 우는 것도 아닌 묘한 표정을 지었다.

"제철이라 겁나게 달어."

두리가 딴에는 신경을 썼다는 듯이 말했다.

"고맙네."

박 씨가 나직이 대꾸했다.

"근데 옥자, 그 불여시는 어째 안 보인대? 하루라도 미국 코피를 안 마시면 입에 가시가 돋친다던 할망구가."

두리가 뒤늦게 생각났다는 듯 카페를 두리번거리며 물었다. 박 씨의 표정이 어두워졌다.

"왜 그랴, 무슨 일 있남?"

"며칠 전에 쓰러졌어. 뇌졸중이랴."

"잉? 쓰러졌다고? 우쩌다가?"

"우쩌기는 당장 내일 일도 모르는 게 우리 나이 아녀. 허기야 아가씬 이제 해당사항 없지만……."

"……."

"그랴, 이제 좋아하는 놈도 생겼응게, 가서 행복하게 살아. 평생 고생만 했잖여. 이제 자식도, 손자도 생각하지 말고. 나도 잊어버리고. 아가씨 자신만 위해서 살어."

어느덧 해가 지기 시작했다.

두리는 이미 떠나고 없는지 실버 카페의 야외 테이블에는 박 씨만 홀로 남아 우두커니 앉아있었다.

박 씨는 저녁놀을 바라보며 두리가 준 복숭아를 우적우적 씹어 먹었다. 알레르기 때문에 한손으로는 몸을 벅벅 긁으며 꾸역꾸역 복숭아를 목구멍으로 넘겼다.

"달구먼, 참말로 달어."

벌겋게 달아오른 박 씨의 두 뺨 위로 눈물이 흘러내렸다.

두리는 박 씨를 만나고 합주실로 돌아가던 길에 승우의 연락을 받았다. 마침 근처에 있다며 잠시 얼굴을 보자는 이야기에 망설임 없이 그를 만나러 갔다. 승우는 카페에서 얼마 떨어지지 않은 피크닉 파크에 있었다. 돗자리를 펼쳐놓고 손수 만든 도시락을 들고 두리를 기다렸다.

승우는 두리가 도착하자 웃는 얼굴로 맞으며 돗자리에 앉으라며 자리를 권했다. 그러고는 손수 만든 도시락을 하나하나 돗자리에 늘어놓았다. 가짓수도 많고, 일단 보기에는 군침이 돌만큼 화려한 구성의 도시락이었다.

"이걸 정말 다 피디님이 만들었어요?"

두리가 눈을 크게 뜨며 물었다. 혼자서 만들었다는 게 도저히 믿어지지 않는 모양이었다. 더구나 아무리 봐도 승우는 가정적인 이미지는 아니라고 생각했다.

"뭐 집에서 이 정돈 매일 해먹어요."

승우가 약간 뻐기는 말투로 으스댔다.

두리는 기대에 찬 표정으로 유부 초밥 하나를 집어 입안에 넣었다. 맛을 음미하며 우물우물 씹던 두리의 표정이 급변했다. 보기에만 그럴싸하지 맛은 너무 짜서 차마 예의상이라도 목구멍으로 넘길 수가 없었다.

"욱, 물!"

두리는 급하게 물을 찾았다.

"별로에요?"

승우가 눈치를 보며 컵에 물을 따라주었다. 두리는 물 컵을 낚아채듯이 가져가더니 단숨에 들이켰다. 그러고는 살았다는 듯이 숨을 크게 내쉬고는 승우를 쳐다보았다.

"아니, 정말로 이걸 매일 먹어요?"

"매일까진 아니고요."

승우는 의기소침해져서 말끝을 흐렸다.

"피디님은 손이 참 곱네요."

두리가 승우의 손을 보더니 그렇게 말했다. 침울했던 승우의 표정이 다시 밝아졌다. 의외로 아이처럼 단순한 구석이 있었다.

"칭찬이에요?"

"근데 남자손이 넘 고우면 게으르다고 하던디."

두리가 언젠가 들은 적이 있다며 승우를 흘끗 보며 말했다.

"게을러서 처자식 굶길까봐 걱정돼요?"

승우가 웃으면서 물었다.

"뭐, 피디님이야 부지런하고 사람도 건실하시니까."

"그럼 예스에요?"

"뭐가요?"

두리가 무슨 소리냐며 되물었다.

"내가 고백한 거 기억 안 나요?"

승우의 말에, 두리는 지난번의 일을 떠올리고 얼굴을 붉혔다. 승우가 귀엽다는 듯이 두리를 빤히 쳐다보며 대답을 기다렸다.

"피디님은 내가 왜 좋아요? 어려서?"

두리는 잠시 생각에 잠기더니 넌지시 물었다. 승우도 골똘히 생각에 잠겼다. 자기도 생각해보니 딱히 답을 모르겠다는 표정이다.

"글쎄요. 왜 좋지? 다 좋나?"

승우가 장난기 어린 눈으로 두리를 쳐다보았다.

"……"

무성의한 대답에 두리가 제대로 된 답을 바란다는 듯이 승우를 노려보았다. 그러자 승우가 알았다는 듯 웃으면서 말했다.

"두리 씨한테서 엄마 냄새가 나요. 얼굴도 모르는 우리 엄마 냄새요."

두리는 고개를 끄덕였다. 그럴 수도 있겠다는 생각이 들었다. 그러다가 문득 어두운 표정으로 다시 물었다.

"만약에 내 얼굴이 쭈글쭈글 주름투성이였으면, 그래도 좋아할 수 있어요?"

"두리 씨만 늙나? 그때쯤이면 내가 더 꼬부랑 할아버지일걸요?"

승우가 피식 웃어보였다.

두리는 잠시 승우를 바라보다가 그것도 틀린 말은 아니라는 듯 미소를 지어보였다. 그리고 다른 요리를 입에 넣었다. 이번에도 맛은 형편없었다. 두리는 얼른 내뱉고 나서 물을 벌컥벌컥 들이켰다.

"어디 컵라면 파는 데 없나."

승우가 너무한다는 듯이 두리를 쳐다보았다.

두리는 승우의 시선을 외면하고 정말로 라면을 사먹겠다는 듯이 매점을 찾아 두리번거렸다.

'그렇게 맛이 없나.'

승우는 고개를 갸웃하며 샌드위치를 한 입 베어 물었다. 그러더니 두리와 마찬가지로 입에 넣었던 것을 내뱉었다.

"야, 정말 내가 만든 거지만 맛이 최악이다."

승우가 멋쩍게 웃으면서 말했다. 결국 두 사람은 가까운 매점으로 찾아가 컵라면을 먹었다.

컵라면으로 저녁을 해결한 두 사람은 돗자리를 정리하고 주차장으로 향했다. 승우가 차로 연습실까지 태워주겠다고 했다. 그러자 두리가 박 씨에서 전해들은 옥자의 소식을 떠올리고는 괜찮으면 병원에 데려달라고 부탁했다. 승우는 흔쾌히 승낙하며 주차장에서 차를 가지고 나왔다.

"아쉬워요. 저녁은 좀 더 근사한 데서 대접하려고 했는데. 아, 그런데 누구 병문안 가는 거예요?"

승우가 시동을 걸며 물었다.

"아는 동생이요."

"어디가 많이 아파요?"

"며칠 전에 쓰러졌어요. 팔팔 했었는데."

"저런, 두리 씨보다 동생이면 정말 나이도 어릴 텐데……."

두리는 아무 말도 하지 못했다.

얼마 후, 두리를 태운 승우의 차가 병원 앞에서 멈추었다.

"고맙습니다."

두리는 차에서 내리며 승우에게 인사를 했다.

"저도 같이 가면 안돼요?"

승우가 따라가겠다며 은근히 고집을 피웠다.

흔들리는 마음 · 273

"동생이 상태가 많이 안 좋아서요."

두리는 난처하다는 듯이 어깨를 으쓱거렸다.

"그럼 기다렸다가 집에 태워드릴까요?"

"아니요. 시간 좀 걸릴 거예요. 피곤하실 텐데 먼저 들어가세요."

"알았습니다, 그럼."

승우는 아무리 고집을 피워도 어쩔 수 없다는 걸 깨달았는지 순순히 물러섰다. 두리는 문을 닫고 천천히 로비로 향했다.

"두리 씨!"

승우가 갑자기 두리를 불렀다. 두리는 걸음을 멈추고 뒤를 돌아보았다.

승우가 차에서 내려 두리에게 뛰어왔다. 그러더니 주머니에서 예쁜 머리핀을 꺼내 두리의 머리에 꽂아주었다.

"예쁘다."

승우가 기습적으로 두리의 이마에 입을 맞추었다.

"……."

두리는 당황해서 어쩔 줄 몰라 했다.

"들어가요."

승우는 웃으면서 손을 흔들었다.

두리는 두 뺨을 빨갛게 물들이며 황급히 돌아서서 로비로 걸음을 옮겼다. 그러다가 문득 뭔가 생각났는지 주머니에 손을 넣었다. 두리는 황급히 승우에게 달려가 손에 주머니에서 꺼낸 뭔가를 쥐어주고는 후다닥 병원 안으로 달아났다.

승우는 뭘 주고 갔나 싶어서 손을 펴보았다. 그것은 새하얀 박하사탕이었다. 승우는 피식 웃으면서 박하사탕을 입 안에 넣었다.

"역시, 독특해."

병실을 찾다가 지친 두리는 데스크로 가서 차트를 정리하고 있는 간호사에게 조심스러운 말투로 물었다.

"옥자라고 며칠 전에 입원했다고 들었는데. 제가 성까진 잘 몰라서……."

간호사는 두리를 흘끗 보더니 컴퓨터에서 입원 환자 목록을 확인했다.

"옥자, 옥자…… 아, 여기 있네요. 주옥자 환자. 어?"

순간, 간호사의 얼굴이 굳어졌다.

"왜요? 퇴원 했나요?"

두리가 물었다.

간호사는 잠시 머뭇거리더니 방금 전 두리의 말투보다 훨씬 조심스럽게 이야기했다.

"돌아가셨어요, 오늘 아침에."

"네?"

두리는 깜짝 놀라 되물었다.

"지금 뭐라고 하셨죠? 돌아가셨다고요?"

"네. 입원하실 때부터 건강이 몹시 안 좋으셨어요. 정말 유감입니다."

간호사는 무겁게 고개를 끄덕였다.

'이게 갑자기 뭔 일이랴. 옥자가 죽다니. 옥자가······.'

뜻하지 않게 옥자의 부고를 전해들은 두리는 머릿속이 복잡해졌다. 비록 티격태격하던 사이였지만 막상 옥자가 세상을 떠났다고 하니 마음 한구석이 허전하고 알싸한 통증마저 느껴졌다. 미운 정도 정이고, 그동안 함께 보낸 세월도 수십 년이었다. 생판 모르는 사람의 임종 소식을 들어도 마음이 편치 않은 게 사람 마음이다.

두리는 간호사에게 물어 장례식장을 찾아갔다.

병원 영안실로 내려가자 특유의 어둡고 침울한 분위기가 두리의 마음을 더욱 무겁게 만들었다. 장례식장은 길게 줄지어 늘어선 화환이며, 상복을 입은 가족들과 조문객들로 북적거렸다. 두리는 두리번거리며 옥자의 이름을 찾았다. 그러다가 한쪽 구석에서 말없이 소주잔을 기울이는 박 씨를 발견했다. 반가운 마음에 다가가려다가 박 씨의 표정이 너무 어두워 멀찌감치 떨어져서 말없이 바라만 보았다. 박 씨도 뒤늦게 연락을 받은 모양이었다. 검은 정장을 입기는 했지만 옷매무새가 엉망이었다.

두리는 고개를 돌려 옥자의 영정사진을 보았다. 얼마 전인가, 여권 사진을 찍었다며 보여주었던 그 사진이었다.

향불 뒤로, 영정사진 속의 옥자가 너무나 환하게 웃고 있었다.

두리는 옥자의 영정사진을 물끄러미 바라보다가 손등으로 눈물을 훔쳤다. 저렇게 갑자기 떠나버릴 줄 알았다면 따듯한 말 한마디라도 해줄 것을. 뒤늦은 후회가 밀려왔다. 두리는 한동안 옥자의 영정사진을 보다가 조용히 자리를 떠났다.

박 씨는 혼자서 소주 한 병을 모두 비운 뒤 떠나기 전에 다시 한 번 인사를 하려고 옥자의 영정사진 앞으로 왔다.

"……?"

누가 가져다 놨는지, 옥자의 영정사진 앞에 김이 모락모락 올라오는 뜨거운 아메리카노 커피가 놓여 있었다.

마지막 무대

  음악을 하는 사람들에겐 성지나 다름없는 장소 중 하나인 낙원상가.

  지하는 특집방송 출연을 위해 새로 기타를 장만하러 갔다가 가격을 좀 낮춰보겠다고 흥정에 너무 열을 올린 나머지 시간을 지체하고 말았다. 결국 원하는 가격에 맞추지도 못하고 돈은 돈대로 쓰면서 하마터면 지각까지 할 위기에 놓여버렸다.

  지하는 새로 구입한 기타를 둘러메고 허겁지겁 낙원상가를 빠져나왔다. 시계를 보니, 방송 시각까지 얼마 남지 않았다. 더구나 녹화방송이 아니라 생방송이어서 늦는다는 건 그 어떤 변명도 통하지 않는다. 전철역까지 달려가기에도 애매한 시간이라 지하는 택시를 타기로 결정하고 도로로 나갔다. 하지만 빈 택시를 잡는 것도 결코 쉽지 않았다.

  "택시!"

지하가 아무리 손을 흔들어도 빈 택시는 나타나지 않았다. 거의 대부분 승객을 태운 택시였고, 그렇지 않으면 어디를 급하게 가는지 아예 세워줄 생각도 하지 않았다. 시간이 흐를수록 지하의 속은 새카맣게 타들어갔다.

"아, 미치겠네."

지하는 시계를 보며 발을 동동 구르다가 안 되겠다 싶었는지 도로 한복판으로 뛰어들었다. 맞은편에서 달려오던 택시가 지하를 발견하고 급브레이크를 밟았다. 택시기사가 고개를 내밀더니 고래고래 소리를 질렀다.

"야, 새끼야! 너 죽고 싶어! 미친 거 아냐?"

"죄송합니다. 아저씨, 상암동에 가주세요!"

지하는 넉살 좋게 넙죽 허리를 숙이고는 택시에 올라탔다. 택시기사는 황당하다는 얼굴로 지하를 쳐다보았다.

"야, 나 밥 먹으러 가야 한단 말이야."

"에이, 그러지 말고 좀 봐주세요. 아저씨, 제가 오늘 방송출연을 하는 날이란 말이에요. 부탁드릴게요."

지하가 두 손을 싹싹 빌며 애원했다.

"방송 출연?"

택시기사는 눈을 치켜뜨며 물었다.

"네."

지하는 그렇다며 고개를 끄덕였다.

"너, 뭐 가수야?"

택시기사가 미덥지 않다는 얼굴로 물었다. 지하는 씩 웃으며 말했다.

"네, 가수에요."

특집방송을 위해 세워진 야외 특설 무대. 그 공연장 입구에는 입장을 기다리는 관람객들이 인산인해를 이루고 있었다.

무대 위에선 음향장비와 조명 세팅이 동시에 진행되느라 스태프들의 움직임이 그 어느 때보다 분주했다.

대기실에선 두리가 출연을 앞두고 메이크업을 받고 있고 그 옆에는 멤버들이 악기를 점검하고 있었다. 하지만 아직까지 지하는 나타나지 않았다. 오늘 방송을 위해서 점찍어둔 기타를 꼭 가져와야 한다고 고집을 부리는 바람에 아무도 말릴 수가 없었다. 무슨 수를 쓰든 리허설 전까지는 돌아온다고 했지만, 여태 전화 한 통 없었다.

수연이 긴장한 얼굴로 대기실로 들어왔다.

"리허설 10분 후에 시작합니다."

출연 가수들은 목을 가다듬으며 최종적으로 컨디션을 점검했다. 수연이 밖으로 나가려다가 문득 지하 밴드를 보더니 의아하다는 듯 물었다.

"리더는 안 왔어요?"

"저기……. 금방 올 거예요."

홍석이 조심스럽게 말했다.

"문제 생기면 안 되니까 어디쯤 왔는지 확인 좀 해줘요."

수연이 차가운 말투로 당부하고는 대기실을 나갔다.

"왜 늦는대?"

두리가 물었다.

"얼마 전에 기타가 맛이 가버렸거든. 그래서 예전부터 점찍어둔 기타를 이참에 사겠다고 아까 낙원상가로 갔어."

"전화는?"

"글쎄, 뭐가 바쁜지 통 받지를 않네."

두병이 고개를 저었다.

"그래도 다시 걸어봐."

두리는 두병을 다그치고는 대기실을 나갔다. 두병은 짧게 한숨을 내쉬더니 주머니에서 휴대전화를 꺼냈다.

"여보세요? 지하냐. 너 지금 어디야!"

"어, 미안. 어쩌다 보니 이렇게 됐다. 암튼 이제 다 왔어. 조금만 기다려. 10분이면 도착할 거 같아."

전화를 받은 지하가 밖을 내다보며 낙관적으로 말했다. 하지만 도로사정은 그렇게 좋아 보이지 않았다.

"10분은 힘들 거 같은데. 다 와서 막히네."

택시기사가 룸미러로 지하를 흘끗 쳐다보았다.

다급해진 지하는 밖을 두리번거렸다. 저편으로 거리에 세워진 공용 자전거들이 보였다. 지하는 뭔가 결심한 듯 입술을 깨물었다.

"야, 끊어 봐."

전화를 끊은 지하는 주머니에서 카드를 꺼내 택시기사에게 내밀었다.

"아저씨, 저 그냥 여기서 내릴게요."

요금을 지불한 지하는 도로 한복판인데도 문을 열고 택시에서 내렸다.

"어, 저기 위험해."

택시기사가 당황해서 지하를 불렀다. 지하는 그를 무시하고 주변을 살피더니 중앙선을 지나 공용 자전거를 세워둔 곳으로 달려갔다.

"아따, 그 녀석 겁이 없네."

무대 위에선 다른 밴드의 리허설이 한창이다. 그것도 평소에 지하와 밴드 멤버들이 동경해마지 않던 전설적인 밴드였다. 멤버들은 마치 사랑에 빠진 사춘기 소녀들처럼 눈을 초롱초롱 빛내며 그들의 리허설을 지켜보았다.

"야, 이게 말이 되냐? 우리가 저 형님들이랑 같은 무대에 서는 게? 두병아, 너 그거 아냐? 나 드럼스틱 처음 잡게 만든 게 저 형님들이셔."

홍석이 마른침을 꿀꺽 삼키며 말했다.

"야, 쫄지 마. 우리도 이제 같은 동료 음악인이야."

말은 그렇게 했지만 두병 역시 몸을 바르르 떨고 있었다.

"너나 떨지 마 새꺄. 아주 바닥이 다 떨린다. 무슨 인간 진동기냐. 야야, 우리도 밴드야. 긴장 떨지 마."

홍석은 과장된 목소리로 두병에게 핀잔을 주었다.

"지하 자식이 빨리 와서 이걸 봐야 되는데. 아주 미칠라 그럴 거다. 흐흐."

그때 무대 의상으로 갈아입은 두리가 승우와 함께 멤버들에게 다가왔다.

"지하랑 통화했어?"

두리가 물었다.

"어. 다 왔다 그랬는데."

홍석이 고개를 끄덕였다.

"새끼 끝까지 지만 스타야."

옆에서 두병이 불만스럽다는 듯이 구시렁거렸다.

"안 되겠다. 리허설은 일단 너희들끼리 가자."

승우가 시계를 보더니 멤버들의 등을 떠밀며 말했다.

"아, 미치겠네. 거기, 비켜요! 비켜!"

기타를 등에 맨 지하가 자전거를 타고 차도와 인도를 오가며 미친 듯이 페달을 밟았다. 인도에 행인이 북적거리면 차도로 나가고, 다시 차도가 막힌다 싶으면 인도로 올라갔다. 위험하기 짝이 없는 곡예주행이었지만 시간이 너무나 촉박해서 지하도 어쩔 수가 없었다.

 이미 약속한 시간을 한참이나 넘겼다. 리허설은 포기하더라도 생방송까지 놓칠 수는 없었다. 지하는 스마트폰을 핸들에 묶고 내비게이션 삼아 지름길을 찾아다니며 열심히 달렸다.

 앞쪽에서 오토바이 한 대가 경적을 울리며 달려왔다. 비키지 않으면 그대로 받아버리겠다는 기세였다. 지하가 당황하여 우물쭈물하는 사이에 오토바이는 스치듯이 빠르게 자전거를 지나갔다.

 "야, 쌍놈의 새끼야! 똑바로 보고 다녀!"

 오토바이에 탄 남자가 뒤를 돌아보며 지하에게 고래고래 욕설을 퍼부었다.

 "너나 똑바로 해, 짜샤!"

 지하도 굴하지 않고 그 남자에게 욕을 해주고는 다시 힘차게 페달을 밟았다.

 한 블록쯤 앞에 예식장건물이 보였다. 주말이라 그런지 예식장을 찾은 하객들로 도로가 북적였다. 안전을 고려하면 당연히 인도로 달려야 하겠지만 이대로라면 걷는 게 빠를지도 몰랐다.

'갈수록 태산이라더니······.'

지하는 혀를 차고 다시 차들이 쌩쌩 달리는 차도로 내려갔다.

두 블록 정도를 지나자 멀리서 희미하게 음악소리가 들려왔다. 공연장이 가까워졌다는 신호였다. 지하는 회심의 미소를 지으며 더욱더 힘차게 페달을 밟았다. 이제 조금만 가면 생방송엔 시간을 맞출 수 있을 것이다.

'거의 다 왔구나!'

그때 스마트폰 내비게이션에 지름길이 표시되었다. 우측의 골목으로 빠져나가면 거의 5분 정도를 단축할 수 있다는 정보였다.

'좋았어!'

지하는 속으로 쾌재를 부르며 힘차게 핸들을 꺾어 골목으로 들어가 30미터 남짓한 골목길을 단숨에 돌파했다. 그리고 막 골목길을 빠져나와 다시 차도로 진입하려는데, 갑자기 귓전을 때리는 경적소리와 함께 트럭이 정면에서 튀어나왔다.

승우는 중계차량 안에서 카메라 화면들을 체크하며 초조한 얼굴로 시계를 확인했다. 뒤에서 수연도 계속해서 전화를 걸고 있었다.

"아직도 안 받아?"

승우가 물었다. 수연은 승우를 흘끗 보더니 다시 전화를 걸었다.

"여보세요? 지하니?"

승우가 그 소리에 뒤를 돌아보았다.

"받았어? 어디래?"

"선배."

수연이 굳은 얼굴로 승우를 쳐다보았다.

"왜 그래? 지하가 아냐?"

"사고가 있었대."

"사고? 무슨 사고? 무슨 말이야. 알아듣게 말을 해봐. 지금 전화 받은 사람, 지하 아니었어?"

승우가 다그치듯이 물었다. 수연은 고개를 저었다.

"아냐, 지하. 구급대원이었어."

"구급대원? 그게 무슨 소리야. 왜 구급대원이 전화를 받아. 너 지하한테 전화를 건 거 아니었어? 근데 왜……."

"지하가 많이 다쳤나봐."

"뭐라고?"

공연장 인근의 6차선 도로에 차들이 오도 가도 못하고 줄지어 서 있었다. 트럭이 비스듬하게 사선으로 중앙선을 침범한 채 멈춰있고, 저만치에 종잇장처럼 구겨진 자전거가 내동댕이쳐 있었다.

순찰차에서 내린 경찰관들이 경봉을 흔들며 차량통제에 나서자 연락을 받고 달려온 구급차에서 구급대원들이 내렸다. 구급대원들은 들것을 가져와 바닥에 쓰러진 지하를 구급차로 옮겼다.

"서둘러! 의식이 없어."

"이거 무슨 소리야? 벨소리 같은데?"

"저기 자전거에서 나는 소리잖아."

"야, 가서 받아봐."

구급대원 하나가 자전거 핸들에 묶어둔 스마트폰을 꺼내 전화를 받았다.

"여보세요? 누구라고요. 아, 전화 주인이 지하라는 사람이군요. 지금 전화를 받을 수가 없습니다. 그게 그러니까……."

"선배, 이제 다음이야. 결정해야 돼."

수연이 재촉하듯이 말했다.

승우는 리더를 잃은 지하의 밴드를 돌아보았다. 두병은 침통한 얼굴로 앉아있고, 흥석은 드럼스틱을 끌어안고 흐느끼고 있었다. 두리는 완전히 넋이 나간 얼굴로 멍하니 천장만 바라보고 있었다.

"아무래도 오늘 공연은 무리겠다. 일단 병원에 가봐."
"그래. 우리 빨리 병원부터 가보자."
두병이 말했다.
"나도 여기 일 끝나는 대로 바로 갈게요."
승우가 두리에게 말했다.
"다들 기다려."
두리가 대기실 밖을 나가려는 멤버들을 불러 세웠다. 멤버들이 무슨 일이냐며 돌아보자 두리가 결연한 표정으로 말했다.
"노래하자."
"뭐?"
"우리 노래하자. 노래하고 가자."
홍석과 두병은 무슨 소리를 하고 있냐는 듯 두리를 빤히 쳐다보았다.
"노래를 부르고 가자고. 그리고 가서 지하한테 얘기해주자. 니 노래 끝내줬다고."
두리의 말에 멤버들은 어리둥절한 얼굴로 서로를 쳐다보았다.
"사람들에게 들려주자. 지하가 만든 노래를."
두리는 다시 한 번 목소리에 힘을 주어 말했다. 그제야 홍석과 두병도 고개를 끄덕였다. 두리는 승우를 돌아보더니 무대에 올라가겠다고 말했다.

"할게요, 노래."

"정말 괜찮겠어요?"

승우가 걱정스럽게 물었다. 두리는 힘차게 고개를 끄덕였다.

"네."

"선배……."

수연이 승우를 불렀다.

"알았어요. 그럼 불러요, 노래. 수연아, 부탁 좀 하자. 아까 리허설에서 기타를 맡았던 세션, 다시 불러와. 일단 방송부터 하고 보자."

승우가 완곡하게 부탁하자, 수연은 못 말리겠다는 듯이 고개를 가로저었다.

"후우, 내가 졌다. 알았어."

수연이 세션을 부르러 대기실을 나갔다. 승우는 다시 두리를 보고 말했다.

"이제 두리 씨 차례에요. 가서 노래를 불러요. 가서 지하가 만든 노래가 얼마나 훌륭한지 세상 사람들에게 들려주세요."

"네!"

사회자가 힘찬 목소리로 반지하 밴드를 호명했다.

두리와 멤버들은 우레와 같은 박수와 환호를 받으며 천천히 무대 위로 올라갔다. 지하를 대신한 기타 세션도 조용히 자리를 잡았다.

두리는 천천히 객석을 둘러보았다. 빈자리를 찾을 수 없을 만큼 객석을 가득 메운 수천의 관객들이 환호하며 다시 한 번 열화와 같은 박수를 보냈다.

중계차로 돌아간 승우가 인 이어로 시작해도 좋다는 시그널을 보냈다. 핀 조명이 두리를 비추었다.

지하의 대타로 나선 기타 세션이 연주를 시작했다. 지하가 심혈을 기울여 만든 자작곡이었다. 경쾌하면서도 밝은 느낌의 멜로디였다. 이어서 드럼과 베이스의 합주가 가세하자 객석의 관람객들이 어깨를 들썩거리기 시작했다.

전주가 끝나고 두리가 노래를 부르기 시작했다. 천천히 리듬을 타기 시작한 두리는 가녀린 체구가 무색하게 할 정도로 엄청난 에너지를 발산하며 무대 위를 누비고 다녔다. 그야말로 온몸이 부서져라 미친 듯이 뛰어다녔다. 그리고 거기에 못지않은 폭발적인 가창력으로 객석을 압도했다. 마치 광야를 질주하는 한 마리 야생마처럼 보였다. 이전에 노래를 부를 때와는 완전히 다른 분위기였다.

점점 분위기가 최고조에 이르자, 승우가 무대효과 팀에게 신호를 보냈다. 무대 위로 폭죽이 터지면서 형형색색의 레이저 조명들이 객석과 무대를 동시에 비추었다. 두리는 음악에 몸을 맡기며 최선을 다해 노래를 불렀다. 머리 위에서 번쩍거리는 불빛들이 지난여름의 꿈만 같았던 일들을 다시금 떠올리게 만들었다.

처음 사진관을 나와 모습이 바뀐 것도 모르고 버스에서 만난 아이들을 야단쳤던 일, 약국에서 승우와 마주쳤던 기억, 그토록 사고 싶었던 옷들과 구두를 맘껏 입었던 기억, 손자가 꿈을 이룰 수 있도록 도움을 주었던 일, 늘 변치 않는 모습으로 곁을 지켜주던 박 씨의 마음을 새삼 확인했던 일, 그리고 50년 만에 새로운 사랑을 만나 가슴이 두근거렸던 일까지…….

불과 몇 달 사이의 일들이었지만 두리에겐 너무나 마법과도 같은 소중한 시간들이었다.

"와아아!"

드디어 노래가 끝났다.

무대 위를 열정적으로 뛰어다니던 두리는 동작을 멈추고 숨을 몰아쉬었다. 조명이 환해지며 두리와 밴드 멤버들을 비추었다. 객석에선 관중들의 함성이 쏟아져 나왔다. 기립박수가 끊이지 않았다.

경험이 풍부한 현장 스태프들도 어리둥절할 정도로 열광적인 반응이었다. 두병과 흥석은 해냈다는 생각에 감격한 나머지 서로 부둥켜안고 눈물을 글썽였다. 대타로 참여한 기타 세션마저도 분위기에 휩쓸려 벅찬 표정을 지었다. 중계차에서 나와 두리를 지켜보던 승우의 얼굴에도 미소가 떠올랐다.

두리는 숨을 몰아쉬며 환호하는 관객들을 벅찬 표정으로 바라보았다. 속이 후련했다. 그만큼 최선을 다한 무대였다. 두리는 눈물을 글썽이며 관객들에게 손을 흔들었다. 관객들도 환호하며 두리의 이름을 불렀다.

'이제 정말 여한이 없구먼.'

"다들 수고했어. 정말 최고의 무대였어. 어? 그런데……."

방송 순서를 모두 마치고 대기실로 들어온 승우는 멤버들을 격려하다가 문득 누군가가 보이지 않는다는 생각에 주위를 두리번거렸다. 두리가 없었다.

"두리는?"

승우가 물었다.

"무대 내려오자마자 병원으로 갔어요. 저희도 이제 가려고요."

홍석이 말했다.

승우는 무슨 까닭에선지 불길한 예감에 휩싸였다. 이유는 모르겠지만 이대로 두리를 영영 볼 수 없을 것만 같다는 느낌이 들었다. 이유를 알 수 없으니 더욱 불안하기도 했다. 그리고 언제나 불길한 예감은 틀린 적이 없다는 것도 알고 있었다.

"병원이 어디라고 그랬지?"

내가 돌아가야 할 곳은

　수술실 앞에 현철과 가족들이 초조한 얼굴로 결과를 기다리고 있었다. 애자는 두 손을 꼭 쥐며 아들이 무사하기를 기도했다. 늘 동생과 티격태격하던 하나도 똑같은 마음이었다. 연락을 받고 달려온 박 씨도 지하의 수술이 성공적으로 끝나길 간절히 빌었다.
　그때 갑자기 수술실에서 간호사가 뛰어나왔다.
　"Rh 마이너스 AB형! 혹시 가족 분들 중에 환자하고 혈액형 같은 분 없으세요?"
　현철의 가족들은 어리둥절해 하며 간호사를 쳐다보았다.
　"수혈할 혈액이 부족해요."
　간호사가 말했다. 애자는 낮게 신음하더니 추궁하듯이 물었다.
　"왜, 피가 없나요? 무슨 병원에 피가 없어요."
　간호사는 난감한 얼굴로 자초지종을 설명했다.

"오늘따라 응급수술이 몰려서요. 지금 저희 병원에 남은 게 얼마 없어요. 다른 병원에도 알아보고 있는데 워낙 급해서요. 가족 분들 중에 혹시 없으세요?"

애자는 말문을 잃고 그대로 털썩 주저앉았다. 현철은 입술을 깨물었다. 마음 같아서는 자기 피를 수혈해주고 싶었지만 안타깝게도 혈액형이 달랐다.

"할머니!"

하나가 손뼉을 치며 소리쳤다. 애자와 현철, 두 내외가 서로를 쳐다보았다.

"지하랑 할머니랑 똑같잖아."

하지만 불행히도 말순의 행방을 아는 사람이 아무도 없었다. 애자는 절망감에 휘청거렸다.

"엄마!"

하나가 급히 애자를 부축했다.

"우리 지하, 이제 어떡하니."

애자가 실성한 사람처럼 중얼거렸다. 낙담한 현철이 입술을 질끈 깨물었다.

"아무도 없으세요? Rh 마이너스 AB형인 분이?"

간호사가 다시 물었다. 그때였다.

"내가 그 피에요."

다들 깜짝 놀라 뒤를 돌아보았다. 얼마나 달려왔는지 두리가 땀에 젖어 숨을 몰아쉬고 있었다.

"지하랑 같은 피. 내가 그거에요. Rh 마이너스 AB형."

박 씨가 두리의 손을 잡고 비상계단으로 끌고 갔다.
"여긴 왜 왔어요? 지금 뭔 생각을 하는 거예요."
두리는 박 씨의 손을 뿌리치며 다시 수술실로 가려고 했다.
"내 손자, 우리 지하……."
박 씨가 두리를 붙잡았다.
"잊었수? 피 빼면 다시 늙어버리잖여. 다시 원래대로 되잖여. 늙은 게 뭐가 좋다고 돌아와? 쭈글쭈글한 얼굴에, 냄새나는 몸뚱이가 뭐가 좋다고 돌아와? 곱디곱던 아가씨를 쭈그렁할머니로 만든 세월이 밉지도 않아?"
"나 가야 돼."
두리는 단호하게 말하며 박 씨를 다시 뿌리쳤다. 그러자 박 씨가 울컥해서 언성을 높였다.
"그렇게 되고 싶던 가수 되니까 재미있다며! 그놈 때문에 가슴도 뛴다며!"
"……."
"그런데 왜!"
두리는 눈시울을 붉히며 절규하는 박 씨를 물끄러미 바라보더니 천천히 계단을 올라갔다. 계단을 다 올라가고 문으로 들어서려는데 그 입구에 현철이 서 있었다. 두리는 애써 태연한 얼굴로 현철에게 다가갔다.

"빨리 수혈하러 가요."

"하나만 다시 물을게요."

현철이 말했다. 두리는 걸음을 멈추고 현철을 쳐다보았다.

"혹시, 붙들이라는 아이 알아요?"

지난번과 똑같은 질문이었다. 이번에는 두리도 태연할 수 없었던지 눈동자가 흔들렸다.

"알아요?"

현철이 다시 물었다. 두리는 어떻게든 참아보려고 했지만 아들 앞에서 만큼은 자기감정을 속일 수가 없었다. 자기도 모르게 눈물 한 방울을 흘렸다. 현철은 두리의 눈가에 맺힌 눈물을 보고 지난 며칠 동안 품었던 의문의 해답을 찾은 기분이었다.

"예전에 남편도 없이 갓난쟁이를 키우던 젊은 여자가 있었어요."

현철은 두리를 보며 담담하게 말을 이었다.

"그러다 그 갓난쟁이가 병이 났는데 도통 낫지를 않아서 하루에도 몇 번씩 목숨 줄을 놓으려고 했죠. 그런데 그 엄마는 너무 가난해서 해줄 수 있는 게 아무 것도 없어서……. 그래서 아이만 끌어안고 눈물로 불렀어요. 붙들아, 붙들아, 붙들아, 목숨 줄을 붙들어라. 제발 목숨 줄을 붙들어다오."

차분히 이야기하던 현철의 눈에서 눈물이 흘렀다. 두리의 눈에서도 눈물이 뺨을 타고 흘러내렸다. 두리는 손등으로 눈물을 훔치고는 다시 재촉하듯이 말했다.

"빨리 가요. 이럴 시간 없잖아요."

두리가 다시 수술실로 걸음을 옮기려는데 현철이 두리의 팔을 붙잡으며 나직하게 불렀다.

"어머니."

두리가 현철을 돌아보았다.

"저기……."

"내 아들은 내가 어떻게든 살릴 테니까……."

현철은 목이 메여 제대로 말을 잇지 못했다. 그래서 침을 꿀꺽 삼키고는 힘겹게 말을 이었다.

"가세요, 제발. 가서 시래기도 주워다 먹지 말고, 비린내 나는 생선도 팔지 말고, 남의 국밥집에서 비법을 훔치다가 못난 자식새끼 하나 키우겠다고 아귀처럼 살지 말고, 명 짧은 남편도 얻지 말고……."

"아니, 나는 다시 살아도, 똑같이 살란다."

두리가 현철의 눈물을 닦아주며 희미한 미소를 지었다. 마치 지난 삶을 후회하지 않는다는 듯이, 그렇게 살아왔어도 만족한다는 듯이.

내가 돌아가야 할 곳은 · 299

"나는 말이여, 아무리 힘들어도 하나도 다름없이 똑같이 살란다. 그래야 내가 니 엄마고. 그래야 니가 내 자식일 테니까. 안 그러냐, 붙들아……."

"엄니……."

현철이 기어이 참지 못하고 울음을 터뜨렸다. 두리는 말없이 현철을 안아주었다.

"가자, 얼른. 우리 손자 살리러, 니 아들 살리러 말이다."

"어머니……."

"그랴, 그랴, 니 맴 다 안다, 다 알어."

잠시 후, 두리는 수혈을 위해 옷을 갈아입고 이동식 침대에 누웠다.

그렇게 가족들에게 둘러싸여 엘리베이터를 기다리고 있는데 어떻게 알고 왔는지 저만치에 승우가 서 있는 게 보였다. 불안한 얼굴로 주변을 두리번거리는 것으로 보아 두리를 찾고 있는 것 같았다.

두리는 슬픈 눈으로 승우를 쳐다보았다. 그러다가 승우가 이쪽을 쳐다보자 얼른 고개를 돌렸다. 다행히도 승우는 두리를 보지 못한 것 같았다. 다시 주위를 두리번거리다가 반대편으로 달려갔다. 돌아누운 두리의 눈시울이 붉어졌다.

'안녕, 잘 가요. 고마웠어요.'

이윽고 두리는 수술방으로 들어갔다. 옆에는 마취상태로

잠들어있는 지하가 있었다.

간호사가 능숙한 솜씨로 두리의 팔목에서 혈관을 찾아 바늘을 찔러 넣었다. 튜브를 통해 두리의 피가 지하에게 흘러들어갔다.

두리는 천천히 눈을 감았다. 까만 머리에는 숭우가 선물한 머리핀이 그대로 있었다. 서서히 머리핀 주위의 검은 머리카락들이 하얗게 물들어가기 시작했다. 두리의 눈가에 맺힌 눈물이 쭈글쭈글하게 변하기 시작한 뺨을 타고 흘러내렸다.

'재미나고 좋은 꿈을 꿨어. 참말로 재미나고 좋은 꿈이었구면.'

두리, 아니 오말순 여사는 입가에 기분 좋은 미소를 띠었다. 그리고 비로소 깨달았다. 결국 자기가 돌아가야 할 곳은 가족들 곁이라는 사실을.

다행히도 너무 늦게 깨닫진 않았다.

에필로그

그로부터 1년 후.

새롭게 론칭한 음악방송 〈위크엔드 뮤직 파워〉 공개홀. 무대 위로 하얀 조명이 쏟아지자, 방청석에서 환호성이 터져 나왔다. 곧이어 지하와 멤버들의 연주가 시작됐다. 일 년 전에 두리가 불렀던 지하의 자작곡을 새로운 스타일로 편곡한 곡이었다.

민소매를 입은 홍석이 일 년 새 열심히 운동해서 만든 우람한 팔 근육을 자랑하며 격렬하게 드럼을 쳤다. 한껏 멋을 낸 두병도 눈을 감고 연주에 집중했다. 두 사람이 분위기를 한껏 달아오르게 하자, 멋지게 차려입은 지하가 분위기를 잡으며 기타 연주로 공연장 열기를 최고조로 끌어올렸다. 그리고 마지막으로 등을 보이고 서서 노래를 부르는 보컬.

얼핏 들으면 두리의 목소리와 흡사했다.

"아유 레디? 지금부터 신나게 놀아볼까요?"

보컬이 객석을 향해 외치며 돌아섰다.

지하 밴드의 새로운 보컬은 바로 지하의 누나이자, 말순의 손녀인 하나였다. 방청석은 열광의 도가니로 바뀌었다.

객석은 바나나를 흔들어대며 "바나나! 바나나!"를 외치는 남학생들과 "반지하! 반지하!"를 연호하는 여학생들로 나뉘었다고 해도 과언이 아니었다. 다른 가수들의 팬클럽은 기를 펼 수 없을 정도로 반지하 밴드의 팬클럽들이 객석을 장악하고 있었다. 그리고 그 아이들 틈바구니에 팬클럽 티셔츠를 챙겨 입은 말순과 애자, 그리고 현철의 모습도 보였다.

환호하며 일어서는 아이들을 따라서 세 사람도 함께 풍선을 흔들며 환호성을 질렀다. 특히 말순이 가장 열정적이었다.

"잘 헌다, 내 새끼들!"

"왜 어머니 새끼에요, 제 새끼지."

말순의 말이 끝나기가 무섭게 애자가 툭 쏘아붙였다. 중간에 낀 현철은 또 시작이냐며 짧게 한숨을 내쉬었다.

"쟤들이 그럼 누굴 닮아서 저렇게 노래를 잘 하겠냐? 에미, 너는 음치 아녀."

말순이 콧방귀를 뀌며 말했다.

"어머니 배 아파서 낳은 자식은 이 사람이고, 쟤들은 제 배에서 나왔거든요."

애자는 굴하지 않고 꿋꿋하게 자기주장을 펼쳤다. 현철은 졌다는 듯이 두 손을 들었다.
"잘한다! 내 새끼들!"

지하 밴드의 순서가 끝나자 기다렸다는 듯이 화장실을 찾은 애자와 말순. 두 사람은 나란히 세면대에 서서 손을 씻었다.
"그 새끼가 그 새끼지 뭘 따지고 그랴?"
말순이 손을 씻으며 툭 내뱉었다.
"어머님도 아들 가진 유세 평생 하셨잖아요."
애자가 말했다.
"얘 좀 봐라. 이제 할 말 따박따박 다 하네."
말순이 애자를 보며 슬쩍 눈을 흘겼다. 하지만 언짢아 보이진 않았다. 오히려 장난기가 가득한 눈빛이었다.
"어머니, 저도 이제 꺾어진 백 살이에요."
애자는 여전히 굴하지 않고 고개를 빳빳이 세우며 말했다.
"너, 환갑 넘으면 아예 친구 먹자고 하겠다?"
말순이 눈을 크게 뜨자, 애자는 능청스럽게 웃으며 되물었다.
"저 환갑 때까지 사시게요?"
"왜? 벽에 똥칠할까 겁나냐?"
애자와 말순은 서로 쳐다보다가 결국 풋 하며 웃음을 터뜨렸다. 그렇게 한바탕 웃고 나서 두 사람은 사이좋게 화장실에서 나왔다.

　다시 공개홀로 향하던 중에 말순이 갑자기 뭔가를 봤는지 우뚝 멈추어 섰다. 앞서 걷던 애자가 돌아보더니 고개를 갸웃거렸다.

　"안 들어가세요?"

　"먼저 들어 가 있어."

　말순이 먼저 가라며 손짓을 했다. 말순의 속을 알 리 없는 애자는 고개를 갸우뚱하며 혼자 출입문을 열고 들어갔다.

　말순은 애자가 들어가는 것을 확인하고는 조용히 복도 쪽으로 고개를 돌렸다. 그곳에 승우와 수연이 이야기를 나누고 있었다.

　말순은 기둥으로 다가가 몰래 숨어 승우를 훔쳐보았다. 무슨 이야기를 그리 즐겁게 하는지 승우는 시종 웃는 얼굴을 하고 있었다. 그런 승우를 상대하는 수연의 모습도 무척 행복해 보였다. 잘은 모르지만 그사이에 두 사람의 관계에 변화가 있었던 것 같다.

　'잘 지내나보구먼. 참말로 다행이네.'

　행복한 표정으로 커피를 마시는 승우의 잘생긴 옆얼굴을 말없이 바라보던 말순의 입가에 엷은 미소가 떠올랐다.

　승우도 그런 말순의 시선을 느꼈는지 말순이 있는 쪽으로 고개를 돌렸다. 수연도 승우를 따라 고개를 돌렸다. 하지만 두 사람 모두 말순을 알아보지 못했다.

 승우는 의아한 얼굴로 말순을 바라보다가 문득 말순의 머리핀에 눈길을 주었다. 그것은 승우가 두리에게 주었던 그 머리핀이었다. 승우는 잠깐 동안 그 머리핀을 바라보다 다시 수연에게 고개를 돌렸다. 수연이 웃는 얼굴로 승우를 바라보고 있었다.

 두 사람의 웃음소리를 들으며 말순은 조용히 걸음을 옮겼다.

*****

늦은 저녁. 스쿠터를 타고 귀가하던 박 씨는 화장품 면세점을 지나가다 뭔가를 발견하고 브레이크를 밟았다. 박 씨는 스쿠터를 세우고 안장에서 내려와 헬멧을 빗었다. 면세점 뒤편에 처음 보는 허름한 사진관이 있었다. 박 씨는 요즘도 저런 사진관이 있나 싶어서 호기심 가득한 눈으로 천천히 다가갔다.

 그런데 가까이 갈수록 자꾸만 이상한 생각이 들었다. 지난 수십 년 동안, 이 근방을 수시로 다녔지만 단 한 번도 본 기억이 없는 사진관이었다. 박 씨는 고개를 갸웃거리며 조심스럽게 걸음을 옮겼다.

 어느덧 의구심은 눈 녹듯 사라지고, 대신에 호기심만 왕성해졌다. 사진관 쇼윈도 안을 들여다보니 왕년의 허리우드 스타, 제임스 딘의 사진이 걸려 있었다. 박 씨는 뭔가 퍼뜩 생각났는지 고개를 들고 황급히 사진관 간판을 보았다. 거기에는 이런 문구가 쓰여 있었다.

'청춘 사진관'

말순은 여느 때와 같이 실버 카페로 출근하기 위해 양산을 쓰고 정거장에서 마을버스를 기다렸다. 까르르 웃음소리가 들려 고개를 돌리니 한 무리의 여고생들이 뭐가 그리도 재미있는지 깔깔거리며 걸어오고 있었다. 말순은 지난 기억을 떠올리며 여고생들을 흐뭇하게 바라보았다. 하지만 예전처럼 부럽다는 생각은 들지 않았다.

이때 어디선가 대형 오토바이 한 대가 쏜살같이 달려와 끼이익 하는 브레이크 소리와 함께 멋지게 반원을 그리며 말순의 앞에 섰다. 말순이 황당하다는 얼굴로 쳐다보았다. 굳이 얼굴을 확인하지 않아도 누군지 알고 있었기 때문이다.

"오메, 늙은 곰이 재주가 늘었구먼."

말순이 피식 웃었다.

박 씨는 헬멧도 벗지 않고 딴에는 멋을 부려가며 손가락으로 말순을 가리킨다. 그걸 보고 옆에서 여고생들이 키득거렸다. 예전의 박 씨를 기억하고 있는 듯했다. 말순은 낯 뜨겁다는 듯이 박 씨에서 눈짓을 보냈다. 하지만 박 씨는 거기에 굴하지 않고 천천히 헬멧을 벗었다.

갑자기 낄낄거리던 여고생들이 탄성을 질렀다.

헬멧 속에서 드러난 얼굴은 늙은 박 씨가 아니라 순정만화 속에서 툭 튀어나온 것 같은 완벽한 꽃미남이었다.

"워뗘? 후달려?"

생전 처음 보는 꽃미남 청년이 말순을 보며 윙크했다. 그 표정이 어디선가 많이 봤다는 생각이 드는 순간, 말순은 직감처럼 꽃미남의 정체를 알아차렸다.

"박 씨?"

그러자 꽃미남 청년이 다시 헬멧을 쓰고 나서 장미꽃을 내밀었다. 말투로 보나, 행동거지로 보나 틀림없는 박 씨였다.

"맛네, 맞어."

말순이 머뭇거리자, 박 씨는 손가락으로 등 뒤를 기리키며 호기롭게 외쳤다.

"타!"

말순은 잠시 망설이다가 부러움과 시기어린 여고생들의 시선을 한 몸에 받으며 뒷좌석에 올라탔다. 뒤에서는 버스가 빨리 출발하라며 경적을 울려댔다.

박 씨는 말순을 태우고는 여고생들에게 윙크를 날리며 바이크를 출발시켰다. 그러자 육식동물처럼 포효하며 말순을 태운 바이크가 무서운 속도로 질주하기 시작했다.

"어떠케 된 거여? 그 사진관을 찾은 거여?"

"사진사 양반 인상이 좋드만."

박 씨의 대답에서 모든 걸 알 수 있었다.

"이제 어쩔 거여? 집에는 워떠케 들어가고?"

말순이 걱정스럽게 물었다. 이미 자신은 겪어본 일이라 남의 일처럼 받아들여지지 않았다. 하지만 박 씨는 별로 걱정스럽지 않은 모양이었다.

"그 컴컴한 집엔 뭐 하러 들어가? 난 이제 자유여. 이 두 바퀴와 기름 값만 있으면 세상 어디도 갈 수 있어."

박 씨는 자기가 무슨 청춘영화의 주인공이라도 되는 것 마냥 한껏 폼을 잡았다.

"괜히 들떠서 사고치지 말고 당장 헌혈이나 하러 가장께."

말순이 혀를 차며 말했다.

"왜? 내가 젊어지니까 불안혀? 젊은 여자랑 도망갈까 봐?"

갈수록 가관이었다.

"허이고, 별 호랑말코 같은 소릴 다 듣겠구먼."

"말은 그렇게 해도 쪼까 후달리긴 후달리나 보구먼?"

"흠, 흠, 근디 박 씨, 복숭아 알러지 있다며?"

말순이 이제야 생각났다며 박 씨에게 물었다.

"그건 어찌 알았댜?"

"우째 알긴. 나영이가 그러더만. 근디 워째 그걸 다 받아 먹었댜? 미련하게."

"그거이 진정한 남자의 사랑이라는 거여!"

박 씨가 껄껄 웃더니 경적을 요란하게 울려댔다. 말순도 신이 나서 소리를 질렀다.

"오빠, 달려!"

"시방, 오빠라고 했는감?"

"왜, 듣기 싫여?"

"아니 우째 손해 보는 거 같구먼. 나야 지금은 꽃미남인디 쭈그렁 할망구한테 그런 소리를 들으면 뭔가 이상하잖여."

"뭐여, 젊어지자마자 관 짜고 싶은감?"

"아녀. 농담이여, 농담. 거, 들으니까 정말 좋구먼. 다시 해 보드라고, 오빠 소리."

박 씨가 호탕하게 웃으면서 말했다. 말순은 짐시 망설이더니 박 씨의 귀에 대고 나직하게 속삭였다.

"오빠……."

"으메, 좋은 거. 다시 한 번만……."

"고마혀. 고 방정맞은 주둥이를 확 찢어불기 전에."

- END -

신동익

1993 동국대학교 국어국문학과 졸업

수상   2012 콘텐츠진흥원 '신화창조' 스토리 공모대전
　　　　대상수상 '반인전'

집필   1993 시트콤 '오박사네 사람들' 서울방송
　　　　1994 시트콤 '오경장' 서울방송
　　　　1995 수목드라마 '좋은 걸 어떡해' 서울방송
　　　　1996-1997 시트콤 'L.A아리랑' 서울방송
　　　　1997 시트콤 '아빠는 시장님' 서울방송
　　　　1997 시트콤 'O.K 목장' 서울방송
　　　　1998 시트콤 '미스 & 미스터' 서울방송
　　　　1998-1999 시트콤 '남자 셋 여자 셋' 문화방송
　　　　1999 시트콤 '나 어때' 서울방송
　　　　2000 일요아침시트콤 'L.A아리랑' 서울방송
　　　　2001 시트콤 '순풍 산부인과' 서울방송
　　　　2002 일요드라마 '메디컬 센터' 서울방송
　　　　2003 시트콤 '동물원 사람들' 한국방송
　　　　2004 시트콤 '형사' 서울방송
영화   2004 영화 '돌려차기' 씨네 2000
　　　　2005 영화 '마음이' 화인웍스
　　　　2006 영화 '식객' 쇼이스트
　　　　2007 영화 '내 사랑' 오존필름
　　　　2009 영화 '식객2' 김치전쟁 이룸영화사

2011 영화 '글러브' 시네마서비스
2013 영화 '수상한 그녀' (주)예인플러스
영화 '투포졸' 시네마서비스

홍윤정

1991 이화여자대학교 국어국문학과 졸업 (교직 이수)

수상 1989 이화여대 교지 소설부문 가작
1990 이화문화상 소설부문 가작
1999 방송작가협회 교육원 드라마부문 신인상

경력 1991 CBS 라디오 '사랑의 꽃다발' 리포터
1991~1994 신동아화재 홍보팀 사보편집자
1995~1997 서울〈청송학원〉국어교사
2002~2004 강제규필름 전속작가

작품 2000 KBS 시트콤 반쪽이네
2002 파 송송 계란 탁(굿 플레이어) 개발 참여
보리울의 여름(MP)각색
2003 KBS 드라마시티 엄마의 첫사랑
2003 SBS 드라마 남과 여 꼬맹아 사랑해
2004 KBS HDTV 문학관 역마 / 메밀꽃 필 무렵
2006 더 드림 앤드 픽처스 최강로맨스
2008 OCN movie 색다른 동거 / 성 발렌타인
2009 애니메이션 보글보글쿡 (MBC 방송)
2010 더드림앤드픽처스 반창꼬
2011 감독의 집 세기의 연인
2012 히즈엠티 블랙가스펠
2014 예인플러스 수상한 그녀

출판 경력 이익순 자서전 〈아버지와 아들의 격변 한세기〉
여원미디어 탄탄원리과학 〈우리 몸의 신호등〉,
〈나를 따라 오지 마〉
여원미디어 탄탄한자동화 〈호가호위〉
여원미디어 탄탄 자연속으로 〈내 별명이 최고야〉,
〈연두에게 따져보자〉
히즈엠티미니스트리 〈블랙가스펠〉

그 외 문화재청 스마트폰 어플리케이션 창덕궁이야기 원고
육군본부 자랑스런 대한민국 원고
독립기념관 웹툰 대한민국임시정부 원고
환경부 지속가능발전 이야기 원고

동희선

성심여대(현 카톨릭대학교) 국사학과 졸업 (교직이수)
1996. 9. 국민대학교 국사학과 석사과정 졸업

수상   2000 SBS TV 문학상 우수상 수상 '궁중애'

경력   한국시나리오작가협회 전 과정 이수 (1998)
　　　　창문여자고등학교 교사(세계사) (99~2000)
　　　　강제규 필름 전속작가 (2001 ~ 2003)

작품   1996 시나리오 '궁' 각본작업 완료 (제작발표)
　　　　2002 보리울의 여름(MP)각색
　　　　2003 SBS 드라마 남과 여 꼬맹아 사랑해
　　　　2004 KBS HDTV 문학관 역마 / 메밀꽃 필 무렵
　　　　2006 더드림앤드픽처스 최강로맨스
　　　　2008 OCN movie 색다른 동거 / 성 발렌타인
　　　　2009 TV애니메이션 '보글보글쿡' 대본 (비아이그룹)
　　　　2010 더드림앤드픽처스 반창꼬 (2012 개봉)
　　　　2011 감독의 집 세기의 연인 (캐스팅 중)
　　　　2013 예인플러스 수상한 그녀 (2014 개봉 예정)

그 외   탄탄동화 한자시리즈 〈삼고초려〉, 여원미디어
　　　　탄탄 키즈 클래식 〈솔로몬 왕의 동굴〉, 여원미디어
　　　　문화재청 스마트폰 어플리케이션 〈창덕궁이야기〉 원고
　　　　독립기념관 웹툰 〈대한민국임시정부〉 원고

황동혁

서울대학교 신문학과 졸
서울대학교 신문학과 대학원 영화이론 전공
USC(University of Southern Califonia) 영화제작 석사(MFA)

연출   2004 〈미라클 마일〉
           칸 국제영화제 단편부문 초청
           싱가폴 국제영화제 초청
      2005 부산 아시아 단편영화제 초청
           부천 국제판타스틱 영화제 초청
      2007 〈마이파더〉
      2011 〈도가니〉
           '세상을 밝게 만든 사람들'상 수상
           한국 장애인 인권상 위원회상 인권매체 부문 수상
           제14회 이탈리아 우디네극동영화제 관객상(2012)
           제10회 언론인권상 특별상(2012)
           제3회 올해의 영화상 최고작품상(2012)
      2014 〈수상한 그녀〉 개봉예정